何处是高处

——革命老区武乡县脱贫攻坚见闻

李晋瑞　著

中国文联出版社
http://www.clapnet.cn

图书在版编目（C I P）数据

何处是高处 ： 革命老区武乡县脱贫攻坚见闻 / 李晋瑞著. -- 北京 ： 中国文联出版社，2022.7

ISBN 978-7-5190-4897-6

Ⅰ. ①何… Ⅱ. ①李… Ⅲ. ①纪实文学—作品集—中国—当代 Ⅳ. ①I25

中国版本图书馆CIP数据核字(2022)第117706号

著　　者　李晋瑞
责任编辑　阴奕璇
责任校对　米希雅
装帧设计　苗艺

出版发行　中国文联出版社有限公司
社　　址　北京市朝阳区农展馆南里10号　　邮编　100125
电　　话　010-85923025（发行部）　　010-85923091（总编室）
经　　销　全国新华书店等
印　　刷　北京市玖仁伟业印刷有限公司

开　　本　880毫米x 1230毫米　1/32
印　　张　5.75
字　　数　180千字
版　　次　2022年7月第1版第1次印刷
定　　价　48.00元

另一种偏远

（自序）

当意识到将来总有一天会有人问起这些文字时，我就不得不在惶恐之余准备如何作答了。如果对方和我一样，已经步入中年，又有过相对较长的农村生活经历，那还好，我可以请他坐下来，一起聊一聊这些年里关于贫穷与富裕、城市与乡村的思考。如果对方喜欢歪戴棒球帽，打着耳钉，脖子上挂着骷髅挂坠，纤细的小腿上套着一双色彩艳丽又骆驼蹄子似的大号运动鞋，白嫩的手指上戴满了五光十色的装饰戒指，鼻腔里总冒出一股奶香，他很可能欢喜时还夸张到大喊大叫，也可能阴郁时就心不在焉，那我，就必须得保持缄默无言吗？但我知道，我一开口就会吞吞吐吐，而又无法做到一笑了之。吞吞吐吐的背后，是我不知道应该从何说起；因为我吃不准在我看来那些朴素而真诚的东西，会不会在被他视作空洞的大道理或者作秀；更重要的是，我没有足够的底气，因为我能开口讲出的理由，全都只是来自我的想象。

人就是这样，当放长一段时间去看历史，或换一个角度去看待某一件事时，理解就会发生变化。那种变化，既得益于自己的价值观，也因此而受到局限。譬如我们说，北上广深是一个中国，北上广深之外又是一个中国，更有甚者说，县域之下广大的农村和农民的生活景况才是真实的中国。当然，中国只有一个，也只能有一个，所有歧义的产生只是因为我们定义的不同。这很好理解，我们日常中同样的一个词，实际上在每个人心中都有着不同的定义，譬如幸福、爱、善良、富有、贫穷、成功、付出、回报等，哪怕是那些早已是铁板钉钉的事，随着年龄的增长，知识和社会阅历的增多，也都会发生变化，甚至还是颠覆性的变化，如同作家梁鸿，我相信乡村曾经留给她许多美好的记忆，但在几十年后她却产生了《中国在梁庄》里那般深刻的悲伤：什么时候起，乡村成了民族的累赘，成了改革、发展与现代化追求的负面？什么时候起，乡村成为底层、边缘、病症的代名词？又是什么时候起，一想起那日渐荒凉、寂寞的乡村，想起那些在城市黑暗边缘忙碌，在火车站奋力挤拼的无数的农民工，就有悲怆欲哭的感觉？是啊，这一切都是什么时候发生的，又是如何发生的？它包含多少历史的矛盾与错误？包含着多少个生命的痛苦与呼喊？

其实我也一样。很多年前，我喜欢旅游，旅游，从某种意义上讲，就是一种对限制的逃离，一种向自由的靠近。那个时候我喜欢看哈耶克的著作（对经济学和政治哲学感兴趣的人应该熟悉他，在此不再赘言），我到海边，入大漠，进森林，最难忘的便是西藏、新疆、云南之行，尤其是沿途隔着深深的山谷看到大山里那些简陋破败的村落时，心中总会萌生感慨，这种似曾相识的景象自己是在哪里见过呢？深刻烙印在记忆里的东西，无论时隔多久相距多远，也很容易翻腾出来。那不是武乡吗？

那个时候，其实我还没有真正去过武乡。武乡在我这里，还只是等同于太焦铁路线上的一个火车站，等同于鹅毛大雪中分水岭上那个大弯度的高坡，等同于公路边槐树林里东一堆西一堆破破烂烂、泥墙浅瓦的杂乱小院，要么就是深沟对面荒坡上那几孔死寂的窑洞。那时，我还不知道它东西长南北窄，1610平方公里的土地上有多少乡镇多少村庄；不知道它在太行山里，北接晋中，南连上党，历来是重要锁钥。我只记得，那趟绿皮火车哐当哐当穿过一个个山洞后从车厢里看到外面的土地是那么开阔，还有大雪天被困在分水岭上当地老乡冒着凛冽的寒风来帮忙推车的情景。那时，因为工作原因一年中总有几次太原与长治之间的往来，但对武乡却是陌生的，因为只是途经、路过，从来没有一次停下来，去浊漳河畔或蟠洪河沿岸地势平缓开阔的土地里走走，也没有去烟波浩荡、鸟雀成群的太行龙湖荡过一次船，板山的千峰竞秀和绚丽多姿，崇城山的悬崖绝壁和危岩凌峻，就更没有去领略了。我去了省外更远的地方，或者可以这么说，对这个据考证新石器时代就有人类居住，西周初有蔡州诸侯小国一说，春秋时期为蔡皋狼氏之地；战国时期，称涅，先属韩，后属赵；秦时，属上党郡；西汉，置涅县；这个西晋时就有武乡之名的地方，我并不关心，因为它作为山西一个普普通通的县，对于农村出身的我来说，并没有发现它有什么特别之处。

但是现在看起来，这就是偏远。哪怕最后一公里、最后一米，没有到达，就是偏远。

是一场脱贫攻坚战将我和武乡联系在了一起。因为需要事先熟悉，我才了解到，两晋南北朝时，这里出过由奴隶到皇帝的政治家石勒；明清时，出过吏部侍郎任原、工部侍郎程启南、兵部侍郎魏云中和都察院右副都御史魏光绪等政要人物；佛图澄、高欢、傅山等历史名人曾到此寓居。共产党员李逸三不仅参加了广州起义，还把革命火种带回到故土；抗战时期，因其地处战略要地，建党较早，人民基础好，1937年就被开辟为抗日根据地中心，八路军总司令部和中共中央北方局、129师司令部、太行第三军分区等党政军机关曾长期在这里驻扎。朱德、彭德怀、左权、刘伯承、邓小平、徐向前、聂荣臻、杨尚昆、薄一波、罗瑞卿、陈赓等一大批老一辈革命家，曾在此运筹帷幄指挥广大军民与敌浴血奋战；开国将帅中5位元帅、5位大将、19位上将、49位中将、300位少将曾在这里战斗、工作和生活。其间，八路军总部机关5次进驻，先后共536天。武乡人民“出兵、出粮、出干部”与军队并肩战斗，全县不到14万的人口中就有9万人参加各类抗战团体，14600人参加八路军，2万多人献出了生命，仅有40万亩的土地，八年共慷慨捐粮3000万石，涌现出边区“神枪手武状元”关二如，麻雀战能手、太行民兵杀敌英雄高贵堂，少年英雄李爱民，母子杀敌英雄李贵女、段满青，“地雷大王”王来法，太行游击队队长魏明扬，劳动英雄李马保，拥军模范胡春花，还有一群自愿为前线将士哺育其年幼子女的“太行奶娘”等；这里的人民将最后一尺布用来缝军装，最后一碗米用来做军粮，将最后的老棉袄盖在担架上，将最后的亲骨肉送上战场，他们为中华民族的独立和解放做出过巨大的牺牲和贡献。

原来，这块因武山与乡水而得名的红色土地，与井冈山、延安、西柏坡齐名，是著名的革命圣地，太行精神的主要孕育地，是一座“山山埋忠骨，岭岭毕丰碑”没有围墙的抗战历史博物馆。这里有着山魂水魄的风骨，又有古建宝洞的蔚为奇观，可它，却还有着另外一个名称——国家级贫困县。只要稍稍翻一翻资料，我们就会发现武乡似乎历来就穷，一直就穷，从1949年解放到1978年党的十一届三中全会召开的30年间，这个县的温饱问题一直未能解决，“吃粮靠救济，花钱靠贷款，农业税靠减免”；1978年全县农民人均纯收入只有45元，人均粮食产量仅388公斤。1985年被国务院核定为国家重点扶持的贫困县之一；1994年国家实施“八七”扶贫攻坚计划，武乡被确定为全国592个扶贫攻坚重点县之一；2014年全县377个行政村中，有215个是贫困村（2019年底，撤并为269个，但贫困村仍以215个统计）。21万人中，建档立卡的贫困人口18787户55088人，综合贫困发生率达到30.9%，几乎可以说，每三个农业人口中就有一个贫困人口。

可这里是全国著名的革命老区，在没有任何物资接济和给养的环境中，靠着“小米加步枪”和八路军一起对付过拥有现代化飞机大炮等先进武器装备的敌人，那种不怕牺牲、不畏艰险，那种百折不挠、艰苦奋斗，那种万众一心、敢于胜利，那种英勇奋斗、无私奉献的精神，难道就是对付不了一个“贫穷”？还是……当你死我活的革命与阶级斗争渐渐退出人们的日常，我们将目光转向经济，那股浓浓带着土气的小米香也就随之淡出了人们的记忆呢？有过一段时间，我有过这样的困惑，是不是随着具有先天优势的城市经济的快速发展，我们对那些“闭塞”和“偏远”地区的农村形成了欠账呢，可是当我查阅武乡的地方志时，看到的却是一个又一个来自高层的惦念和关心——

1951年8月20日，以杨秀峰为团长的老区慰问团将毛主席“发扬革命传统，争取更大光荣”的亲笔题词送到武乡。

1988年9月3日，邓小平同志亲笔题写馆名的“八路军太行纪念馆”在武乡开馆。

2001年8月20日，江泽民同志视察武乡，并写下“发扬老八路光荣传统，为中华民族的伟大复兴而奋斗”的题词。

2005年7月29日，胡锦涛同志视察武乡，给老区人民以巨大的鼓舞。

2009年5月25日，时任国家副主席的习近平同志视察武乡时作出“四个始终保持”（四个始终保持即：坚定正确的理想信念，始终保持对党对人民对事业的忠诚；坚持执政为民的政治立场，始终保持同人民群众的密切联系；锤炼坚韧不拔、百折不挠的品格，始终保持知难而进、奋发有为的精神状态；坚持党的政治本色，始终保持艰苦奋斗的优良作风）重要指示，不仅给太行精神赋予了新时代内涵，更是给历经风雨沧桑、久困于穷的武乡带来了新希望。

2016年4月24日，习近平总书记在安徽调研时强调，“全面建成小康社会，一个不能少，特别是不能忘了老区。无论是革命战争年代还是改革开放新时期，老区人民为党和国家作出了巨大贡献。老区人民对党无限忠诚、无比热爱。老区精神积淀着红色基因。在今天奔小康的路上，老区人民同样展现出了强烈的奉献奋斗精神”。习近平总书记对老区人民的这番话更是令武乡人民深受鼓舞。

2017年6月21日至23日，习近平总书记视察山西时再次作出的“一定要发扬好太行精神，一定要把《在太行山上》再唱响”重要指示精神，为武乡老区进一步做好各项工作指明了方向。

武乡啊，武乡啊……在这里，我们可以借用当地一位熟知武乡历史的人的话来讲，武乡属于革命老区，作为一个政治大县，实际上自新中国成立以来，每个时期的发展都离不开党和国家给予的帮助和扶持。

人常说一方水土养一方人。难道说，武乡这方水土只能养活武乡人，却养不富武乡人？武乡长期以来，一直就在扶贫的长征路上拼搏着，尤其是自从脱贫攻坚战的集结号吹响后，全县干部群众以“咬定青山不放松”的韧劲和“不破楼兰终不还”的拼劲，躬身入局，真抓实干，终于在2018年实现了脱贫摘帽目标，综合贫困发生率降为0.56%，剩余贫困村3个，未脱贫的人口421户1022人。通过第三方评估后，总算将那顶压在武乡人民头上几十年的“穷帽子”摘掉了。2019年脱贫工作再向前推进，全县剩余的3个村出列，贫困人口46户120人脱贫，综合贫困发生率为0.07%，全县农村居民人均可支配收入也由2014年的5052元提高到2019年的8195元，年均增长10.1%。同年10月，还捧回了全省脱贫攻坚的组织创新奖，连续四年牢牢地稳立于全省脱贫攻坚工作成效考核的第一方阵。

武乡的脱贫攻坚成绩不俗，也不易，它蹚出了一条革命老区、国家级贫困县脱贫攻坚的新路子。要知道，面对这一场看不见硝烟的攻坚战，武乡县的四大班子领导曾经站在八路军太行纪念馆大厅，面对党旗握拳宣誓：打不赢脱贫攻坚战，就对不起这块红色土地。现如今，他们在胜利的歌声中，兑现了自己的庄严承诺！

2020年这个特殊的年份，终将会载入史册。站在这个历史节点上，除了“灾难”外，一直萦绕在我脑海里的另一个词是“考验”。

我们回望，审视，总结，沉思，是为了谱写新篇章。

在2020年这个特殊的年份里，我们静下心来，去还原和再现脱贫攻坚战中那些忙碌的身影，体会那些阵痛与心酸，聆听那些深夜里的纠结，回味那些风雨中的徘徊、哭笑中的无奈，以及坚决中的艰涩，就有着特殊的意义。因为脱贫攻坚主战场是在农村，这一仗还只能胜，不能败，我们都知道，要想打赢一场战争，不仅需要战略、战术、装备、保障，更需要人心。为了赢下这一仗，上至中央有“五个一批”“六个精准”，山西省委有“八大工程二十项专项行动”，长治市委有“六条措施”的部署，下到武乡县，他们按照“三年集中攻坚，两年巩固提升”的思路，着力打造脱贫攻坚的“四梁八柱”①，巩固提升“3568”工作举措，等等，这些要求、部署、举措、行动喊起来朗朗上口，听起来好听，记住也不难，落实到战场上的将士们那里，信心可以坚定，拼搏也可以做到顽强，但是六年来要把工作一项项一件件落到实处，做到实用管用，最终如期完成任务，还能得到老百姓满意，谈何容易！

于是，就有了这些记录和反映武乡脱贫攻坚的文字。它对我的现实意义是，在跳出武乡之外的大背景下，自己对这次国家行动的一次解答。之前我对很多偏远的陌生之地，也曾有过种种疑惑，为什么是这样，为什么会这样，为什么要这样，为什么非得这样才行？可是，当你全身心设身处地亲历青藏高原时，你就会豁然明白那里的人们为什么穿衣时，习惯将一条胳膊脱出来；当你在金沙江边看到一个少女穿着漂亮的裙子，怀里抱着一只鸡，双脚穿着解放牌胶鞋，后背背着重重的木板，你才会理解她的脸上为什么总是没有笑容。其实偏远并不遥远，其实就在身边。我们虽然已经进入现代社会，但还得学会不能用整齐划一的眼光去看待事物，只有那样，我们才是真正符合现代。很多问题，我们不能简单地通过网搜去寻找答案，譬如那些被蓬勃的强大所遮蔽的孱弱，繁荣的富裕掩盖着的贫穷，难道原因仅仅只是“偏远”吗？一个地区富裕一定有它富裕的理由，一个地区贫困也一定有它贫困的原因。但我坚决不信，真有哪个地方的人就不想富裕。

当然，在所要写的文字还没有全部完成之前，我和大家一样，可以颐指气使地发表一些高论，但当写作一旦开始，真正接触到武乡的那些人、那些事，我就会沉默，因为我必须得有一双冷峻的眼睛，客观的耳朵，和一颗空杯的心。在这期间，我兴许会看一些约翰·罗尔斯的著作。罗尔斯是谁？就是那个提出“正义的实质是公平”的家伙，还有可能去看西斯蒙蒂，因为当他看到英国严重的贫富分化后，在旅途中将《国富论》扔进了大海。

---

①“四梁八柱”，武乡县为打赢脱贫攻坚战于2017年2月出台的战略性举措，“四梁”即大力发展特色农业、电商扶贫、红色旅游、生态扶贫“四大产业”，“八柱”即全力强化基础保障、住房安全、资金投入、政策落地、就业技能、党建助力、内生动力、责任落实“八大支撑”。

中国的快速发展对社会产生的影响既是深刻的，也是深远的，无论是痛苦悲伤，还是振奋喜悦，一切都会实实在在地体现到每一个历史的具象中来。我的具体任务是写脱贫攻坚，但我不应该也不能囿于脱贫攻坚。我希望自己通过这场决绝的只准胜不准败的攻坚战，能透视出当下时代背景下的乡村变迁。因为我也是农村里走出来的孩子，每次回乡探亲，面对的也是乡村“人去楼空”的日常景象，看到的也是老弱病残的无奈，可我不认为乡村留给我们的仅仅只是乡愁，更不认为乡村已经彻底“沦陷”，乡村有乡村的艰难，如同城市有城市的困境，乡村既然拥有大地，拥有山川与河流，那它就拥有生机。立场温良的梁鸿曾说，乡村是一个巨大的矛盾存在。实际上，又有哪一个事物不是矛盾的存在呢？矛盾恰恰是万物发展前行的一个常态。我们可以怀疑它，可以审视它，但我们最终是为了了解它，理解它。

这场旷古的脱贫攻坚战大概也是如此吧。

当然，作为局外人，到目前我对它依然只是停留在主观的臆断与凭空的想象中，感谢能有这个机会，让我走进武乡，走进武乡脱贫攻坚的主战场。

时间是2020年6月，夏粮之地的小麦已经成熟，正准备开镰收获。已经脱贫摘帽的武乡，战役虽已告一段落，但硝烟依在，那些扶贫干部在“四个不摘”的要求下，还各自钉在扶贫岗位上。我这就去往武乡了，去收集那里的脱贫攻坚故事，去寻找那些将来在我回答关于这些文字时可以铿锵发声的答案。当然，要有机会，我还会去王家峪看一看朱德老总亲手栽下的红星杨。

李晋瑞

2020年6月5日 于太原

目录

第四章　战鼓再擂

第五章　决战冲锋

第六章　嬗　变

第七章　心灵密码

第一章
武乡之贫

我们到达黄河岸上，看到被日军蹂躏过的村庄，家家户户室内空空，一无所有，门上贴着白纸（家里有被杀害的亲人），一片凄凉。从山里躲避回来的老乡控诉着敌人的暴行，一路上看到的都是敌人惨无人道的“三光”政策所造成的惨状。

——摘自齐心的《激情燃烧的青春岁月》

武乡是国家级贫困县，当然贫困。但是，贫只是表象，困才是本质。尽管贫困是一种世界现象，贫穷既不是罪过，也不可耻，但不能否认的是，贫穷确实是一种不见伤口的隐痛。

那么，武乡之贫是被困在哪里呢？横看，纵观，再到各地的贫困村走走，就会发现，自然资源匮乏、交通不便、信息闭塞、观念守旧落后，这些客观因素无一例外地都存在，然后再找人聊一聊，基本上都会得出一个结论——等、靠、要！这里面有个很有意思的逻辑，在一个资源匮乏、交通不便、信息闭塞的地方，老百姓等什么呢？靠谁呢？要什么呢？但不能否认的是，全国其他地区，有一些自然资源匮乏、交通不便、信息闭塞的地方，本来有理由穷的地方，还真是不穷。或者可以这么说，在改革开放之前，有多少农村不是交通不便、信息闭塞呢？但几十年走过来，各地的发展情况却已经完全不同了。当然具体到某个地区，就有了自己的实际，有了自己的个体差异，情况不可同日而语，但是有些推断和猜测，我们还是可以用来进行探讨和商榷的。

农业独大

首先，武乡是个传统农业大县。历史上就是。《武乡县志》记载：邑民专事耕农者十之七八……鲜制造者。工业上不仅不发达，甚至可以忽略为零。民国时期在洪水、蟠龙、监漳、故城有过几家木匠铺、铁匠铺，但产值不足万元（大洋），除去成本费用，所盈无几。到1921年，苏峪、栗家沟出现造纸业，洪水、蟠龙、监漳出现粉条、豆腐作坊，总计30多家，从业人数也就50人左右，而且多数属于自产自销。实际上直到抗战时期才有编织厂、纸厂、草帽厂、农具厂、兵工厂零星发展起来，即便中华人民共和国成立后，先后建成了各式各样的厂子，到1983年底，全县国营性质的企业也才仅仅3957名职工，产值2398.3万元。

这样的情况，应该说武乡不是个例。毕竟当时的中国就是一个农业国家。农业在中国，不仅仅是国之基础、占比较重那么简单，更重要的是，农业的背后隐匿或者蕴藏着许多深厚又无法代替的东西。谈到农业，我们自然就会说到土地，而土地之于中国人，也就不仅仅是盘中餐、身上衣那么简单了。“一位到内蒙古旅行回来的美国朋友，很奇怪地问我，你们中原去的人，到了最适宜放牧的草原，依旧锄地播种，一家家划着小小的一方地，种植起来，真像是向土里一钻，看不到其他利用这片土地的方法了。这种事不仅发生在内蒙古，同样也发生在西伯利亚，中国人住下来，不管天气如何，还是要下些种子，试试看能不能种地。”费孝通先生描述的这些故事虽然不是发生在今天，但这样的画面我们一点儿都不会觉得陌生。

中国人和土地的关系，是说不清道不明的。我自己就出生在太行山里一个偏远的乡村，那里山高沟深，土地贫瘠，靠石头垒起的梯田，即便风调雨顺，一亩地也打不下千斤粮食。我有个本家爷爷，直到临死前一天，还扑到地里锄草。那时他多大岁数，我已经记不清了，似乎自我记事起他就那么大，中式衣服，头上一块白毛巾，扤一只篮子，里面放一把镰刀，肩上是一把锄头，总是去整田或修地，即便离村庄稍远一些的地方，也有很多他新垦出来的地。那些地窄，土浅，种不成大庄稼，只能种些小菜，这样他就不得不一担又一担地攀着山路往上担水，但他说，这是这世上投入成本最小最划算的买卖，只要你把种子扔进土里去，那块土地就会给你回报。还有我的一位亲舅舅，今年86岁了，之前得过脑血栓，自己走路都不利索，但他还是挣扎着要去地里干活，甚至有些陡坡地，他得爬到上面才能劳作，秋天庄稼收下来，自己从山上弄不下来，便叫我表弟来帮忙，我表弟在外面打工，回到村里也是一身干净，怕脏了衣服，心里也不乐意，说我舅舅，累死累活费一年工夫打这些粮食还不如到城里去捡纸片。可我表弟哪里懂，我舅舅与土地之间的关系，早不是钱不钱那么单一了。

这就是中国乡下的农民。如费老所言，从基层上看去，中国社会是乡土的。我们的民族确实是和泥土分不开的。从土地里长出过光荣的历史，自然也会受到土地的束缚……然而中国人，尤其是生活在广阔农村的人们，对土地的感情是根深蒂固的，因为在乡下，土地就是人们的命根子，它承载着过去，也孕育着未来，从某种意义上讲，在乡下人眼里皇天远没有后土重要，因为后土就是大地，可以看得见，摸得到，是人们安身立命的根本。

武乡的地势很有意思，两边高，中间低，和山西的地势有点类似，只不过山西省的地图像一片展开的桑树叶，而武乡东西宽展又向两边延挺，中间稍稍变窄有点像掐腰，四边折折皱皱勾出个边，猛一看，就像一条漂亮的连衣裙涤荡在太行山与太岳山之间。境内平川、丘陵、山区都有分布，土壤主要以黄垆土、红土、草灌褐土、沙土为主，其中平川面积221平方公里，占全县总面积的6.9%，丘陵面积约918平方公里，占总面积的65.5%，加上武乡地处北纬37度生物生长黄金线，属黄土丘陵地带，气候是温带大陆性气候，四季分明，光照充足，冬季寒冷少雪，春季干燥多风，夏季炎热多雨，秋季温和凉爽，境内年平均无霜期在150天左右。全县平均海拔1400米左右，独特的地理气候和生态环境，又为农作物生长提供了优越的自然条件。

这样，当地人长期以来一直以农业生产为主，自然，也就可以理解了。而且因为他们长期以种植为主，当地人对土地的了解、用心和关注，我们甚至可以夸张一点讲，兴许都超过对自己的了解。人们以土为生，与土地保持着一种朴素的关系，在他们充满爱意的目光中，土地生养了自己，似乎也就不好再向土地索取更多的东西了，多少年来，他们无法猜想没有土地的人怎样过活，但他们深信自己已经把最真挚的感情献给了土地。不知道是不是与中国长期以农耕文明为主有关，但当有人说多数乡下人习惯于自耕自作、小本小利、小富即安，甚至不富也安的小农思想时，我是赞同的，因为在他们心里，天下事最大大不过家事，家之外的世界，实际上与自己无关。

可是，虽说武乡是农业大县，但地下的矿产资源却很丰富，县志上讲，武乡素有“煤乡”之称，已经探明的矿产有煤炭、白云岩、铝钒土、硅藻土等20多种，其中煤炭探明储量28.6亿吨，白云岩探明储量18亿吨。另外，武乡有太焦线从域内经过，在这条以晋煤外运为主的大干道上，繁忙时平均每20分钟就有一辆运煤列车通过。可是工业这一块似乎一直没有做起来，武乡人当然知道工业的重要性，1979年，武乡的人均国民生产总值262元；1982年365元；1985年409元，广大农民1985年人均纯收入221元，远低于全国水平。要想富就必须从工业上入手做大文章，1985年，武乡县按照“七五”规划，把资源开发作为扶贫开发的一项重要措施，分别在墨镫、洪水、窑湾、石门、蟠龙、韩北6个乡镇开办小煤窑、焦化厂、铁厂、翻沙厂等。“八五”“九五”时期，实施工矿企业综合开发，扶持小型煤矿30多座，焦化厂5个，恢复改扩建铁厂、水泥厂，年产原煤1000万吨，冶炼焦炭近100万吨，化工原材料15万吨，炼铁50万吨，生产水泥100万吨。

进入20世纪90年代，全县进入到从计划经济到市场经济转型的困难时期。之前已经建成的关河造纸厂、制帽厂、工程队、服装厂、金属冶炼厂、化工厂、震动器厂等一大批集体企业陷入困境，因外债大、包袱重、设备陈旧、技术落后、产品滞销、资金周转困难，相继陷入停产、半停产状态。武乡县进一步加大改革力度，制定了“包、租、联、股、转、并、分、破”深化企业改革八字方针，加强企业转变经营机制，把企业招工、调配、工资、定级权下放企业，企业实行用人自主、分配自主。对墨镫煤矿、白和煤矿、中村煤矿、五一煤矿、阳辿煤矿等煤矿企业采取承包方式，逐年签订经济目标责任书，1998年又在墨镫煤矿、白和煤矿进行了股份制试点；对商业企业，实行职工劳动合同化管理；对轻工企业，分别采取租赁经营、分立经营、委托经营、依法破产等形式。1993年兼并八一陶瓷厂，1994年对电石厂、金属冶炼厂实行依法破产，1996年对化工厂实行租赁经营，武乡县震动器厂与武乡县中村煤矿联合，在中村煤矿筹建了“腾飞焦化厂”。1998年至2000年，为适应市场经济，武乡县发电厂、武乡县水泥厂、柳沟铁厂、武乡县焦化厂、五一煤矿、墨镫煤矿、五交化商店、蔬菜批发部等一批县营企业相继改制为股份制公司。在县营和集体企业努力通过改制和市场经济接轨摆脱困境的同时，乡镇村企业异军突起，遍地开花。到1997年底，武乡县村办企业165个，企业人数6174人，总产值13280

万元。乡村煤炭企业达到56个，焦化企业11个，砖厂67个，石子厂9个，预制厂5个。煤焦产值8159万元，占全部乡村工业产值的61.4%；建材工业产品产值3820万元，占全部工业产值的28.8%。2002年至2012年煤炭发展遇上十年黄金期。武乡县强抓煤炭市场形势大好的机遇，果断对全县煤矿进行整合重组和技改扩建，武乡县煤炭工业快速发展，煤炭产量从2002年的200万吨左右发展到2012年的1000万吨，其间又引进大型金属镁厂、铝磙厂，年产冶炼金属镁5万多吨，铝磙6000多吨，成功上马和信发电厂项目。

但是，随着新时代的到来，武乡却依然在100个国家级贫困县之列的事实说明，工业经济的发展并没有让武乡人民实现富裕梦，最起码它对全县贫困人口的带动力没有达到人民的预期。

我们说，世界进入工业时代已有200年了，信息时代也有大几十年，可是许多祖祖辈辈两腿插在泥土里的人们，大概还是没有意识到，他们依然遵照祖辈的传统生活，依然以家和家庭为单位生产与生活。以家和家庭为单位的生产就是单打独斗，单打独斗就形不成合力，既没有真正地融进经济社会发展的链条中，也没有获得市场的话语权，在发展速度上自然就大打折扣了。

但是作为一个自然人，或者一个目光只看三尺门里的乡下人来说，在思想上是认识不到这些的。按照国务院1992年的标准，农民人均纯收入低于400元的县，就是国家贫困县了，这个400元落实到具体的人身上他是没有概念的，也是感触不深的，别人家早上开门一日三顿饭，自己也是一日三餐，别人家晚上闭户上床睡觉，自己也能到点睡觉。一位武乡朋友讲得好，生活是逼出来的，不逼哪能有动力啊。这么说似乎也有点道理，因为就是生产技术低下、管理手段落后、社会动荡不安的民国时期，《山西通志》记载："武乡仅恃一夫数亩，日三餐以为常……邑产尽可藉以自给，不假外求。"《武乡县志》上也说："其无田产者，辄为人庸耕所得工资额可自赡。"但这应该是低层次的"藉以自给，不假外求"，也是低档次的"所得工资额可自赡"，毕竟时代不同了，整个社会对生活质量的评判标准不同了，以及对富裕的定义也不同了。即便是放在当时，就以1953年为例，亩产能上600斤就是一等一的好地了，可见武乡的土地在传统种植中不会有多大收益，否则发生在光绪三年的那个旱灾也不会要了那么多的人命：光绪三年（1877），武乡因旱灾造成荒年，全县饿死2.9万人，外逃1.3万人，一斗谷子由二制钱飙升到一千制钱，甚至还出现了“人吃草根狗吃肉（尸体），尸骨遍地无人收”的景象。

生活是逼出来的，换个方式说就是“穷则思变”。武乡不是不变，或者说不是没有变。但有个事实我们不能否认，那就是纵观中国几十年来，尤其是改革开放以来，能够变成经济强县的地方，应该说都不靠农业，至少是没有单一地依靠农业。武乡之贫，困在农业一产独大，我不敢妄下结论，但是，至少在“单一的农业”“农业份额偏大”或“农业太传统”上应该有一些因素还是能够成立的。

武乡人懒吗

私下里聊天，当谈到贫穷时，我们应该会听到一种论调，说除了那种实在是自然条件极差的地方，凡是贫穷的地方，贫穷原因就是那里的人根本不想富，当然前提是排除了那些老弱病残，基本上已经没有劳动能力的人。猛一听，真还不无道理。如今社会，最起码不像之前只要出门就得拿户口本开证明，只要有能力，肯干活，怎么也能找到挣钱机会，大能力挣大钱，小能力挣小钱，只要愿意辛苦付出，怎么也落不到贫困的地步。不富是不想富，究其原因就一个——懒。

这种懒的说法，我们无法否认。人世间芸芸众生千千万，什么样的人都有，怎么会没有懒人呢？！更有一种惯常说法，说人人都有两只手，人家富了，你怎么就穷了呢？当然是你懒。前一段时间看央视播放反映脱贫攻坚的电视剧《花繁叶茂》和《美丽的乡村》，两部剧里都有一个令人印象深刻的懒汉。两个人都年富力强，但就是从早到晚躺在床上喝酒睡觉，政府给的救济物品送晚了，他还有意见。这种穷得有理，懒到脚筋痛的人，武乡有没有？肯定会有，第一次到武乡采访，就在一名扶贫干部那里听到一个有趣的故事，说一个中年男人，是贫困户，儿女们都大了，各自成了家，日子留下他一个人过，反正是白天一日三餐晚上被窝里一觉到天明，好对付。可是你知道他怎么对付吗？扶贫干部去做家访，进门后发现之前送来的东西，面没开封，油没打盖。这就奇怪了！转头一看，旁边堆着一大堆空方便面袋。这是连饭都懒得做了！扶贫干部来给他做思想工作，让他打起精神来到村里做些公益工作，他嘴上答应，但一听要干活心就烦。没过几天，人也不见了，扶贫干部到村里一打听，据说是到寺院里去做和尚了。一段时间以后这个人又出现在村里，回来的原因很简单，不是人家不收，而是因为他发现原来寺院里的和尚也得干活。

还有两个例子，可以说得简单一点儿。一个从官面的角度说武乡人懒的是，20世纪80年代一个投资几十亿的电厂起初选址在武乡，结果因为过程中没有及时跟进，后来被别的县抢去了。先不说那么大的电厂会产生多少税收，就是对当地经济的带动力也是不可估量啊。另一个例子是，改革开放以来，许多传统企业受到冲击，东南沿海的民营经济和外资引进发展得如火如荼，武乡却少有这样的企业。旧的工业基础原本就底子薄，但新的开发和引进也没有成蓬勃之势，作为地方经济，除了农业上保住饭碗，大部分财政就指着东部的那些煤矿。这么一来，手里的饭碗是有了，由煤支撑的财政还算能维持经济发展的基本需要，但要是想大发展那就有点困难了。

这样说似乎有点道理，但不是道理的全部。懒，永远是少数，“不想富”我倒认为是百分百没有，“致富无门，想富无力”应该才是现实，还有一个很重要的原因，就是在观念上，对“富”的理解存有差异。这个在下面的段落里再谈。总之，“懒”也是一种表象。我们举几个武乡的现成例子就能推翻。

先从官方说起，1978年国家开始允许和鼓励个体经济发展时，武乡就成立了洪水农修厂，1993年也有人勇闯先行到上海青浦学习，2000年全县乡村企业改制，股份制为主体的民营企业破茧而出。在一位长年在武乡从政已经退休的老同志的回忆文章里，也可以看到 1947年武乡就建起了发电厂，在长治专区还是第一家呢。1957年后，机械、陶瓷、造纸、粮油加工、皮帽制革、砖瓦、五金、化肥、橡胶、印刷、电器开关、服装、木器、磷肥、糠醛、水泥、电石、酿酒、保温材料等，各式各样的厂子真是建了不少。1964年，中央就批准武乡县对外开放，一个地处内地的县，差不多有80多个国家的外宾到武乡参观学习，能说武乡人“等、靠、要”吗？

就拿现在差不多已经成为武乡一张名片的八路军太行纪念馆来说，那也是武乡人民几经努力才争取来的。尽管抗战时期，武乡是八路军的重镇，但旁边的左权、黎城、沁源也有自己的说法。武乡人民与八路军鱼水情深，周围其他县的人民与八路军的情谊也不浅，好就好在1964年，武乡就将八路军总部砖壁旧址、王家峪旧址、柳沟兵工厂、漆树坡窑洞保卫战遗址、李峪村地雷大王王来法旧址等确定为外宾的参观点，另外，武乡于1970年秋在县城广场东侧开工新建“武乡革命纪念馆”，于1972年7月1日建成对外开放。为搞好接待工作，武乡县委专门成立了外事办公室。有个粗略统计，从1964年至1982年，先后接待世界各国外宾1447名，国内观众达10多万人，经过多年的努力在外界已经形成了影响。已经赋闲的县老领导马生旺，有一篇文章讲述武乡争取建设八路军纪念馆的经过，里面讲，从武乡县委报请邓小平同志于1979年9月28日亲笔题写了“八路军太行纪念馆”馆名，到1988年9月3日纪念馆剪彩开馆，共经历了9个年头，5任县委书记。第一任请示邓小平同志题了馆名。第二任报请立项落实前期基建资金。第三任着手动工新建纪念馆，选址在县城的凤凰山下开工建设。1984年11月接省委通知，“纪念馆要建在王家峪”。在第四任手上，彭德怀夫人浦安修第二次回访太行山老区后就将此项目上报了中央，于1985年6月在县城八路军太行纪念馆又开始复工建设，到第五任手上才建成。其实纪念馆从选址到施工建设经过了多次变更，里面更有一段曲折的故事。

据知情人士讲，当时山西省委及武乡县委对纪念馆建在什么地方意见是不统一的，而且还有个别领导认为纪念馆不应该建在武乡，理由有三：一是八路军总部在左权县驻扎的时间比在武乡时间长；二是左权将军牺牲在了左权（当时叫辽县）；三是就算选择在武乡建，之所以不能建在县城（当时叫段村），是因为县城在抗战时期是敌占区。综合这些原因，上面这才通知武乡将纪念馆选址在王家峪村的，因为抗战时期中共中央北方局和八路军总部的所在地就曾在王家峪。

纪念馆到底是建在武乡还是别的地方，如果决定建在武乡，是选择王家峪村还是县城呢？时任晋东南地委副秘书长兼地委办公室主任的张松仪，得知上面正为这个问题犹豫时，赶紧和时任武乡县委书记郝永和交换意见，两人意见完全一致，纪念馆就算不能建在县城，也得建在王家峪，总不能建到别处去。他们马上向上级提出了把纪念馆建在武乡的八个理由：一是砖壁、王家峪八路军总司令部旧址早在1961年国务院就确定为第一批全国重点文物保护单位；二是1964年国务院就将武乡县确立为全国第一批重点开放县；三是朱德总司令在太行山生活战斗期间没有去过左权县，1940年5月离开武乡就回延安了；四是邓小平题馆名是给原“武乡县革命纪念馆”题的；五是朱德总司令亲手栽植的红星杨在王家峪村，彭德怀副总司令亲手栽植的榆树在砖壁村；六是对武乡来说，纪念馆不是新建而是重新选址扩建；七是左权副参谋长牺牲在辽县十字岭，当时总司令部就驻扎在武乡县砖壁村，而且指挥了百团大战等许多重大战役；八是中国人民革命军事博物馆是建在北京，并没有建在延安和根据地。他们将八条理由，及时向地委有关部门进行了反映。地委开会研究后，又向省里做了汇报。再后来八路军太行纪念馆才有了现在的模样。

呈现这段历史不是想追根溯源，也不是在探究那八条理由是否站得住脚。我们应该看到的是为任一方的地方官的担当，想想当时的情况，他们是接到过省委通知的，但是为了武乡的长远发展，他那么冒胆儿，拿当下的话来说，也是够拼的了。

再举一个刊登在《武乡报》上的故事：一个洪水镇东庄村的妇女，娘家在墨镫乡，初中毕业后打过零工，卖过服装和化妆品。24岁嫁过来，婆家经济条件还可以，但她不甘心靠丈夫养活。她先是在镇集市上摆地摊卖服装，几个月下来也没挣到钱，反倒囤积了一大堆衣服。后来到丈夫所在的工地打工，做了几个月收料员，但她觉得这不是自己想要的日子。因为工地上的活有一搭没一搭，不是长久之计。于是她到县城，花8000元置办电动三轮车、火炉等，又租了房子，琢磨起鸡蛋灌饼生意。她从食材学起，从做酱下手，开张前先让邻居们品尝，开张第一天就卖了30多张。后来很快发展到一天能卖100多张。卖鸡蛋灌饼就得起早贪黑，一个女人家，她是可以靠老公养活的，自己在家照看家人也不是不行啊！她有多大的理想，我不知道，但至少可以证明她不是个懒人。

由此，我们怎么能轻易说武乡人懒呢？先不说武乡东部因为矿产丰富，相对经济较发达的几个乡镇，就是到西边在武乡人口中主要以种地为主的地方看看，哪家的庄稼地不是收拾得整整齐齐利利索索的，农村人有话讲，女人看锅边，男人看地头，只要是自家一亩三分地范围内的，真还看不到有偷懒的。当然即便是吃了苦，出了力，可还是没把日子过富裕了，那就另有其他原因了。记得在石北乡西黄岩村采访时，山西省供销社驻武乡扶贫队队长的一句话我很受启发，他说，这里的人只知道种地，只知道种好地就能打粮食，但还没有意识到地里同样可以产出经济。同样是一块地，在朴素的老百姓眼里种的就是谷子、玉米、小麦、高粱，是南瓜、土豆、红薯，可在扶贫干部的眼里种出的就可以是经济。一个仅仅是口粮，另一个就变成了钞票，这里面存在的就是观念问题了。

关于观念的几个揣测

贫穷之所以可怕，不是因为它会见刀见血一剑封喉，而是它的温吞。它当然不会白玉为堂金作马，却能在一种依旧守旧甚至在破烂中给人一个舒服的温柔乡。这个温柔乡在外人看来可能是难以忍受的，但在当事人看来因为习以为常，因命信命向命运低下了头，服了输，理想被蚕食，意志被消磨，也就没有什么大不了的了。贫穷能激发人的斗志，但同时也让人产生自卑，甚至能让人陷入无所谓的麻木。造成贫困的原因，自然环境、客观因素除外，最重要的我觉得还是观念问题。由此也就有了以下这几种没有依据的揣测了：

中国之所以经过短短几十年发展，一跃成为全球第二大经济体，无疑是得益于改革开放。尽管思想界多有讨论，有开放的意义要大于改革的说法，因为先有开放，然后才有倒逼改革，但是无论谁先谁后，意义孰轻孰重，改革开放的前提，或是能够伴随和保障改革开放持续往前推进的，就是思想的解放和观念的更新。

中国改革开放几十年，工业化、信息化、城镇化、农业现代化等各个领域，冲过重重困难，发展的热潮方兴未艾，但是相关资料显示，在武乡的动作，至少是规模上，似乎就显得滞后了一些，偏小了一些。尤其是一些基层的民众，时代发展的大戏越唱越热闹，越唱越宏伟，但他们似乎只是一名看客。我在武乡西边分水岭一个村庄看到过一户人家，昏暗的光线下，绿漆刷过的屋墙已经斑驳不堪，家具用的还是那种如今已经很罕见的扣箱，满屋子看不到一件现代化的电器，炕褥连整个席子都遮不住，两个老人坐在炕上，其中一个耳聋的还听不见，两个六七岁的孩子在地上玩耍，趿拉着少见的塑料凉鞋，他们细瘦的胳膊沾满了灰土，指甲里全是黑泥，尽管知道他们马上就要整村搬到新居了，但这就是他们几十年来的生活实景。两位老人并排坐在那里，那种乐呵与无忧，就是我这个已经擅自闯入家门站到他们面前的人，都构不成打扰，感觉一窗之外的世界似乎与他们真的没有任何关系一样。

有人讲，我们中国人的思维属于空间思维。最为现实的是，武乡东接黎城、左权，西邻祁县、平遥，北通榆社，南壤襄垣，西南交沁县，除左权之外，都不是国家级贫困县，武乡却是国家级贫困县。但仔细一想，就不足为奇了，因为自然条件在地缘上产生的优劣固然可以带动或影响经济，但它并不是主要因素。就拿我们老家来说，就有一个很有意思的例子。两个物理距离相隔不到三里地的村，贫富差距却非常大。两个村自然环境一样，文化传承一样，哪怕与外界连接走的都是同一条公路。但是一个村就因为某个人敢吃螃蟹，用贷款买了一辆汽车，为方便又到大公路边的村落里赁房子，跑起了运输，村里就有第二个、第三个人相继跟着去做，他们没有正规编制，但因为同宗同族又同村，跑在路上彼此有了照应，基本形成了规模化运作，就和一个车队差不多；而另一个村的人一直靠力气在土里刨食，一把镢头在二三亩坡地里的收益，与一辆四轮卡车方圆几百公里范围内去挣钱，当然无法相提并论，但是作为主人，所占用的人工和时间是差不多的，进一步说，就是都是一个人，都占用了一天时间去劳作，最后实际上变成了一把镢头与一辆卡车的比拼，从经济收效来说，结果好坏自然就不言而喻了。

再举武乡本地的例子。大有乡北原山下的李峪村，最近几年算是火吧！从中央到地方的新华社、《人民日报》、中央电视台、中央人民广播电台、《经济日报》、《光明日报》、《山西日报》、《长治日报》等各大媒体在重要版面，都对李峪村做过报道。李峪村的做法很值得思考。从基础条件来说，李峪村是有“地雷大王王来法纪念馆”，但是除了这两条和离322省道近之外，还有什么资源呢？村里人同样说武乡话，同样是在人均不足三亩的旱地里种谷子、玉米，即便是有纪念馆，来参观学习的人也只是参观参观，听一听王来法的抗战事迹，转一转便走了，对村里的经济其实没有多大的贡献。什么是解放思想，解放思想就得跳出常规来思考问题，什么是观念更新，观念更新就是要无中生有。在这一点上，2008年当选为村党支部书记的王竹红必定是动了脑筋的。这个自小家境贫寒，摆过地摊、开过门市，靠公路边开加油站先富起来的人，在村里是能人，是个聪明绝顶的人（王竹红头发出现了谢顶），但村民们哪里会知道他站在王来法纪念馆前思忖了多久，琢磨的是什么，不过有一个问题一定是令他困惑的：怎么才能让游客们留下来，让村民们实现增收。在他的提议下，村委首先申请了专项资金修场馆，再从村里老人那里挨家挨户收集资料，他们整理成文字，又按时间顺序做成专题，但结果依然还是故事，无非比之前更加具体、生动、吸引人了，游客在村里多待了一会儿，但村民收入还是没有提高。

王竹红费了多少脑筋，没办法放到秤上称一称，但他一定发现自己是被控在王来法纪念馆这个框框里了，能够招来游客的是纪念馆，但让游客留下来的却不一定非得是纪念馆吧。当王竹红跳出这个框框后，便来到了新天地，有了新的发现。他要在“别人没有，而我有”的思路上做文章，要在现成的资源上找突破，于是一个大胆的想法在他的脑海中形成，那就是——魔术。毕竟在武乡地界魔术还没有形成产业，而自己靠着自小钻研“变戏法”，本来就是方圆百里出了名的“魔术手”。在农村要让村民们靠魔术挣钱，先不说能不能挣到钱，就这想法说出来就很好笑，一来魔术属于不务正业的行当，二来谁会啊，谁去变啊！但王竹红还是从中看到了商机，别人觉得好笑不可能的东西，恰恰正是自己要抢到手的独行买卖！

于是王竹红先从孩子们身上突破，他让几个孩子先学习，他们学成后，周边乡镇谁家有个红白喜事，他就带着孩子们主动上门给人家表演。孩子们一场下来，能拿到三五十块钱的红包（但这钱实际是王竹红自己掏的腰包），孩子们回村自然会说，这样能靠表演魔术挣到钱的消息，很快就传遍了全村。2010年他又带孩子们去县电视台表演，一上电视，来学习的孩子就越来越多了，他就让孩子们回去跟自己父母说，叫大人来学，因为大人学得快，然后再让他们教自家孩子。这个小技巧还真管用，一来二去，村里人还真练就了一两招绝活，就连60多岁的人也上了手。一次，周边一个企业主动上门，邀请他带“魔术师”去表演，开出了5万元的价。王竹红的一颗心也就此放下来了，他知道李峪村的“魔术村”梦要开始实现了。几年后，800多人的李峪村，会魔术的人达到了400多人，有200多人可以上台表演，“魔术村”的称呼自然也就在十里八乡传开了，之后再来李峪村的游客，除了看王来法纪念馆，还可以看魔术，住民宿，吃农家饭，再买农产品，村民们真还增收了不少。再后来，他带着村民组成的魔术团上省电视台，上央视，2016年又投资400万元建了多功能厅，一个与农民本不沾边的魔术，却成了李峪村响当当的品牌。我们讲，观念新，黄土变成金。李峪村的成功，说到底，就是观念上有了突破，思路上有了创新。

还有一个不认命的例子，韩北乡东堡村的史晓斌。我曾两次见到他，一次是在宾馆，另一次是在他的诊所。宾馆那次他本来是以健康扶贫的代表与我见面的，但当他出现在我面前时，我便把关注点移到了他身上。我听到有人敲门，开门后进来的却是一个坐轮椅的人。史晓斌很瘦，细软的头发压在头上，让他的眼睛显得格外的大，作为村医他应该天天与人打交道，但言谈举止中还是有说不出的拘谨和羞涩。后来我专程去了一趟东堡，在村口遇到一位精巴的大爷，他领我去了诊所，去了才知道那位大爷正是晓斌的父亲，他和自己的老伴住在大队办公楼二楼的一间房子里给晓斌做饭，后来才知道，他们一家并不是东堡村人。诊所里正好没有病人，晓斌坐在一张病床上给自己揉腿。他的情况之前我知道，我问他双腿是不是在萎缩，晓斌说是，所以得个空儿就得揉搓揉搓。

晓斌1977年出生在韩北乡离东堡村几公里的一个山村，1994年在父亲的影响下到山西中医学校学习，学成后到乡卫生院工作。接着娶妻生子，本是一个平常人家的平常生活，却不想2000年在帮同学收秋的路上，由于山高路陡，车辆失控，出了车祸导致腰椎骨折，几经抢救，命是保住了，但下肢却完全失去了知觉。突如其来的打击让他对人生失去了希望，他想到过死，最起码那样不用再拖累别人。可是当他看着刚满两岁的儿子和每天守在床前照料自己的妻子，还有年岁越来越大的父母时，他没有办法把这些责任甩给别人，自己的责任应该自己担起来，坚强不坚强那是在别人嘴里的说法，他要做的是必须想办法自食其力。他喜欢医生这个职业，或者说他这个状况似乎也很适合当个医生，在家人的支持下，他决定开办一个诊所。刚开始时，资金不够，借钱无门，是保险公司的赔付款到了，问题才算解决。2001年小诊所开张时，他的流动资金只有500元，所以药品数量少，品种单一，一个月下来，他连电费都付不起。但他没有因此放弃，他开始免费给上门的人答疑解惑，又坐着轮椅上门出诊。慢慢地村民们信任他了，外村的患者也随之多了起来。后来他被乡卫生院聘为东堡村的村医，负责东堡村和桥南村的基本医疗保障，他便在东堡村待了下来。我直面问过他一年下来的收入，他说正常情况有三四万吧。当时他是一种不卑不亢的表情，其实他一年的真实收入对我来说是无意义的，我知道他除了行动不便之外已经像正常人一样生活就行了。史晓斌坐在轮椅上，高调或高光一点儿讲，是在守护着一方村民的健康。但我更看重的是，他身残志坚，不仅没有成为家人和社会的负累，还成了为社会创造价值的有用之人。我们可以试想，如果他当初选择放弃，没有一点儿收入的他，应该会不出意外地成为建档立卡贫困户。

在思考贫富差异的原因时，我经常想到一个很关键的词——社会。如果我们把一个国家看作一个社会，那就很容易发现，参与社会分工深而且多的，或者说是社会化程度高的地方，往往就是经济发达的地方，参与社会分工浅而且少的地方，经济就欠发达。从全国、全球，用贫穷和发达来对地区进行分类，基本上也会得出同样的结论。因此，说到底还是人的问题，思想观念的问题。正如上文所言，我们的思维模式是空间思维，在电视里看到那些高楼大厦、五光十色的城市生活，作为村里人应该会羡慕吧！可是我们马上就会回答自己，我们是村里人，是农民，农民就是要靠土地生存，那些城市里的生活与我有啥关系呢？就是旁边的邻村这几年富了，那也是人家邻村的事，与自己也没多少关系，我才不和人家比呢，我需要比的是自己村的人，甚至是院门之内的兄弟。就是在这种思想下，贫困的人就算知道自己贫困，贫困也就变得没那么吓人了。因为他们的比较不是横向的，不是社会的平均值，而是纵向的，过去的，甚至有些老人还在和大饥荒的1960年比，和朝不保夕的战乱时期比。

回看中国改革开放几十年，凡是经济高速增长的地方，说到底，还不是新思想、新观念得到实践的地方？深圳、温州、义乌、东莞、宁波等，“敢想、敢闯、敢干”几乎成了它们的代名词。而在内地资源型、靠吃老本的省份，相比之下就要见绌一些。有人说，“山西人就喜欢老婆孩子热炕头”“山西娃总是离不了家”，山西经济发展不快，其实也没有几年吧，稍往前推一推，就会看到晋商辉煌的历史，到平遥、太谷看看，就会理解山西“海内最富”的说法不是虚传，再去包头城里打听打听当地人的过往，去塞外的杀虎口捧上一抔黄土闻一闻，就是在抗战时期那种一日出去不知何日还的时候，武乡不也竟然有过一万多人跟随八路军南下的历史嘛！

说来说去，还是观念。在武乡采访，我总是不由得会问自己，武乡是革命老区，太行精神的孕育之地，那些革命、斗争的精神难道没有传承下来吗？战争或是经历过战火烧灼的土地，在产生不怕死英勇奉献精神的同时，在精神上或情感上会不会产生“更加看重生命”的心理呢？这个我只是猜测，但是在一片土地上，经历过“死亡”的人，必然对人生的态度和看法是和其他地方不一样的。这会不会也是武乡人安于现状的一个内在原因呢？我不得而知。

我不知道贫穷问题如何解决，理论界有过一个涓滴理论。这个理论认为贫困问题的解决主要依赖于社会经济发展水平的持续提高，即使没有社会政策的干预，由经济发展所产生的滴漏效应也会影响到社会的贫困阶层，从而使得社会的贫困问题随着经济发展而自然得到解决。但事实上，直到今天，贫困依然还是一个世界性问题，尽管市场经济在当今时代大行其道，但是作为收入不平等主要表现形式的贫困，市场经济最终是无法解决的。因此，反贫困依然是各国治国理政中绕不开的话题。

从我国经济社会发展的情况来看，国家经济几十年持续高速发展，确实带动了一大批贫困人口脱贫，可是当经济增长对减贫的带动效应逐年下降，甚至趋于零的时候，该怎么办？事实上单纯依靠经济社会既要促进公平，还要保证效率的发展来实现减贫，本身就存有相当大的难度。拿几个数字来看，按照世界银行贫困线标准，1980年中国农村贫困人口比例几近农村人口的百分之百，占到世界贫困人口比例的38.29%，几乎等于人人穷、户户困，20多年后的2002年，以解决温饱为主的第一阶段扶贫之后，农村贫困人口下降了一半，在世界贫困人口占比中下降到23.39%。到2012年，农村贫困人口继续下降，降到12.98%，在世界贫困人口中的占比随之降到9.41%；贫困发生率也从1978年的95.7%下降到2015年的5.7%，我们不知道剩下的5.7%这部分群众，是不是可以用“绝对贫困”来定义，至少他们是无力了，从理论上我们也能从约翰·罗尔斯的《正义论》中找到答案，政府就必须出面来发挥主导作用了。

贫困成了我们实现中国梦的“拦路虎”。因为扶贫路上做到不能落下一个贫困家庭、不能丢下一个贫困群众是扶贫工作的最低目标。我们中国要的是全民族的共同富裕，或者说，全民族共同富裕才是中国梦的实质。再说深一点儿，在我们悠久的历史中，扶贫济困从来就是久远的，“夫施与贫困者，此世之所谓仁义”的论述在先秦就有了，以民为本的大同思想历来是中国人文化基因里的传统，中国共产党的宗旨就是全心全意为人民服务，一切为了人民正是中国共产党的原点和初心，因此扶贫就成了中国常抓不懈的工作。尤其是，曾经为中国解放和社会主义建设做出过重大贡献的老区，更是让每一届领导都惦念在心。正如习近平总书记指出的那样：革命老区是党和人民军队的根，我们永远不能忘记自己是从哪里走来的，永远都要从革命的历史中汲取智慧和力量。老区和老区人民为我们党领导的中国革命作出了重大牺牲和贡献，我们要永远珍惜、永远铭记。我们要实现第一个百年奋斗目标，全面建成小康社会，没有老区的全面小康，没有老区贫困人口脱贫致富，那是不完整的。

扶贫工作在中国，实际上是“扶危济困”“改善民生”中华文化内在追求的外在形式。从先秦“仁爱”“民本”“兼爱”“大同”等思想，到中国共产党消除贫困、改善民生，一直是中华民族摆脱贫困向理想社会迈进的过程。尤其是改革开放以来，短短30多年间，中国解决了整个西方世界38个国家在过去300多年现代化进程中解决的贫困人口总和，在全世界反贫困格局中地位显著，贡献巨大，成为全球减贫事业的典范。当然，中国减贫形势依然严峻，剩余的贫困人口贫困程度深、减贫成本高，可以说，扶贫工作越到后面难度就越大，任务越艰巨，面临的越是“硬骨头”和久医不治的“顽症”。

武乡也是这样的形势，从1985年被确定为省级贫困县以来，武乡人民扶贫成绩不小，但是，对照党中央国务院、省委省政府、市委市政府，以及全县人民幸福美好生活的要求，确实还有不少潜力可挖，特别是全国脱贫攻坚战正式打响以来，老区人民重新认识自己，重新树立目标，重新打起精神扛起了枪，一如七十年前的当年，义无反顾地扑向敌人，只不过这次的敌人是“贫困”。

脱贫攻坚，就是打一场歼灭战，一场攻坚战。在我写下这些文字时，我脑子里总是浮现出《亮剑》里的一个桥段：日军山崎大队误打误撞闯进了八路军总部腹地，这里设有八路军兵工厂。八路军总部极为震怒，副总指挥彭德怀下令消灭它，并采取“围点打援”的战术。然而山崎大队占据了制高点，易守难攻，这一仗打得那个艰苦啊……故事原型就是1940年10月30日到31日发生在武乡县东部蟠龙镇的关家垴之战。

今天，在同一片土地上，“贫困”就像当年的敌人盘踞在那里，尽管贫困没有飞机、大炮支援，也没有一个电话就可以叫来的后援，但它是“顽固”的，和当年的关家垴之战有很多相似之处。不过，尽管贫困像个幽灵，萦绕在中国人心中已经几千年了，但是随着全面脱贫作为党中央的重大战略部署，已经是人民至上的“国字一号”任务，我们没有理由不相信，在这场攻坚拔寨过程中，无论遇到多少困难，道路有多坎坷，有着不屈精神的武乡人民一定不会甘于落后，毕竟这里的土地被战火烧焦过，被先辈烈士们的鲜血浸染过，想一想发生在蟠龙镇关家垴的那一场血战吧！有那样一种无畏的牺牲精神，武乡人民怎么会在这场脱贫攻坚战中争取不到更大的光荣呢？！

第二章

下沉

关家垴，本是武乡县蟠龙东部10公里处一个籍籍无名的山头，就因为80年前在这里发生的一场血战，它便成为了中国军史上很难绕开的地名。

1940年10月初，抗日战争中百团大战已经取得前两个阶段的胜利，进入了第三阶段。晋东南抗日根据地的气氛却突然紧张起来。中旬，日军从各据点调动兵力对抗日根据地发起报复性“扫荡”，可气的是日军所到之处，见人就杀，见屋就烧，遇到牲畜和粮食，不抢即毁，老百姓的生活悲苦难忍。与老百姓鱼水情深的八路军，看在眼里，疼在心上，尤其是时任八路军副总司令的彭德怀，更是痛楚不堪，愤怒到如万箭穿心。彭总怎么可能让敌人的气焰继续嚣张下去呢？！10月28日，日军冈崎大队在多日追杀八路军总部机关未果后，由黄崖洞西犯，被迫撤到关家垴附近，准备夺道武乡，退回沁县。恰巧这时，刚打完榆辽战役的八路军第一二九师就在附近休整。闻此消息后，彭德怀立刻赶回总部与左权等人研究制订作战计划。10月29日下午，彭德怀火速赶到蟠龙镇石门村亲自坐镇指挥。左权、刘伯承、邓小平等人也先后赶到。当晚彭德怀召集第一二九师的师、旅干部开会，并正式下达了作战命令。

现在，如果到当地，很容易就能发现暗藏在那张著名的彭总在前线指挥的相片里的危险，彭总是我方高级将领，站在韩登坪的一处坟地，高举望远镜身份已经暴露，要知道那里距关家垴主战场只有五百米，而在战场上的敌人不仅拥有山炮，还有空中的飞机。

——笔者根据相关资料整理

“精准”徐徐而来

下沉，或者说沉下去，本身就需要自带重量。为了收集武乡的脱贫攻坚故事，事先县里给了我很多资料，县志、文件汇编、报纸、先进事迹、新闻报道，我想从中获取一些灵感，但效果甚微。资料太繁杂，几乎清一色是数据，而我又无法将那些数据，包括少之又少脸谱化的文字，串联在一起，并在脑子里聚拢成一个生动的形象。这是一个奇怪的现象，我可以凭空在小说中制造出一个人，但当一堆数字和文字摆到我面前时，我却反而变得无能为力，我的想象力完全退化了，所有的人物都变得那么空洞、僵硬、没有一点温度，这可能就是完成一部报告文学的难度。你必须得实地、近距离地接近你要表达的事物。那么，要想写好脱贫攻坚战，下乡就是一条必要的，似乎也是唯一的路径了。针对这种情况，我做了一次同理推演，我想到那些扶贫干部，之前我一直不明白，帮扶就帮扶吧，为什么非得到村里，还要住到村里呢？你想想，一名交通局的干部，他拿着手里的报告，说某某村的道路泥泞不堪，最宽的地方不足两米，既有弯，坡还陡，村民们常常在那里出事，他是可以想象出来的，可是换作另一个部门，他手里的报告讲，一户村民夫妻俩都有二级以上的智力残疾，两个孩子倒很健康，可是都还小，全家唯一的劳动力就是孩子的奶奶，但这位奶奶也是60岁的人了，年人均纯收入不到五百元，家里真是穷，不仅每个人穿着破衣烂衫，两间破屋里也是家徒四壁，你能想象出那种穷吗？你能真正体会到家徒四壁人家的日常生活吗？怎么办？可能唯一的办法也得和我一样，去实地走访吧！

这就是下沉，起码是下沉的开始。

关于这场脱贫攻坚战，武乡是给定了目标的：三年集中攻坚，两年巩固提升。按照2020年现行标准下农村贫困人口实现脱贫的总要求倒推回去，武乡的脱贫攻坚战就是从2016年打起的。

但是，在此之前，先知先觉或者说一直把扶贫工作挺在前面的武乡，已经开始做着战前的准备。2015年10月21日当地的报纸，一期就有三篇涉及扶贫工作的报道，第一篇是扶贫工作专题会，看内容像是个阶段性的汇报和工作安排，但是县委书记、县长都参加了。县委书记胡坚在会上还强调，扶贫工作的核心是抓好产业，要抓好现有的“富农贷”“强农贷”，将惠农政策传达到村、到户、到田间地头，让群众了解政策，得到实惠。第二篇是突出精准发力打好扶贫攻坚战，是讲武乡要将精准扶贫作为重大的民生工程来实施，要通过产业翻番带动农民收入翻番。第三篇是落实全省扶贫开发建档立卡“回头看”电视电话会议精神，会议要求各乡镇要严格执行建档立卡识别标准，坚决做到应进必进，该退必退；严格执行建档立卡识别程序，坚决做到一个环节不能漏、一个环节不能丢、把握好宣传发动、摸底核实、民主评议、审核把关、公示公告等五个关键环节；第一书记和工作队要全程参与，确保信息准确、全面、真实。

这个不应该是巧合。武乡县委书记胡坚（2019年2月担任长治市人大常委会副主任，但依然兼任武乡县委书记），2013年7月到武乡走马上任，那年11月3日，习近平总书记在湘西土家族苗族自治州花垣县排碧乡十八洞村，与村干部、村民代表围坐在一起话发展时，首次提出了精准扶贫。习近平总书记表示，扶贫要实事求是，因地制宜。要精准扶贫，切忌喊口号，也不要定好高骛远的目标。后来，习近平总书记多次对精准扶贫、精准脱贫作出重要指示，他讲，精准扶贫，就是要对扶贫对象实行精细化管理，对扶贫资源实行精确化配置，对扶贫对象实行精准化扶持，确保扶贫资源真正用在扶贫对象身上、真正用在贫困地区。强调扶贫开发推进到今天这样的程度，贵在精准，重在精准，成败之举在于精准。要做到“扶持对象精准、项目安排精准、资金使用精准、措施到户精准、因村派人精准、脱贫成效精准”。具体到武乡贫困户的建档立卡“回头看”工作上来，胡坚要求各乡镇、村，进一步调准焦距，瞄准靶心，要逐村逐户认真细致地进行。实际上就是“精准”思想在武乡扶贫工作中的具体部署和实践。

2015年11月20日，由省扶贫队队长，四大班子，各乡镇党委书记、分管扶贫工作的领导，全县各村第一书记，所有行政村党支部书记和村委会主任参加的全县扶贫工作推进暨建档立卡“回头看”动员会召开。会上，胡坚再次强调，要准确把握全面建成小康社会的深刻内涵，要认识到2020年我国现行标准下，农村贫困人口实现脱贫，贫困县全部摘帽，作为国定贫困县的武乡，这是一项硬任务、硬要求、硬指标。为了打好这场硬仗，必须突出一个细字，责任落实要细之又细，任务落实要细之又细，工作落实要细之又细。做到一村一套脱贫方案，一户一本脱贫台账，一家一个扶持计划。让帮扶工作队、联系干部、第一书记真正沉下身、静下心、待得住。要突出一个严字，要严格兑现，严格考核、严格问责！这些讲话内容的实质背后，除了严格和认真之外，实际上还是“精准”二字。

“通过一段时间的接触，我对胡坚这位武乡县的‘领头人’的评价是：他是一位好的县委书记。他理论学习扎实，政策理解到位，工作全身心投入，幽默不失随和，平易近人让人感觉不到距离。”一位作为第三方评估人员后来如此评价胡坚。

我至今和这位县委书记也只是有过一次简短的电话交流，一个会议期间的一面之交，是否幽默不失随和，是否平易近人，我不知道。不过通过方方面面的文字来看，对他爱学习，理论扎实，对政策理解到位的评价，还是中肯的。

再说，武乡自中华人民共和国成立以来就是政治大县，省委选什么样的人到这里坐镇，我想，政治素质过硬必然是首先要考虑的吧。

一位政治素质高、爱学习、理论扎实，对政策理解到位，工作又能全身心投入的人，坐在武乡县委的第一把交椅上，对中央精神，上级领导讲话中出现的新词，不可能无动于衷，或视而不见。事实上，在2015年11月23日，中共中央政治局召开会议，审议通过《关于打赢脱贫攻坚战的决定》，向全党全社会发出坚决打赢脱贫攻坚战的动员令“到2020年，确保我国现行标准下的农村贫困人口实现脱贫，贫困县摘帽，解决区域性整体贫困”之前，县委书记胡坚已经多次在武乡有关扶贫的会议上，开始使用“精准扶贫”了，偶尔还会提到“攻坚”。

这应该是一名县委书记认真学习上级文件和会议精神的结果，也是武乡县情的提醒，更是他结合工作实际的深刻思考。

毕竟武乡县贫困面积之大、贫困人口之多、贫困程度之深，是令人印象深刻的，一个县有贫困村215个，占全县行政村总数的57%，有贫困人口的非贫困村111个，扶贫任务非常艰巨。2015年11月25日《武乡报》有个时评，基本论调是要想打赢扶贫这一仗，全县上下就必须得齐肩并担，扎扎实实，投入更大的决心、更强的力度、更有效的举措。做到攻坚战方向要准、力度要强、落点要实。面对这一情况，已经在武乡工作两年多，对武乡已有深入了解的胡坚，应该已经意识到武乡的扶贫工作，按之前的惯常动作或习惯方法是不行了，至少是再想取得更大的成绩，就有相当大的困难了。

就扶贫而言，勤于学习的胡坚，应该早就开始留意到党报、党媒上“精准扶贫”的字样和论述，作为县委书记，党的十八大提出到2020年中国要实现全面建成小康社会的宏伟目标，他是知道的；自己所在的武乡县是国家级贫困县有5万多贫困人口，他也是清楚的；武乡要脱贫，就得扶贫，可是怎么去扶，如何找到一套行之有效的思路和方法，我们不好去猜想他是否将“精准”这两个字和武乡的扶贫工作联系在了一起，但至少可以肯定，当他看到“精准扶贫”四个字时，就像在思考和摸索扶贫工作的前行道路上，看到了一座亮闪闪的灯塔。

可是，什么是精准扶贫？怎样去落实，才能做到精准呢？那个时候“六个精准”的要求还没有到县里，胡坚正在抓武乡党的群众路线教育实践。刚刚到任的他，就大搞“机关干部大接访、大下访活动”，开展打击“黄、赌、毒”和黑恶势力专项行动；把焦裕禄精神作为一条红线贯穿始终，又与弘扬太行精神、右玉精神、纪兰精神结合起来对干部进行思想教育，县四大班子的领导干部脚步要覆盖所有行政村，乡镇干部要覆盖到所有自然村和社区，农村（社区）“两委”干部和大学生村官要覆盖到辖区内所有的农户住户，主要目的就是，要紧紧围绕“亲民、爱民、便民、利民、富民、惠民”“六民”为抓手，从作风、感情、服务、政策、发展、成果上，了解民心民情，解决群众的实际困难。简单归结一下，这些工作的背后是习近平总书记的“四个始终”在作统领，不仅要坚持好党的群众路线，还要让党员的先进性更先进，干部的作风扎实再扎实。正如他在2014年回答记者时讲的那样，这次实践活动贵在“实”字，因为贯穿始终的是整风精神，不“实”如何体现整风？没有整风精神，工作还怎么能做到抓铁有痕？

我们不知道这次教育实践，与后来的这场脱贫攻坚战之间有着怎样的联系，但最起码可以推断，就党员干部的作风和精神状态来说，是为脱贫攻坚做了很好的准备。只不过，我们还无法用“沉下去”来形容那个时期的状态罢了。

实际上，扶贫工作的重要性已经在武乡的各项工作中得到显现。2014年初，武乡县委提出“11355”发展思路，第一个“1”是打响全国红色旅游第一品牌。第二个“1”是走出一条国定贫困县转型跨越、脱贫收入翻番、全面建成小康社会的新路。“3”就是着力打造全省煤电一体循环经济产业基地、全国镁铝合金新材料产业基地、全省特色农产品生产加工产业基地“三个基地”。第一个“5”是要实施好项目建设、扶贫攻坚、新型城镇化、民生普惠、生态文明“五大工程”。第二个“5”就是要努力建设实力武乡、富裕武乡、宜居武乡、幸福武乡、美丽武乡“五个武乡”。从中可以看出，脱贫、减贫、扶贫工作在武乡经济社会发展中的地位已经有了很明显的提升。

我们同样注意到的是，中国的农村扶贫标准在1986年是年人均纯收入206元，2009年提高到1196元，2011年大幅提高到2300元。2014年，这一标准动态调整为每人每年2800元。扣除物价因素，现行扶贫标准代表的实际生活水平比20年前高了很多倍。由此也就可以想象，扶贫工作对武乡县来说压力该有多大。

但是在国家层面，脱贫攻坚又是一件必须要做的事。虽然改革开放以来，中国已经有7亿农村贫困人口脱贫，对全球减贫贡献率超过70%，成为中国奇迹。但是脱贫脱到最后，剩下的就是“最难啃的硬骨头”，再用之前大水漫灌或撒胡椒面的方法已经作用不大，如果再像之前那样漫无目的去扶贫，真会出现手榴弹炸跳蚤的现象。就武乡县统计的资料来看，那些因学致贫、因无资金致贫还好，但更多的贫困户要么是老弱病残没有劳动力的弱势群体，要么是对未来和生活毫无希望的单身，尤其是那些单身户，对他们来说，生活就是活着，未来就是人一死一了百了毫无牵挂的事情，我在好几个乡镇采访时也发现了这个问题：单户单人在贫困户中占有很大的比例，仅对故城镇一个镇做了粗略统计，就发现，权店、北良、磨里、西良四个村，单身户数分别占贫困户的50%、43.75%、40%、38.46%，还有很多即便不是单户单人，一户中两个人甚至是三个人的，三个人也多是终身未娶的光棍。解决温饱后，贫困对他们来说似乎就无所谓了，他们对未来的认为是，所有的时间无非就是在一种等待中了却残生。我们都知道，作为社会的个体，个人的行为既要能符合社会对他作为社会一分子最起码的要求，他还得能够适应社会演变带来的形势变化。反过来讲，作为组成社会的每个人，他既是社会的载体，又是社会的实体，个人跳不出社会的掌握，同时社会的进步也离不开社会中每个人发挥的作用。而他们这群人，从某种意义上讲，已经脱离了社会。帮他们脱贫，对他们来说，不仅仅是道义上的同情与关心，还包括对社会一分子回归社会的一次拯救或挽留。在故城镇河底村采访时，副镇长屈路燕也在场，她在大学期间参加过很多类似情况的社会调查，她说：“要想激发这一类人的内生动力真的很难，你想让他们去挣钱，可是钱对他们来说没有一点儿用，他们何必去起早贪黑，去大汗淋漓呢，要想让他们打起精神来通过致富改善自己的生活条件最终实现小康，那就给他们扶贫一个老婆，我们必须得给他们先找一个花钱的，他们才有动力去挣钱。”话虽然是玩笑话，但不无道理。对于类似这样的贫困钉子户怎么办？只有一户一户地来，说不好还是月月来天天来，得坐下来解开他的心结，打通他的命脉。

我们知道，脱贫致富贫困户是主角，是主体，扶贫干部只不过是配角，是帮扶，但共同富裕是社会主义的本质特征，实现全体人民的共同富裕是扶贫工作的战略目标。邓小平同志在毛泽东共同富裕思想基础上，结合自己对马克思主义贫困与反贫困理论的认识和理解，就强调过：贫穷不是社会主义，社会主义要消灭贫穷。2012年底，成为党和国家最高领导人的习近平，更是明确提出，消除贫困、改善民生、实现共同富裕，是社会主义的要求，是我们党的重要使命。改革开放以来，经过全国范围有计划有组织的大规模开发式扶贫，我国贫困人口大量减少，贫困地区面貌显著变化，但扶贫开发工作依然面临十分艰巨而繁重的任务，已进入啃硬骨头、攻坚拔寨的冲刺期。形势逼人，形势不等人。

由此可见，基于中国长期的反贫困实践以及新时代的要求，要想解决中国千百年来存在的绝对贫困问题，坚决打赢脱贫攻坚战。作为能够参与其中的各级扶贫干部，紧握自己人生中的这一大幸，主动接受和服从安排，沉下去，到脱贫攻坚的前沿阵地上去，就成为一种势在必行。

下沉，到一线去

于是，扶贫干部带上初心，带上政策，带上决心，带上信心，带上感情，带上耐心，带上热情，扑下身子，开始下乡，开始进村入户，开始坐到贫困户的炕沿儿上拉起家常。我们发现，在这场脱贫攻坚中，甚至在很多时候很多地方，贫困户和扶贫干部的角色还发生了颠倒，因为贫困户的无力、无能，他们连自身的重量都无法支撑，扶贫干部理论上是去帮扶，但出的力，实际上比贫困户自己还要大，甚至扶贫干部还得拖着贫困户走，背着贫困户走。因为要想打赢这一场战，就必须让脱贫成为贫困户与扶贫干部共同的事业。这是一次意义非凡的合作，在一致的目标下，扶贫干部和贫困户紧紧地捆绑在了一起。

因此，这次下沉和之前的任何一次就有着很多的不同。之前，干部下沉其实是种态度，你作为扶贫干部需要放低姿态，放下身段，真心为帮扶对象服务，可这次下沉，却是全方位的，除了扶贫干部，除了心态，还有一整套的政策、指标、管理、考核、方法、标准，每一项都很具体，也很硬性。就脱贫工作来说，之前漫灌的时候，基本上是单位（部门）对村，不会对到贫困户上，作为帮扶单位派出的扶贫干部，一年中到扶贫的村里也转不了几次，即便是到村里，对接的也是村干部，逢年过节来搞一搞慰问，有条件的单位送一些项目，搞工商贸易的帮着销销山货，宣传工会部门的送一些演出之类的文艺活动，而且多数扶贫干部在原单位的工作还不能放松，扶贫工作实际上也就成了一个兼职和捎带。

这一轮扶贫，这么做就不行了。

随着“精准扶贫”的重要性和必要性在中国大地上慢慢浮现，并越来越变成各级党委政府的重点工作时，扶贫干部以什么样的形式扶贫，如何做到真扶贫、扶真贫便成了一个值得思考的问题。也正是在这个时候，由省、市、县各部门，包括中央企业和地方国企，派出第一书记、扶贫工作队，进驻贫困村，加强基层党建，帮助脱贫，也就被提上了议事日程。

武乡作为贫困县，自然也要积极参与其中。

武乡县第一位第一书记驻村时间是什么时候，是哪一位，我没有去考证。2015年7月16日驻进蟠龙镇栗家沟的张磊说，他是属于较早一批的。他说，其实那个时候自己也不知道第一书记是做什么的，多少有点盲目。2015年6月当听到有下乡当第一书记的事情时，他便到单位组织部门报了名，据说报名的人还不少，二十来个人。但是按各种要求筛选下来，初选了五个，真正进入谈话程序的只有三个。那时张磊在中国煤炭科工集团晋城某公司从事安全工作有四年了，他记得组织部的领导把他们三个叫到办公室进行了简短的谈话，谈话中提出一些很具体的问题，在回答时却是一对一进行的。和张磊谈话时，组织部的领导首先要他回答对农村现有政策了解多少。

张磊自小在山西省长治市的长子县长大，作为独生子女，家里人很少让他参与农事，但农村的一些事他多少有所耳闻。他回答了“低保”“危房改造”“正在进行基层组织建设”，等等。接着是第二个问题，领导问他心里做好吃苦受罪的准备了吗？那段时间电视里刚好播了《马向阳下乡记》，领导问他是否看过。意思是说，去了，就得和电视剧里的马向阳一样，驻到村里，还有可能面对马向阳面对的那些问题。张磊回答得干脆，说自己是从农村出来的，长大后有时还会回村里，这些苦他能接受。但实际上他心里一片空白，因为领导只是说，中国煤炭科工集团作为一家央企，积极贯彻落实中央的精神，要帮扶国家级贫困县，但是要去哪里，要去一个什么样的村，他是不知道的，那个村到底苦不苦，他也想象不出。更为重要的是，他这一去，代表的就是集团作为一家央企的形象，万一弄不成了呢？这时他才猛然意识到，原来自己有点莽撞，心里那种“试一试”的心态占比很重。

结果，单位选的人就是他。他的心一下子又不安起来，因为自己太没经验了，也没什么资源，去了能干成啥啊？好在文件上讲，工作期限是一年，一年时间不算长，自己尽力而为，如果做不成，单位还能补救，到时换人还能来得及。

后来他接到通知，工作地是武乡县蟠龙镇的栗家沟。他长出了一口气，还好，离家不是太远。

我见到的张磊，偏瘦，戴副眼镜，很精神，猛一看有一股汪峰的猛浪之气。但在五年前，他的样子一定是青涩的（那时他27岁），他从充满融融爱意的家里，到省城上学，与同学们相伴，毕业后从事的又是自己所学的煤炭专业，但是到栗家沟后，他所面临的却是一群农民，接触到的是土壤、庄稼、收成，我们当然猜不出第一次站在栗家沟村口的时候，看着破屋烂舍、寂静的村庄时张磊脸上会有什么样的表情，兴许比想象的好，心里有一些窃喜，兴许比想象的差，心里产生一种惆怅，但无论是什么他都不能选择转身回去，他只能硬着头皮往前走。他自己说，旁边就站着从县委组织部接上他，把他送到栗家沟的镇领导，他们一起走进大队院里，在镇领导的组织下，他见到了支村“两委”，在摆着几张破桌椅的会议室简单开了个会，这就算报到了。然而，当时栗家沟的乡亲们对这个毛头小伙是不以为然的。其中有一个原因就是，二十多年来，上面派来搞扶贫的人一波一波的真不少，之前最起码派的是上了点年纪的人，这次倒好，派来一个年轻娃娃……他们甚至还会猜想，这样的年轻人来村里是搞扶贫的？能搞得了扶贫？这种人不是家里有背景，就是单位准备要重用，总之是来走过场“镀金”的。乡亲们心里不舒服，说不定还有怨言，因为后山上自家地里的草该拔了，结果却还得把时间浪费在这里见一个打着“扶贫”的由头给自己捞政治资本的年轻娃娃。在当时的情况下，不要说老百姓，就算是张磊，他也只是通过网络或是看《马向阳下乡记》，对第一书记有一些粗浅的了解，对脱贫攻坚实打实是含糊不清的。他说，在领导提到《马向阳下乡记》后，他回家还真看了，马向阳到村里不就是做一些在他看来很平常的事嘛，在栗家沟报到的那天下午，他的心还是木木的，看着乡亲们同样木木的目光，他只知道自己要在这里生活一年，怎么开展工作，他也没底。

见面会很快结束，因为条件不具备，他跟着镇领导回到镇上，第二天向镇里请假，回家把车开来，这样在交通不便的村里，最起码工作起来，腿脚上就不受限制了。

再次回到栗家沟，大队还是不具备居住条件。不知道是看他小，还是不想张罗，总之，村党支部书记让这个可以当自己儿子的第一书记到自己家里住。这一住就是一年。而且一日三餐都跟支书一家吃。张磊说，支书一家人对他很好。他叫支书的爱人姨，他们家姑娘出嫁了，儿子在外打工没成家，有张磊加入，日子反倒热闹起来。

既然是来村里担任第一书记，那总得了解整个村庄。栗家沟不大，总共78户人家，刚开始支书怕他不熟悉抹不开面子，当然也担心因为不熟悉，村民们不给张磊开门，便陪了他一周。一周后，他就开始自己走访了。其实在走访中，他能感觉到村民的不信任和应付。这也难怪，因为乡亲们除了知道他是县委组织部派来的扶贫干部外，对他这个娃娃一无所知。有一次，他走在村庄里，一位在外面工作过、见过世面的乡亲对他说，这十五六年来，他见到来栗家沟下乡的人多了，也没见哪个干成过啥事！言外之意，面前的这个娃娃也干不成事。

人家说者可能无意，但听者不可无心。脚底上已经沾满栗家沟红色泥土的张磊，心中莫名地受到了打击。工作还没有开展，乡亲们却已经这般看到了他的结果，这让他心里怎么会不难受……如果说在来栗家沟的路上、躺在支书家床上，自己还抱有“试一试”的想法的话，这一次直扎他心的打击就让他彻底断了这个念想。他必须做事，还得把事做成。

可是，从何下手呢？他连村里的底子还没摸清，人都没有认全呢！张磊苦思冥想，想到一次家访时正好赶上饭点，那是他在村会计张国英家吃饭的情景，因为事先没有准备，张国英只好拿来一个老母鸡当天下的鸡蛋炒了来招待他。张磊没有拒绝，但问了主人，家里只有这一个鸡蛋啊？主人回答得吞吞吐吐，这让张磊既内疚又震惊，尽管事先没有准备，但是难道在一户村民的平常生活中，一盘炒鸡蛋竟然就成了招待客人的最好菜看！那么，栗家沟人的日子实际过得怎么样？乡亲们生活急需改善，手里需要钱，那是显而易见的。可是自己只是一个入职四年的职工，没关系，也没权，怎么才能找到切入点，打开局面呢。这时，他再想起那位口气生硬的乡亲说他干不成事的话，就已经不再是打击，而是一种激励和动力了。

张磊在单位从事安全工作，心细，认真。他觉得自己的判断还是太笼统了，改善生活、需要钱，确实无从下手，要想知道村民真正需要什么，还得让村民们亲口说出来。于是他和支村“两委”商量，召集村民代表开会。到场的代表们还不错，并没有七嘴八舌地提各自的要求，而是提出了整修村里连户路的想法。

对此，张磊起初产生过疑问，连户路平时大家都在走，就算不平、难走，但还是能走，村民们为什么那么着急要修。他了解情况后才得知，两个月后就要收秋了，村民们从地里拉收回来的庄稼都得从那里走，尽管长度不长，也就三百米，可是中段有两个带弯的急坡几乎每年秋天都发生意外事故。“好吧！”张磊心里就这样接受了，他在自己本子上记下这件事。几天后，他回到原单位汇报自己下乡的工作，汇报完后他并没有走，而是在单位住了下来，第三天，单位分管扶贫工作的党委书记碰到他，问他怎么没去栗家沟。他才含含糊糊，抱着“试试”的想法跟书记讲，他想给栗家沟修路。书记当时有事要忙，心里完全没底的张磊却站在书记面前开始描述栗家沟的情况。书记不得不打断他，说咱们人都下去了，村里有困难，资金跟着下去也是应该的，你赶紧回栗家沟，做个预算，然后咱们上会研究一下。那个时候，机械台班、水泥、沙子的都还不贵，而且村民们愿意做义务工，预算做了五万多，他交给单位后，很快批了下来。

在自己单位强力支持下，年轻的娃娃“短、平、快”地给栗家沟办成了第一件事。他给村民们证明了自己的同时，也给了自己信心。

那年秋天，村民们走在了平整的水泥路上，但是改善生活和增加收入的事还没有着落。媒体上报道张磊说，在他的日记本扉页写有自己的承诺：“做不好扶贫工作，枉为组织培养，我自愿接受处分！”但把扶贫工作做好绝非易事。整个2015年后半年，张磊把精力放到跑种植辣椒的项目上了。栗家沟地形地貌适合种辣椒，而自己的老家就有实力雄厚的四通蔬菜公司，如果两者联合起来，说不定辣椒就能成为一项栗家沟人致富的产业。张磊利用回家探亲的时间，一趟趟往蔬菜公司跑，他没有什么可以做保证，能给出人家的只有一名第一书记的真诚，一颗想让栗家沟村民实现增收脱贫的心。兴许是他的真诚打动了人家，兴许是蔬菜公司确实也需要扩大自己的生产基地，总之，到2015年底，在他的努力下，栗家沟终于与长子县的四通蔬菜公司达成合作协议：四通公司负责提供种苗、技术，并承诺以每斤1.5元的保底价回收鲜辣椒；栗家沟村负责种植，并承诺三年内种植面积达到300亩。

可是在当时，别说300亩，就是3亩，张磊心里也没有底。毕竟栗家沟邻近的村庄之前曾经种过辣椒，结果却由于销路不畅，导致丰收不增收，以失败告终。自己又张罗起这辣椒生意，村民们怎么敢接手呢。这时又是自己的单位中国煤炭科工集团给他做了坚强后盾，单位负责免费提供种苗、地膜、农药、技术。这样，村民们总该愿意种了吧？

“其实村民们不是不愿意种，而是不敢种。”张磊说，“再说我自己也没底。我只好东家进西家出地去给村民们做承诺，去做他们的思想工作。”

就这样，无论遇到什么打击的张磊没有一次选择放弃，他坚信精诚所至，金石为开，更相信自己为栗家沟干事创业的心，已经深深埋在栗家沟的土地里了。栗家沟的土地既然能长出庄稼，他的心就能在此生根发芽，开花结果。

2020年6月中旬一个热气蒸腾的中午，我们从栗家沟返出来，拐进东坡村，去见一位叫田国臣的第一书记。提出这个建议的，是一起来的县政府办的工作人员武晓林，他说这个第一书记太没名了，就知道踏踏实实地做事，武晓林说，去看看吧，东坡村是一个深度贫困村，田国臣在那里工作不容易，就连他这个天天和基层打交道的人，也是在一次跟着领导下乡调研时偶然发现的。

我们进村见到田国臣时，他正和队友在大队二楼的办公室忙。已经是快中午十二点的样子了，他们还没有动手做午饭的意思。因为之前对他的情况一无所知，虽然我们聊的内容离不开脱贫攻坚，但是从哪里聊起，重点聊点什么，我还真不知道，我们就那么随机聊开，不过这样倒好，反倒是聊得轻松了不少。

田国臣2015年2月刚从大学生村官到县直单位工作，2015年8月就作为第一书记下乡了，比栗家沟的张磊晚一个月，但属于武乡县的第一批。他先在大有乡，后来被调到蟠龙的东坡，和张磊一样的是，这一待，就是五年。田国臣比张磊大，也比张磊看上去憨，仅从外表就给你一种任何工作都可以交给他的信任感。田国臣原单位是武乡县市场监督管理局，他自己是农村人，大学生村官期间有两年村党支部书记的经历，不过他大概做梦也想不到，到县里工作后却又返到村里来当第一书记。

他说，关于这次脱贫攻坚，自己最大的体会就是完完全全的下沉，远的不比较，这2016年和2015年就大不一样。2015年刚下乡扶贫时，原单位的工作还不能脱手，自己的精力一半在单位，一半在村里，但是从2016年开始，就不允许了，第一书记必须全身心扑到村里。这也是形势需要，作为第一书记，你也必须得一心扑到村里，各方面的工作才能铺开。

提到第一次来东坡，田国臣讲，第一晚他是住在贫困户家里的。

我问他能适应吗?

他说："哪有什么不适应。我就是农村孩子。"

这时我才发现眼前的这个田国臣与贫困户家收入测算表上的那个田国臣完全不一样。收入测算表上的田国臣，穿一身蓝色制服、白色衬衣、打着领带，可眼前的这个人，一件薄而显旧的淡青色衬衣，两只鞋上从底儿到帮儿都是泥，手里拿着一个带皮套的旧式手机，但皮套已经起浆翻皮，很不成样子了。如果在半路上遇到他，要不是有人做介绍，你一准儿会以为他是一位刚从地里回来的农民老哥，那皱皱巴巴的衬衣肩上，就像刚刚扛过一大捆玉米秆。

田国臣说，他兄弟姐妹四个，上面两个姐姐，一个哥，自己是老小。按他的年龄计算父母应该也上年纪了。当我们在谈起脱贫攻坚时，田国臣情绪很高昂，说自己原先当过村党支部书记的经历给这次下乡带来多少好处。他说这个东坡村之前不仅仅是个市级深度贫困村，在他初来的时候村里还不稳定，班子不团结，还有人上访。正是因为他对农村对村里人的了解，这些矛盾才慢慢地得以一一化解。人生嘛，既然自己又回到农村来了，就冲着对农村的这一份情感，自己也要立志在村里实现人生价值。他讲动员村民种连翘的事，种槐树取槐米的事，讲村里道路硬化的事。可是一提到家里的情况时，他就情绪低落了，是那种有什么东西沉沉地压着让他喘不上气来的感觉。

后来他说，自己的家庭负担实在太重了。

有多重?是经济问题?我问他。

他说，不是，而是……他一脸的无奈，同时伴随着一脸的无助。

他首先提到自己哥哥一家。哥哥之前送快递，三年前因为鼻子不舒服去医院做手术，可是手术还没做，一天夜里却死在了医院，留下三个孩子，最大的八岁，最小的三岁，没人管，嫂子还没工作。这样的一个家庭自己一个当叔叔的哪能不管，这倒也罢，自己的父亲因为直肠癌2013年做过手术，麻烦的是去年11月，母亲也病了，甲状腺出了问题，也得做手术。两个姐姐都在外地没办法回来照顾。自己的小家庭呢，孩子刚三岁，自己的爱人在另一个乡工作。这还是外在的压力，最后轮到他自己。他说，如果自己壮壮实实的也就算了，可是自己的身体也不争气，患了阑尾炎，已经有两年时间了，连个手术都做不成。

为什么？阑尾炎手术应该不算大手术。

他说，主要是没时间。田国臣说："可是这个阑尾炎，又很烦人，越是到冬天，越是忙的时候它就越疼。医生说，要做手术就得先消炎，问题是我这个炎一直消不了。现在，平时不怎么疼的时候，就只能靠消炎药撑着，实在疼得受不了，就去医院输上几天液。"

我问他别人知道他的情况吗？他说村里人应该知道。单位的人也许知道吧。只是这个病确实影响到自己的工作了，有一次他上午在医院输液，县里领导下午要到村里调研。他输完液赶紧赶回村里，领导调研时提出要入户看看，作为第一书记，他本应该走在前面介绍情况，起码得把领导领到贫困户家门口吧，可是阑尾突然疼了起来，只能忍着慢慢地跟在领导后面。领导知道情况后，让他赶紧回大队休息，但是毕竟这是自己的工作，他心里特别过意不去。

我还是不理解他为什么不去做手术，真有那么忙吗？

他说，说到底还是自己不放心。自己去医院做手术，就得请假。但是脱贫攻坚工作真的和打仗一样样的，要用"不是你死就是我活"来形容有点夸张，但是一个萝卜一个坑儿，甚至是一个萝卜负责两个坑儿的事是常有的，每个岗位大家都在高速运转，自己咋好意思走呢。至于这个阑尾炎嘛，田国臣说："我再坚持坚持吧，等脱贫工作彻底结束后再说吧！"

那天，我们的午饭是在贫困户张卫峰家吃的。村委会出来，左边一拐，沿着水泥路向上走一段，再往左上个小坡就是。进院后，是一个U字形的院落，所有屋前都做了两米宽的硬化，中间是一片湿洇洇，干净到见不到一根杂草或鸡毛的土院。我在钉在墙上的帮扶责任牌上看到这家人一共四口，致贫原因是缺少资金和因学；脱贫措施一栏里写着种植、务工、小额贷款、教育扶贫；帮扶单位、工作队长、第一书记、包村干部、帮扶责任人，职务、联系方式，写得一清二楚。张卫峰看上去精瘦，一看就是那种很能吃苦的人，可能平时家口小的原因，一下子家里多了四五口人，炉火赶不上，他索性在院子里支起了农村用泥抹的那种土灶，柴火是去年晒干的玉米芯，一口大铁锅坐在上面，十几分钟就开了。他的妻子在屋里擀面，已经炒好的番茄西葫芦卤摆在一进门的火台上，沙发前一张干干净净的小方桌，一小碟葱花，一小碟蒜，标准的农家饭。来帮忙烧火的是张卫峰的儿子，一个不爱说话的孩子，问起来，才说是今年大学刚毕业，正在复习准备考研，他的妹妹正读大学。从家里简单的家具，以及夫妻俩的装束上看，这个家庭要同时培养两个大学生确实很吃力。

我们边吃饭边和主人聊天。谁也不陌生，尤其是田国臣，就像介绍自己的家人一样给我们介绍主人的情况。无论男主人还是女主人，话虽不多，但神情自如，看样子因为两个孩子上学带给家里的经济困难，已经不存在了。

这使我想起第一次到武乡县扶贫办和扶贫干部问起脱贫攻坚的意义时，扶贫办副主任王星的回答了。王星也当过大学生村干部，一开始对扶贫工作也有成见，和我有着同样的担心是，脱贫攻坚本来是好事，但是对于一些不思上进的贫困户来说，他们会不会因此变得越来越懒。但当她到县扶贫办工作，通过一段时间的深度接触后看法就变了，她说，单就教育扶贫这一块，老百姓就非常受益。“是因为负担或减免了孩子们的学费吗？”我问她。“这是浅层次的。”她说，“你想一想，如果没有这部分帮扶，有些贫困家庭很可能只能供一个孩子上大学，但是有了这一块保障，他们就敢让自己的孩子全都上大学，甚至考研考博，接受更好的教育。这意味着什么呢？这就意味着贫困至少在下一代身上就彻底断了根，再不会出现因无智或无志返贫的现象了吧。”

田国臣说，村里人际关系有时比较简单，但遇到一些事又有些复杂，第一书记只有住下来，融入他们，才能了解到实情，也才能找到解决问题的办法。他给我举了一个村里人关系微妙的例子，说东坡村有一个先行走上致富路的村民，人家大多数时间不在村里住，但很想为村里办一些实事。村干部想改善村里的基础设施，就去找人家，想要点赞助，人家很慷慨真给了一笔钱。村干部拿上钱回来就修路，结果前面的路修好了，轮到人家富户家门前却偏偏落下来了，没修。人家出钱的人当然不高兴。村干部可能也一肚子委屈，说不定是想把别处先修了，到最后好好地把人家门前的部分修一修，结果钱不够了。这件事最后如何解决的倒不重要。但事情的复杂之处，在于双方一定会结合对方之前的为人、性格，还有点点滴滴的交往，再把左亲右邻的关系往里一搅和，就使简单问题复杂化了。田国臣讲，这些事要不到村里，只是听个表皮故事，哪会知道里面还有这么多弯弯绕啊！

因此，下沉，真的不是简单的物理意义上的，它更是一种深刻的工作方法。

随着脱贫攻坚战序幕的拉开，基层扶贫干部的力量需要不断加强，数量需要不断增加。不过那是后话。就我所知，仅2015年8月前，武乡县委接管和自己选派到基层的第一书记就有231名，其中中央企业1人、省直机关单位22人、市直机关单位49人、县直机关单位159人，实现了全县38个软弱涣散村党组织和215个建档立卡贫困村选派第一书记的全覆盖。

要知道，这些下沉下来的第一书记，可都是所在单位的组织部门精心挑选出来的。尤其是武乡，他们在配合做好中央、省、市选派干部工作的基础上，结合本县实际，对第一书记选派更是做到了因村选人，因人选派。在选人上，他们强调一要突出政治标准，二要熟悉基层，三要强调能力，三个条件一个不能少，确定人选前还必须请纪委、公安等相关部门协助审核把关。县委从全县123个机关企事业单位中，共确定第一书记159名。其中年龄在45岁以下的116人，占比70%；科级以上干部69人，占比43%。县委又专门为他们统一印制工作手册，手册里明确了选派任职、职责任务、日常管理、考核奖惩四个方面23项要求和7项记录内容。这样，他们的工作动态就可以直观反映出来了。县、乡两级党委也相应建立了一本对第一书记工作实绩的台账，既记录第一书记的履职情况，也做到了对第一书记的过程管理和跟踪。为保证第一书记正常开展工作，县里专门建起一个第一书记微信群，以促进第一书记们相互交流心得，汇报工作，也便于及时解决第一书记遇到的困难和问题。实际工作中，第一书记表现怎样，乡（镇、办事处）党委会采取民主测评、实地走访的形式，每个季度对所派驻村的第一书记工作进行一次督查，县委组织部每半年联合派出单位到乡赴村进行考核。当然为给第一书记创造良好的工作和生活条件，县委也作出要求，县直单位派出人员，任职期间，要按照实际在岗天数，每人每天给予25元的伙食补助，每年为第一书记提供5000元工作经费；乡（镇）要为第一书记任职村落实一名包村干部，帮助熟悉情况和协助开展工作。

2015年8月15日，县里召开第一书记入村对接开展工作会，会场上第一书记和所到村的村党支部书记一双双、一对对并排而坐，他们一边聆听领导的讲话，一边在彼此近距离接触中感受对方的体温，同时共同迎接特殊使命的到来。

第三章
首战首捷

八路军是在10月30日凌晨4时，对日军冈崎大队发起攻击的。

之前，当发现各个方向都有八路军出现后，日军中队长冈崎放弃了突围的打算，他下令在关家垴就地构筑工事，做好了固守待援的准备。这让八路军原先准备在运动中歼敌的想法无法实现。关家垴地形很特殊，北面断崖陡壁，东西两侧坡陡沟深，只有南坡比较平缓，可以作为进攻路线。因此，关家垴可谓易守难攻之地。加之，南坡斜对面有一个叫柳树垴的山岗，那里可以用火力控制通往关家垴的小路。山高路窄，大部队难以展开，然后还要向上进攻，就更加困难了。

但是，作战命令已经下达。前线的八路军只能根据战场情况进行自我调整。

30日凌晨3时，领到任务的特务团各营就已到达预定位置，二营先摸了上去。4时，八路军总指挥所发出了总攻信号。随着几发炮弹落到日军阵地，在日军火力尚未展开之际，八路军便对关家垴和柳树垴同时发起了攻击。片刻间枪声大作，杀声震天……

——笔者根据相关资料整理

凝心聚慧

当历史的钟摆进入2016年时，扶贫工作也进入到关键期。

当时的武乡还在承受着经济下行的压力，经历着转型的阵痛。在各项工作都需要突围创新的情况下，武乡县依然将保障和改善人民生活作为首要任务，他们的理念依然很坚决：坚持小财政办大民生，财政再紧张，保障民生的力度不能减，每年继续向老百姓承诺的“十件实事”，也一件不少。

民生，在武乡始终占据着重要位置。

民生自然紧紧连着扶贫工作，如果说一个县的民生关乎全县经济社会发展的大局，那么县委书记胡坚2016年2月24日到县扶贫办调研时讲，扶贫工作是武乡县的第一任务、第一政治、第一民生工程，也就一脉相承了。也是在那个会上，胡坚要求扶贫办的同志们，要把思想和工作作风调整到一级战备状态。要求扶贫办制定硬措施，落实硬责任，认真围绕武乡脱贫攻坚，思考自己应该怎么办。要求扶贫办在具体工作中，不能脑子不清，思路不清，措施不清。

2016年是我国全面建成小康社会决胜阶段的开局之年。作为山西省连片贫困主战场的武乡，要想开门展旗，首战告捷，就必须得及早谋划，及早部署，及早排兵布阵。当年，县委县政府给自己制订的脱贫目标是，54个贫困村退出，9650人实现脱贫，具体指标是，产业发展脱贫3173人、易地搬迁脱贫1079人、教育扶持脱贫1239人、生态补偿脱贫1758人、政策兜底保障脱贫2401人。这些精准到人的数字，哪里只是数字，它的背后是一个个活生生的人，每一组数字背后还是一个个错综复杂的难题、交织在一起的焦点、困点、难点，是硬骨头，是顽症，更是攻坚战拉开前分布在武乡境内的一个个被锁定的高地。

作为革命老区的武乡人民，过去是不怕打硬仗的，在这场攻坚的战役中，老区人民也不会输。但要打硬仗，打赢仗，就必须保证全体将士要有良好的精神状态。

2016年4月27日，县委召开“两学一做”学习教育大会，凝聚全县的发展共识，统一精准脱贫是践行富民宗旨的思想。会上胡坚讲，脱贫攻坚必须要立足武乡实际，通过“两学一做”学习教育，让广大党员凝心聚力，以良好的精神状态为率先实现脱贫摘帽目标提供坚强保障；县委副书记、县长阎新平同时要求，各级党组织要夯实“学”这个基础，抓实“做”这个关键，为全县实现小康社会注入强大动力。在学习教育中，类似“只要努力就能脱贫”“只有努力才能致富”的标语已经挂到了村村镇镇的大街小巷，帮扶工作队员们白天入户调研、宣传政策、了解户情，晚上写民情日记、分析致贫原因、思考致富路子，在对扶贫建档立卡“回头看”

工作再回头的基础上，因村施策，因户施策，努力按照县委书记胡坚的要求，做到“一把钥匙开一把锁”。

在宣传发动上，县里下大决心，动大动作，在国省道、高速路出入口、公路沿线、乡镇街道悬挂精准扶贫宣传标语，专门制作了宣传片在县电视台播放，在当地人爱看的《武乡报》开辟专栏，刊登各乡镇、各帮扶单位的好经验好做法；6月30日又召开全县脱贫攻坚推进会。各级机关干部再次深入贫困村入户进行宣传，力求做到“六个精准”政策全面到户；县里专门举办以精准扶贫为主题的摄影展，以此来激发全县人民精准扶贫的正能量；在全县的机关、企事业单位党员干部中开展了“扶贫日”捐赠活动，成立了一个扶贫志愿者组织，等等。

在组织机制上，县一级成立了由县委书记、县长任双组长，副书记、组织部长、各位副县长任副组长，县直相关单位主要负责人为成员的脱贫攻坚领导小组。各乡镇也成立了党委书记、乡镇长任双组长的脱贫攻坚领导小组。县级与乡镇、乡镇与行政村层层签订脱贫攻坚责任书和2016年减贫责任书。建立了县、乡、村三级挂图作战信息平台。通过挂图作战，脱贫攻坚的目标任务得到明确化、具体化，做到了帮扶对象和帮扶责任、帮扶政策措施的精准对接。同时，严格实行县处级干部包保乡镇脱贫责任制，特别是对帮扶工作队、第一书记和包村干部全部签订责任书。坚持执行脱贫攻坚周例会制度，定期分析研判，着力解决工作中存在的困难和问题。

但在轰轰烈烈的热潮中，基层工作的开展情况又是极不平衡的。这使得胡坚多次在会上强调，要广大党员干部增强打赢这场脱贫攻坚战的政治自觉和思想自觉，要采取超常规举措，拿出过硬办法，带领全县人民坚决打赢这场硬仗。这样的要求，大部分帮扶单位和扶贫干部是做到了，但作为贫困主体的贫困村和贫困户那里却落下了一大截儿。尽管2015年县里就出台了领导干部和机关单位党员干部精准帮扶全县贫困村、贫困户实施意见，印制了贫困户手册，组建了帮扶队，还明确了责任人，帮扶队员们村也进了，亲也认了，对也结了，但在县扶贫办2016年初的年度总结中，我还是看到了这样的句子：截至目前，省、市帮扶的115个村，已全部制定了帮扶实施方案，我县217个县级帮扶村仅有93个村制定了帮扶实施方案。

这里面有一个客观原因，那就是，2015年大部分县里的帮扶队员还没能从原单位工作中抽出身来。他们一边要下乡扶贫，一边又要完成单位的工作，而省、市两级的帮扶队员基本已经做到了全职扶贫。在主观上看，主要责任也在贫困主体上，他们对自己贫困的认识可以说是深刻的，但对外来的帮扶力度却是持有怀疑的，起码是持观望态度的。在我后来的采访中，很多采访对象说起他们到村里第一阶段的感受时，基本上无一例外地说，村民们与他们保持着距离，甚至给他们闭门羹，村民们觉得他们来扶贫只是做做样子，或者说那是扶贫干部的工作，既然是工作，那帮贫干部自己去完成就好了，最好不要打扰他们已经习以为常的生活。如果扶贫干部进一步想参与进去，人家还会发火，言语之中表现出的不信任，既有对扶贫干部的，也有对这场攻坚战的，他们常常挂在嘴边上的一句话就是：你们来，能干个啥呀？

村民的心情可以理解，这也正好证明我们的脱贫宣传工作做得还不到位，一个人最难转变的是观念，最难提高的是认识，很多时候扶贫干部进村、入户，你说归你说，你讲归你讲，老百姓当面点头，背后当耳旁风。

可是，2020年全面建成小康社会的时间点是卡死的，武乡的决心不能动摇。扶贫干部无论如何受挫，信心也不能减。他们在贫困面前，在朴素的老百姓面前，能做的，也只能是实打实扑下身子来，为贫困户着想，为贫困户做事，相信克服困难坚持上一段时间，等见到实效了，贫困户的观念自然就会转变了。

换届选将

2016年正好是武乡县、乡两级党委政府换届年。武乡抓住了这次机遇，开始选帅换将。3月10日，县委在全县换届工作会上，就给这次换届工作定了调子，说这次换届是全县贯彻落实既定发展理念和战略的重要政治保证，是落实全面从严治党要求、净化政治生态的重要实践，是加强领导班子和干部队伍建设的重要契机。更是实现“十三五”规划良好开局、坚决打赢脱贫攻坚战的坚强保障。这次换届不仅要达到凝心聚力的目的，还要给武乡绘出一幅好蓝图，更重要的是，要从政治素质过硬、能够驾驭全局，善于抓班子带队伍、公道正派、胸襟开阔、严于律己的干部中，好中选优，优中选强，选出优秀的干部来配强县、乡两级班子。选出一支能打硬仗，能打赢硬仗的干部队伍。

郑丹和王爱民就是在这次换届中，分别走上副县长和县扶贫办主任岗位的。

郑丹和王爱民，两个人都是选调生。很多人不熟悉甚至不知道什么是选调生，不过选调生却不是一个新鲜事物。什么是选调生？我在百度上得到的答案是，选调生是各省党委组织部门有计划地从高等院校选调品学兼优的应届大学本科及其以上毕业生到基层工作，作为党政领导干部后备人选和县级以上党政机关高素质工作人员人选进行重点培养群体的简称。

这个群体其实在20世纪60年代就有了，当时是“革命事业接班人”的一部分。1965年6月，国家高教部党委根据刘少奇同志建议，就分配一批高等院校毕业生到基层工作的问题，向中央递交了报告。中央非常重视，批准了这一报告，并及时批转各地研究执行，全国选调生工作由此开始。后来曾经一度中断。20世纪80年代，在陈云同志的提议下，选调生制度重新被拾起，选调生工作又在全国展开。其实核心就两点，一是在校时就品学兼优。二是作为后备干部来培养。

也就是说，无论是1977年生于长治市潞城区的郑丹，还是1975年生在武乡本地的王爱民，在校时就都是好学生。他们以选调生的身份走出校门，第一个落脚地都是在农村。郑丹1998年去了武乡县洪水镇，担任镇长助理。王爱民于第二年去了故城镇，担任镇长助理。他们开始了与乡下老百姓天天摸爬滚打在一起的生活。在以后的十多年里，郑丹分别在故县、分水岭乡、贾豁乡工作，中间有过几年县政法委工作的经历，2011年从县政法委回到基层，先后在分水岭乡和贾豁乡担任党委书记、乡长。王爱民和郑丹的经历差不多，有过民政局、政府办借调的经历，但大部分工作时间还是在乡镇。

换届选举前的一个月，已经有风言风语，说郑丹有可能进政府（县）班子，但那只是坊间传言。大家在基层一起工作多年，谁的工作怎么样，各自心里都有杆秤，老百姓相信无风不起浪，但这个风是来自县里领导，还是民间的揣测或推断，谁也不知道。从后来的情况来看，很可能是一种民众坊间的呼声。这样的传言不可能传不到郑丹的耳朵里。换届期间县里领导找他谈话，如果他能进政府班子，县里计划让他分管扶贫工作，想听听他的个人意见。郑丹记得很清楚，他笑了，然后接着说，要是一般人（大部分人），如果能够选择的话，应该是不会选扶贫工作的。换句话说，他长期在基层工作那么久，太知道扶贫工作有多难了。不过，他知道领导既然找他谈话，自然是经过深思熟虑的。他自己分析过，如果自己能进班子，以他的年龄应该就是最年轻的那个，自己在乡镇时间长，又熟悉农业农村工作，体力上也有优势，这些都有可能是领导要他分管扶贫工作的原因。同时他也知道，自己一旦接手上任，面临的就是一场硬仗。但是，县委既然做决定，就会有考虑，而且一定比他想得要细要周全，他需要做的只是调整好心态，服从组织安排。很快，在8月30日县十五届人大一次会议上，郑丹被选举为武乡县人民政府副县长。

对于7月即将担任扶贫办主任一职的王爱民来说，之前他也隐隐有预感。他说，4月底乡镇一级领导换届时，他被推荐的是乡（镇）长人选，他自己从来没想过扶贫办主任这一职务。换届前，有一次胡坚书记召开座谈会，听几个乡镇副职集体汇报，事先汇报内容没有明确规定，是个轻松的座谈会，就是把大家集中到一个会议室，每个人讲一讲自己的成绩以及工作中的亮点。那时他是监漳镇的常务副镇长，包括扶贫在内，大大小小分管工作十三项，每一项他都作了简短的汇报，成绩有数据，工作有举措。在胡坚点评时，他能听得出自己的工作汇报应该说还不错。

但他根本没有想到扶贫办主任这事，王爱民说后来他从别人那里听说，在那次换届中，已经作为拟提拔乡镇正职的他，还是个很抢手的热门人选，尤其是之前和他搭过班子的乡镇书记们，都想与他再次搭班子。这事他在胡书记那里得到证实，一次上级来检查，当然已经是他到扶贫办之后的事了，胡书记向上级领导介绍自己的这个扶贫办主任时说，之前对王爱民并不了解，结果在换届时全县15个乡镇，有一半以上的乡镇党委书记希望王爱民和自己搭班子。书记心里就多了一层思考，看起来王爱民这个人还算不错嘛！很可能正是那个时候县里才开始对王爱民考察的。

2016年，王爱民41岁，年富力强，是县里几位正科级年轻干部中的一位。5月领导找他谈话，这次就明打明谈到扶贫办主任一职了。王爱民知道这活不好干，虽说只是一个县扶贫办主任，一个部门负责人，但这个时期的这个扶贫办主任已经与过去不能同日而语了，如果以前扶贫办主要任务是协调的话，那么到脱贫攻坚中扶贫办的任务，在协调之上，就还得再加上统揽和调动了。他很诚恳地跟领导说，让他弄一个乡一个镇还行，要是干扶贫办这工作，自己胜任不了，因为他知道这是一场人民战争，需要调动全县的资源，而自己离开县城回到乡里工作已经10年了。领导便开始做他的思想工作，责任重大、使命光荣之类高段位的话讲过，在这个位置上机会难得，容易出成绩的现实也讲过，甚至还讲毕竟扶贫办是县里的部门，将来实在不行再回乡镇去嘛。而王爱民满脑子想的是工作的难度，自己虽然长期在基层工作，但是没有当过乡镇长，把控全局能力是有欠缺的。王爱民逗笑说：“豁杵一下，就给了你一个扶贫办主任，年底就得见工作成效，我是不敢接啊！过去扶贫办基本上是按部就班工作，是基层的人来求你要项目，现在要全部将各种资源融合到一起，打一场综合性大仗、硬仗，我哪敢啊！但是领导就是看中了你！这份信任，你能推回去？那就干吧，而且咱这个人还有个特点，就是工作只能干好，不能干坏！”

可眼前的事实是，王爱民到任时，2016年的脱贫攻坚战打响已经过去半年时间了。自己突然站在了战场的最前沿，怎样打才能落实好县委的要求和部署，高质量打赢这一仗，难啊。这个时候，你可以讲心中有梦，可以讲不辱使命，可以讲埋头苦干、无私奉献。但是县委还有21万武乡人民，要的只是结果。王爱民说，那个时候确实愁死了，几天几夜睡不着觉。后来，到县政府大楼走马上任的郑丹也一样，他说，2016年尽管上面的有些政策还不明朗，但大家都已经意识到，这场攻坚战的空前，之前的经验和做法是不管用了，再加上自己刚到县里工作，怎么能快速上手，心里还真没底。

这也符合当时的实际情况。2016年，全国各地的脱贫攻坚战都已打响，大家都在想方设法蹚新路，各地的脱贫工作虽然已经铺开，但是成功的经验还没有形成，之前县长阎新平已经带队到太原的阳曲、娄烦等地学习过，太原市在推进脱贫攻坚工作中，依托现有资源和现代网络技术，构建市、县、乡、村、户五级联运的精准脱贫攻坚信息平台，彻底解决了数据不准、信息不及时等问题，还有人家的乡村旅游、“公司+基地+农户”等产业扶贫模式等，阎县长很受启发，但如何与武乡实际结合起来还需要思考。郑丹说，他也立刻投入到了脱贫攻坚中来，一有时间就赶紧学习与扶贫有关的文件，新的，旧的，包括县里的，希望自己快速进入角色，快速琢磨出一套思路来。郑丹说，其实那个时候大家谁也没有经验，没有经验可以探索，但是探索不等于不做准备，摸着石头过河是可以的，方向、方法可不能离谱。就是省、市派来的帮扶队也在积极准备，譬如2008年就开始和武乡结对帮扶的省供销社，为了尽快铺开工作，党组书记、主任也多次亲自到丰州、石北的扶贫点去实地调研。新上任的扶贫办主任王爱民更是，一拍屁股跑乡下去了，他决心以最短的时间把全县215个贫困村跑个遍。可能是多少年的基层工作经验告诉他，当一些问题、难题出现时，更多时候，我们只需要直面问题就好了，因为方法很可能就在问题里。

两个月后，已经跑遍贫困村的王爱民案头多了十多本厚厚的笔记本。他在里面详细地记着：分水岭乡有户人家仅有一个5瓦的灯泡，手电筒是全家唯一的电器；上司乡胡家庄村窑洞顶盖的是石片，看着摇摇晃晃的土坯墙让人心惊胆战；几个小孩没有衣服穿，光着屁股跑……王爱民的心沉重了，越发感觉自己肩上的责任重大；也再次体会到县领导在报告中讲武乡县贫困人口多、分布广、程度深，绝不是虚情了；再次认识到，要打赢这一仗，任务量化后，他们扶贫办不仅要责任到人，更需要苦干实干加巧干。

在这里我们想说明的是，我们仅仅从县、乡两级政府里选了两个代表，我相信在实际工作中，5月上旬新上任的乡镇“一把手”，以及8月底履新的县一级领导们，应该有着同样的感觉，当他们坐到自己的办公桌前，拿起笔开始写下自己的第一篇工作日记时，脑子里回荡着的，一定是县委书记多次强调的那些话，脱贫攻坚是武乡县“十三五”期间的头等大事和第一民生工程、第一政治责任、第一政治任务，一时一刻不能耽误，一丝一毫不可懈怠。

尽锐出击

脱贫攻坚战的冲锋号吹响了！武乡人必须旗开得胜。

我们从武乡对贫困户脱贫方式的分配上可以看出，产业扶贫和政策兜底保障扶贫是重头，如果这两项工作能够充分发力，当年近六成的任务就可以完成。

政策兜底保障这一块相对好说，需要的只是各部门充分理解和政策掌握，扶贫干部细心、耐心、贴心地去贫困户家里做宣传，去动员，去评估就行。产业这一块就难了，毕竟培植一个产业周期长，受市场影响大，不可预测的因素较多。但是又必须去做，因为脱贫攻坚的根本在群众的自力更生，能够让贫困人口实现持续增收的最大支撑还是在产业上。扶贫办的同志跟我讲，这次与之前政策上最大的变化是，2016年开始所有涉农资金都融合到县一级统一支配了。也就是说，之前“九龙治水”的格局已经彻底被打破，所有的资金像大河的支流一样全都汇到一个池子里来，如何再去分配，决定权到了县一级。形象点说，就是“多渠道来水，一个龙头放水”。更进一步讲，就是说兵马未动粮草先行，打脱贫攻坚这一仗在资金上是可以得到保障了。剩下的，就看这仗怎么打了。

我们知道，武乡是农业大县，农业一头独大是它的劣势，但角度一变，也能成为优势。譬如武乡人对土地有着深厚的感情，对种植有着浓厚的热情，农业不是不可以富民，过去的农业之累，是累在农民的传统观念与传统种植上。在新型产业没有培植起来之前，农业现代化、农业产业化和农业特色化本身就是一条新路或捷径。

关于脱贫攻坚中如何精准发力，武乡县委一定开过很多会，各级领导也多次深入基层调研问计于民，补齐短板是必须要走的路，但是扬其所长，将长处发挥到最长，也不失为一个四两拨千斤、投入少见效快的方法。一旦让传统农业、特色种植插上现代化的翅膀，那它就会成为确保2016年武乡实现脱贫目标的一个基础保证。

当然，当务之急是如何让它现代化，如何让它特色化。4月6日，武乡县在大有乡召开全县电子商务进农村工作现场会。会上，县长阎新平表扬的话没说几句，存在的进展不平衡、创新氛围不浓厚、基础设施不完善等问题却讲了不少，就很有深意。阎县长当时用强硬的口气要求，这项工作要一把手亲自抓，要具体抓好召开一次推进会、引进一个电商服务平台、培育一个村级服务站，打造一个特色农产品上线；要立军令状，考核见高低。要马上就办、真抓实干。可以看出，已经成为国家级电子商务进农村综合示范县的武乡，在利用“互联网+”实现特色农业与电商联手发展的决心。

这么说吧，1937年三万八路军挺进太行山，到1945年百万雄师出太行，是离不开武乡小米的。武乡小米养育过八路军，滋养过中国革命。武乡小米早已不仅仅是一种简单的人们口中的食粮，它里面富含的营养也早已超出了作为生理需要的食品本身。武乡小米，之前曾多次登上全国甚至是世界的舞台，1986年荣获过全国赛米会一级优质米，1988年获得“全国最佳小米”称号；1991年在印度、巴拿马等国际博览会上三次荣获金奖；1992年又是首届中国农博会小米产品第一；1993年再获首届山西农博会金奖。武乡小米好，好就好在它的小。因为我们普通的小米，一般一克有400粒，而武乡小米一克能有440粒之多，有着“晋谷之母”之称的陈英博士曾说，“生态不生态，数数就明白”。可是，很多武乡老百姓家的小米不是卖不出去，就是卖不出好价钱。

2016年的春天，上文中到蟠龙镇栗家沟当第一书记的张磊，已经开始把工作重心放在种辣椒上了。他几乎每天都穿着一身灰色外套到地里去看辣椒，毕竟那是头一年种，家底不厚的老百姓不敢下手，在他的努力动员下，好不容易才说服成俊平、陈国繁、董虎江、董树芳四户村民各自种了5亩辣椒。栗家沟没什么产业，全村1821亩土地，土质不错，尤其是后山，很适合种辣椒。他一边看着地里的辣椒，希望有个好收成，能吸引更多的农户加入，一边也在为其他农户年内的收入问题发愁，他担心年底测算收入时上不来，压力特别大。

正在这个时候，他突然想到村民们曾经跟他提过让他帮着卖谷子的事。村民们其实也没抱多大希望，就是为了激将他，跟他说过："张书记，你能帮我们把去年的谷子卖了，就很感谢你了！"张磊琢磨这话，越想越不是滋味，自己被村民们将军，受委屈是小，可是想想那些村民，简直是捧着金碗在讨饭吃！辣椒规模小还形不成气候，为了完成年度脱贫任务，他就得从谷子这个"金碗"上找出路。于是，他对村民的存量做了摸底，知道全村有5万斤谷子，要是变成小米怎么也有4万多斤，可是武乡市场上的小米价每斤才1.8元到2元，但即便是这么低的价格，也比村民们滞销在家里强啊！几天后，正好他们单位北京总部的领导借到武乡挂职的干部之机来栗家沟看他，他就想提这事。可是，人家毕竟不是自己的直接领导，张磊心里还是有些顾忌，再说就小米的事，之前他曾经给集团总部发过电子信件，也没见回音。

但当领导当面问起他工作上有什么困难时，他还是鼓足勇气说出了实话。他说，这么多谷子囤在老百姓家，眼睁睁看着变不成钱，怪可惜的，如果集团能够支持一下，我们把谷子变成小米，集体再给职工走了福利，那就好了。领导觉得主意不错，但需要回去和工会商量一下。

领导走后，张磊一直忐忑不安。不想这事真成了。集团很快来了通知，同意了他的方案，而且还是高于当地市场的收购价。就这一项，栗家沟村就卖出了5万斤谷子，11万元进了栗家沟村民的腰包。

那一年，在春天分别种下5亩辣椒的四户村民，每亩辣椒也收入了3500多元，户均收入超过15000元。栗家沟人的眼睛开始变亮了。他们不仅一下子改变了对张磊的看法，看到了辣椒这个小东西能实现大致富，更重要的是他们开始相信这场脱贫攻坚是实打实的了。栗家沟开始行动起来，大面积地种植辣椒，到后来，在栗家沟的带动下，周边几个村不断加入，辣椒种植面积连年扩大，2020年达到1200多亩。2017年秋天，张磊去田间看辣椒时，本想抄近路，结果脚底打滑，尽管情急之中抓到一棵小树，却因为刚下过雨，树苗被连根拔起，随他滚下山坡。他仗着自己年轻，在瞬间无法呼吸的情况下，忍着疼痛爬起来。他的腰由此落下病根，一遇天阴下雨就得膏药上身。这些都是后话了。

2016年张磊在帮扶单位的支持下卖米，后来变成了脱贫攻坚中的消费扶贫。他是无意中做了这一切，但上司乡岭头村的第一书记史小兵，就是有意在"互联网+农业"上做文章了。

我没见过史小兵。但认识他的人都说，史小兵是个活泛人。武乡作为全国电子商务进农村的示范县，县里对电商这一块非常重视，无论是在人才培训、基础设施建设，还是物流配送等方面都有很好的扶持政策。岭头村虽说是一个典型的农业村，但周边没有工业污染，生态环境良好，地里的谷子脱皮后就是优质小米。但是再优质的小米，卖不出去，也是白废。那么"互联网"的优势在哪里呢，不就是打破了地域限制的堡垒，信息实现了快速传播嘛。2016年4月，史小兵建立了一个叫"岭头新视界"的微信公众号，目的本是为岭头村的梨花节打广告，没想点击量短时间内就达到了5万余次，还吸引了3000多名游客来岭头赏花，不仅让岭头村得到了经济效益，还取得了良好的社会反响。这更让史小兵发现，既然社会已经进入到信息化时代，那就应该顺势而为，在电商扶贫上探索出一条岭头村致富的新路来，他进一步想，岭头这边是优质好小米卖不出去，市场那边的用户却是花钱不一定能买到好小米，这个在传统物流里看似根本无法打通的堵点，其实在互联网上很容易实现。史小兵听说县里有这方面的培训班，便去动员村民，愿意去的人寥寥无几。但是有一个叫郭晋平的女人是一个例外。郭晋平当时55岁，只上过三年小学的她，文化程度不高，之前家里两个孩子上学每次交学费时还得向亲友们借，就为多挣钱，她也得去，再说成不成是另外一码事，学习本身又不是坏事，食宿费全免，自己又没有一点损失。

我在采访郭晋平时，她说，自己记得很清楚，第一次去县里学习是2016年8月20日，一开始她觉得自己不行，一是没什么文化，二是年龄大了记不住，什么事，转身就忘，哪能学好呢。为了动员她去县里学习，史小兵跟她说，"人家七十岁的老太太玩手机都能行，你咋就不行。"后来史小兵走后，她和丈夫商量，决定去试试。到了县里，一开始学习，确实不行，她连手机都不会用。因为她当时用的是旧手机，只能接打电话，微信什么的根本不会用。但是，听着听着，她就动心了，只要一个手机，就能把地里种的东西卖出去，还能卖出好价钱，谁不动心啊。

一次学下来，她就铁了心了。郭晋平和女儿商量，说自己想买个好点的手机，可是自己没钱。当时女儿已经出嫁，女儿说她要想学，就给她买一个。这样女儿就给她买了一个1000多块钱的小米手机。新手机到手，郭晋平心里却有了压力，由于自己文化水平不高，想写的字都不会写，再上课的时候，就问旁边挨着的人，问人家拼音怎么写，然后人家帮她打出来。她想这样不行啊，不会写字哪能行，于是她买了一张孩子们用的拼音挂图，开始自己学拼音。有一段时间，除了吃饭、上课、睡觉，她啥也不干，就是学拼音，几个月下来，她才把挂图上的那些拼音记下来。

郭晋平说，实际上在第一次学习回来，她就开始偷偷地试着做了，她的微店10份开张，本来还没有信心，谁想第一单就是个大单，一个广东客户要了她100斤核桃，后来最多的时候，她一天接过18个单。一个月后史小兵看她天天发货，就知道她成了。史小兵认定这是一条路子，就把老师请到了村里来讲，这样岭头村学的人就多了。郭晋平坦言，自家的东西在网上确实能卖出高价钱，小米在本地一斤卖到4元就是高价了，在网上能卖到9.9元，核桃也能从7元卖到15元。县里为及时树典型，还奖励了她一个真空包装机和一辆三轮快递车。

同样的是岭头村的村民，魏宝玉和张晓英也是抓住这一机会，实现脱贫致富的。魏宝玉2016年45岁，弟兄四个，自己是老二，其他三个兄弟都在外面打工，他留在村里照顾父母亲。他家只有七亩地，就把其他三个兄弟的土地流转过来自己种。2012年一场胃出血后，他就无法再干重体力活了，两个孩子又都在念书，日子过得不仅恓惶，还欠有外债。很自然地也就成了村里的贫困户。2016年学习电商时，他开始也怀疑，是村里有人先动手了，他发现手机上真的能挣钱，自己才动心。9月，史小兵联系县电商办在村里搞微商培训，他去了。那是他第一次听说微商这个词。第一期学下来他只听到这东西能赚钱，但是通过一个手机怎么赚到的，他还是摸不到门道，第二期开班时他第一个报名，每天像个小学生一样早早地来，坐在第一排认真听讲，再加上老师边讲边操作，手把手地教，这次魏宝玉算是懂了，知道这个微商确实是个好东西。11月5日，他的“小魏杂粮”微店开张第一天，第一单就是30斤核桃，客户还是千里之外的深圳，这一单他净赚300元。在接下来的两个月时间里，他有了2000多元的收入进账，这让他发现自己不仅是一个简单种地的农民，还是个可以在自家地头上做买卖的生意人。

张晓英是11月4日在村里参加的培训，11月7日她有了第一笔生意，核桃，不多，3斤，客户是广东的，当时说好的是一斤15元，邮寄时，她弄成了13元，少挣了几元，但一旦开张，订单就陆陆续续来了。尤其是小米，岭头村土壤肥沃，土层厚，大部分为耕种性红黄褐土，铁、钾、铜含量丰富，非常适合谷类和各种小杂粮生长，村里产出的小米色泽金黄，口感香甜，米油丰富，营养价值极高，有“米中黄金”之美誉。据张晓英说，后来几年，岭头村的小米在网上行情好的时候，每斤能卖出18元的好价钱，要知道，搁在十几年前岭头村的小米，就是自己拉到县城，一斤米也卖不到2元钱。

这就是互联网的优势，一旦认识到它利用好它，就会让一个闭塞的山村不再闭塞，就会让传统的农耕社会散发出现代的光芒。

岭头村由此很快成为武乡电商扶贫的缩影。贫困户的观念一旦转变，脱贫致富就会插上腾飞的翅膀。我粗粗统计了一下，2016年底，武乡建成县级电商扶贫服务中心1个、乡镇服务站15个、村级服务点107个，全县网店达到了512家，仅前十个月网上销售额就达到了1530万元，同比增长65.3%。县电商办的工作人员讲，自从有了网店牵线搭桥，武乡的农特产品，不管是山里长的，还是田里种的，都可以通过电商卖到全国，不仅扩大了武乡的知名度，而且开辟了贫困户创业增收的新渠道。

随着岭头村微店人数的迅猛增长，“临老学会耍手机，微信平台卖东西。以前山货没人要，现在卖个好价钱”，也成了这个村老百姓新传唱的民谣。

岭头村也一跃成为武乡乃至全省赫赫有名的“微商第一村”。

2016这一年

这一年，1月28日，县委书记胡坚在县委十四届十次全会暨全县脱贫攻坚大会上讲，要厚植优势，补齐短板。要把脱贫攻坚责任扛到肩上，抓到手上。

这一年，丰州镇的南亭村村党支部书记杜建忠看准南亭村及周边村土地平整，可以机械化作业，不等不靠，说干就干，利用扶贫资金35万元，又自筹了一部分资金，买回了玉米联合收割机一台，60型拖拉机两台，40型拖拉机一台，农用三轮一台，以及旋耕机等设施，除了给本村收割玉米、旋耕土地，还为周边的曹村、山阳垴村、代照岭村服务，除去一切成本，为集体创收4.5万元。

这一年，5月24日，全省脱贫攻坚推进大会后，省直有关部门主动放权，58个贫困县全面开展财政资金整合试点。

这一年，7月26日，县委书记带头在“全县脱贫攻坚大讲堂”讲第一课，他结合武乡实际，将省委省政府打赢脱贫攻坚战实施意见中的各项工作措施，一一对应到武乡县如何落实做了讲解，同时强调在时间紧任务重的情况下，全县上下不能以事艰而不为，不能以任重而畏缩，这一场硬仗，必须举全县之力、集全民之智，拿出当年抗战万众一心、艰苦奋斗、敢于胜利的拼劲和干劲来，向上级交好账，向全县人民交出满意答卷。

这一年，10月17日，围绕9650人脱贫年底交账，武乡召开脱贫攻坚推进千人大会，要求在脱贫攻坚第一线的县、乡、村三级干部，放弃节假日休息，加班加点，扎实苦干；要对标先进，对标任务．加力加劲，奋力赶超。扶贫办王爱民在会上就如何消化账面上亿元扶贫资金滞留的问题作表态发言。随后他在机制上大胆探索，从项目完工验收工作滞后入手，倒逼管理，把县级报账制，改成了乡级，大大提高了资金的运转速度。

这一年，10月20日，省供销社驻石北乡工作队队长、省供销社财务处副处长张宏才，下乡步行返回时，为躲避大货车，失足闪入排水沟，两根肋骨骨折，两根裂缝，肺部受伤。1963年生在文水农村一个军人家庭的他，没有因此退出，而是继续返回到了自己的扶贫岗位上。

这一年，截至9月，武乡的油用牡丹种植面积达到5784.6亩，140个村近2000贫困户受益，牧养鸡产业81个村，精准扶贫户810户，发放鸡苗85300只。

这一年，权店的梅杏卖出了每斤5元的好价钱，比玉米收入多出两三倍。全村大力发展梅杏2100亩，收入200万元。

这一年，11月21日，召开全县脱贫攻坚再推进大会，落实省委书记骆惠宁“四个必须”“四个关键”的批示精神，以及市委书记席小军带队观摩调研武乡脱贫攻坚的点评精神。县委书记胡坚讲，以“念兹在兹，唯此为大！”的精神状态，争分夺秒推进全县脱贫攻坚。

这一年，11月28日，下午已经很晚了，县政府办的赵兴接到通知，即日起他由蟠龙镇陶家沟调到关家垴担任第一书记。他驱车从县城出发到关家垴时天已全黑，他找到村大队，村里人把他领到一个农户家。进门，他才发现有好多人，而且县长阎新平也在场。据说阎县长白天在蟠龙镇调研，关家垴是最后一站。他没有问理由，水也没喝一口便开始工作。他说，阎县长都亲自动手干了，谁还能不干！那天晚上，晚饭就是村民家的大锅饭，工作到很晚的时候，一部分人原地睡在行军床上，他和阎县长住进了一户老乡家。县长住东边的平房，很冷，老乡给了一个电暖气。他住在西边的窑洞，本想窑洞冬暖夏凉，可是因为长期没有人住，老乡给了他两条被子，本来不怕冷的他把自己裹在里面却还是冷。他一夜没有睡，熬到四五点钟，又冷又饿的他爬起来就去找吃的。第一书记赵兴就是如此度过了自己入驻关家垴的第一个夜晚。

这一年，12月28日，贾豁乡村民近60岁的王二胖将自己的贫困户退出申请交到乡扶贫工作站负责人焦大伟手中。他说，虽然按规划他们村2017年底才脱贫，但自己收入高了，可以提前摘掉这顶穷帽。二胖本是村里的勤快人，之前养过猪养过羊，但由于市场和技术问题，不仅没赚到钱，还欠了债。2015年建档立卡的他，在政策支持下贷了5万元买了一台旧榨油机，重新拾掇起多年不用的榨油技术，做起榨油生意，2016年全年榨油4000斤，落下油饼12000斤，他以每斤油饼0.8元的价格售出，仅这一项就收入过万。

这一年，武乡县积极发展扶贫攻坚造林合作社，鼓励具有出资和筹资能力，能够组织承担造林绿化任务的民营企业家、造林绿化公司、林业大户、技术人员和村干部等，发起领办脱贫攻坚造林合作社，以资金、技术、管理等方面的优势，带动贫困户参与林业建设。全县成立37个专业合作社，注册资金达1761万元，社员799人，吸收贫困人员652人。

当然，我们的记录是有限的。但从这有限的记录里，可以看到这一年武乡人的不容易，他们围绕“扶什么”“怎么扶”，精准发力，合力攻坚，全县上下统一思想，统一行动，牢固树立一盘棋思想，按照“一村一策”“一户一法”的原则，全面落实发展产业脱贫、易地搬迁脱贫、生态补偿脱贫，认真做好教育脱贫、社会保障兜底脱贫，动员全社会力量广泛参与扶贫事业，鼓励支持各类企业、社会组织、个人参与脱贫攻坚，胜利完成了54个村整村退出、9650名（实际为9868人）贫困人口脱贫的任务，为两年后的2018年实现整县脱贫，打了第一个漂亮仗。

第四章

战鼓再擂

10月30日上午9时左右，关家垴上空飞来日军飞机，开始对关家垴狂轰滥炸。关家垴地方小，八路军投入进攻的兵力多，日军飞机的轰炸给八路军带来很大伤亡。不过，等日军飞机掉头而去时，八路军各部马上向当面之敌展开猛攻。

战斗中，八路军打得相当艰苦，付出的代价也很大。面对久攻不下的敌人，在前方指挥作战的陈赓对是否要继续攻打关家垴产生了犹豫。他拿起电话，向彭德怀提出自己的意见：“此处的地形对我十分不利，是否可以把冈崎大队放下山来，另选有利地形打他的伏击？”“不行，一旦放走日军，就很难再打着他了，必须在此将其消灭！”“这样打下去，代价太大了！”陈赓想说服彭德怀。彭德怀答道：“就是拼光了，也要拿下关家垴！”“现在拼光了，以后怎么办？”陈赓问道。“拼光了以后再补充。不能打硬仗的部队，以后也没有前途！”彭德怀的语气不容置疑。“这样打法，我不赞成！”陈赓有些急了。“有意见可以保留，但命令必须执行！”彭德怀随即放下了电话。

——笔者根据相关资料整理

当地报纸在回顾武乡2017年的脱贫攻坚时，如此写道：这一年，我们勠力同心，以厚重的责任担当，再擂脱贫攻坚战鼓。在一年一度的新年献辞中，县委书记、县长也向全县人民讲，2017年是脱贫攻坚承上启下、全面突破的关键之年。

2016年脱贫攻坚打了个漂亮仗，这中间有必然的基础，也有偶然的相助。从党的群众性路线教育、“三严三实”、“两学一做”一路走来的学习教育，包括全国上下越来越严的党风廉政建设，为打硬仗在干部思想自觉和政治素质上夯实了基础，微商和电商异军突起所产生的扶贫效果，也超出了大家的预想。2017年的脱贫攻坚就是要再接再厉，就是要乘胜追击，就是要站在已经拿下的新高地上，向更加顽固的敌人发起猛攻。于是，年初县里确定年度攻坚目标：退出贫困村75个；减少脱贫人口11800名；贫困发生率由2016年的13.3%实现大幅下降。

承上容易，毕竟有一些贫困是可以通过一些短平快的手法解决的。譬如因教致贫、因缺资金致贫。也就是说，那些相对容易脱贫的人群，已经在2016年实现脱贫了。可是毕竟武乡的贫困人口基数大，农村基础差，条件滞后，返贫或新增贫困的现象很容易发生。而这轮脱贫攻坚，最大的特点就是它的彻底性和根治性。习近平总书记2016年1月4日至6日在重庆调研时强调，扶贫开发成败系于精准，要找准“穷根”、明确靶向，量身定做、对症下药，真正扶到点上、扶到根上。脱贫摘帽要坚持成熟一个摘一个，既要防止不思进取、等靠要，又要防止揠苗助长、图虚名。这启下，实际上在武乡脱贫攻坚中，就是再擂战鼓，乘胜追击。

2017年1月14日，国务院副总理、国务院扶贫开发领导小组组长汪洋到武乡调研，他深入贫困村贫困户，慰问太行山革命老区贫困群众和基层扶贫干部，详细询问群众生产生活情况，了解产业扶贫、电商扶贫、光伏扶贫、旅游扶贫等工作进展。他强调，考核评估要真正深入扶贫一线，排除干扰，实地查核，确保结果准确可靠。要敢于揭短亮丑，如实反映扶贫工作中的问题，推动早发现、早解决，以真考实评促真抓实干。要用好考核评估结果，对任务完成不好的，该约谈要约谈，该通报要通报，对搞形式主义、弄虚作假、数字脱贫的，要严肃问责。

要知道，2017年是脱贫攻坚工作正式进入省级扶贫考核评估工作第一年，主导思想就是较真碰硬，促进扶贫工作真正落实。汪洋副总理去了上司的岭头村、丰州的南亭村，与其说是对武乡脱贫攻坚工作的一种认可和鼓励，还不如说是压力的进一步传导和责任的强调。

2月13日，县委随即召开十五届四次全会，核心任务是号召全县人民弘扬革命精神，奋力迎难而上。这一年作为国家“十三五”的开局之年，武乡既定的“11355”战略当然还要继续深入实施，经济要实现稳步发展，产业结构要持续优化，民生福祉要不断增进，党的建设要全面深化，无论是“深入”“稳步”“持续”“不断”，哪怕是“全面”，单从字面意思来看，各项工作就都在一个进行时中，这个“迎难而上”的“难”，应该就是指脱贫攻坚，因为这一仗只能成功不能失败，实在是艰难，而且全县要力争2018年整体脱贫摘帽，没有2017年的再战而胜，要想实现2018年的目标自然就是一句空话。

怎么办？当我就此话题问主抓这项工作的副县长郑丹时，他说县里是有步骤有规划的，2017年武乡脱贫攻坚战总的作战基调就是：因村、因户施策，逐村逐户围绕脱贫目标勠力攻坚。以我的理解，就是县委书记胡坚那句“一把钥匙开一把锁”。各个帮扶队、各乡镇各村围绕“因村、因户”各显神通，各想妙招，在“逐村逐户”脱贫攻坚中抓住特色，打出亮点来。那好吧，我们就去基层，看看他们是怎么做的。

长南之难

长南村位于分水岭乡东南部，出县城后还需要往西北方走40多公里。该村由长谐、南家沟两个自然村组成，全村94户225人，耕地799亩，林地683亩，退耕还林248亩。村民以种植、养殖度日，2014年人均年收入2150元，建档立卡贫困户66户160人（其中：长谐31户79人，南家沟35户81人），常在村里居住的37户86人，基本都是年龄偏大和身体状况偏弱的人，因此劳动力极度缺乏。是一个市级深度贫困村。帮扶单位是县人社局。起初第一书记是李旭丽，后调换成张晓峰。他俩都在县人社局工作。

2020年7月，我去长南村见到的是张晓峰。见面之前，其实我已经拿到一些资料，资料显示长南村，2015年脱贫8户19人；2016年脱贫7户16人，但是2017年一年就实现了整体脱贫。后来的数据更喜人，人均纯收入2018年4560元，2019年5800元；可是2015年和2016年两年，却分别为2600元和2990元，可以看出2017年之前这个村年平均收入只增长了400元左右，2017年之后年平均收入增长便快速提升至近千元，很显然，增收的转折点是在2017年。

初到长南村，感觉就像一个新村。通过石材栏杆的小桥，第一眼看到的，便是水泥硬化的乡村道路，两旁是白墙黄瓦的农家屋舍，以及开阔平坦的成功广场，村委办公院收拾得干净整洁，村委门口有几个老人在树下聊天，他们的旁边是一面粉刷一新的文化墙。进入办公室后，皮肤黝黑，但很年轻的村主任陈鹏说，这是现在的长南村，2013年前，这个村根本就不像个村。

怎么就不像个村了呢？我很奇怪。

陈鹏说，只要一下雨，路就不能走了，外面的人进不来，村里的人出不去。到处破破烂烂的，不能看。

张晓峰说，就是在他2017年7月到长南时，村里的情况也没多大改善。他第一次到长南村，40多公里的路，汽车走了一个多小时。进村后，土墙、土路、土炕，漫天遍野的黄土，风雨剥蚀的老屋，其实就是一片“脏、乱、差”的集会，村民们老的老，少的少，家家收入微薄，人人活得没有一点精气神。之前尽管他的同事李旭丽在这里担任第一书记，有关长南的情况他多少也有耳闻，但真的让他亲眼所见，还着实让他很吃惊。李旭丽1980年生，之前在洪水镇新寨村，后来到长南村担任第一书记，长南村的贫困情况也曾让她吃过惊，为了摸清情况，她一家一户走、田间地头问，吃泡面、喝井水，甚至给出院在家休息的老人做饭。张晓峰从李旭丽那里接过接力棒后，同样的路也得再走一遍，除了到田间地头、家家户户和村民们拉家常，掌握村情民意、自然资源、社会资源是第一要务，他又把更多的精力放在走访老干部、老党员、经济能人和离退休人员上，然后自己回到办公室，坐下来分析致贫、致困原因，思索帮扶方案。张晓峰说，他的想法是，必须尽快进行基础设施建设，通过改变村容村貌，提振村民信心，同时抓好产业项目落地，让贫困户实现增收。

张晓峰说，现在村里已经建成50立方米蓄水池一个，铺设供水管网1050米，建成了1.85公里的“四好公路”，硬化了1.2公里的村级公路，建成了1400平方米的成功广场，还修了一个48平方米的澡堂、24平方米扶贫超市、三间村史馆、160米护村河坝、12米蓄水溢流坝、河道清淤200米、墙面美化亮化10000平方米，改造了33户人家的危房；村集体经济年收入突破了30万元；84名外出贫困户劳动力通过务工户均增收15000元，村里的养猪项目带动了66个贫困户160人增收；建起了百头猪场一座；59个贫困户村民入股多维牧业养羊和入股大义合作社养鸡；14个贫困户以贷款的方式入股多维牧业和大义合作社，每年能分到8%的红利。

当这些数据一个个从张晓峰嘴里说出来的时候，他的表情是笑着的，还有点得意扬扬的小骄傲。可是我话锋一转，问这几年扶贫下来感觉怎么样，这些光鲜亮丽的成绩拿到手顺利吗？张晓峰的情绪就先是低沉，然后便显得激动起来。他说，哪有那么容易，在2018年前他的工作几乎什么都推不开，那个时候他心里那个急啊，急得自己都趴在办公桌上哭。

为什么呀？扶贫干部来村里扶贫，一不计报酬，二不计得失，怎么工作还推不开了呢？

张晓峰说，同事（仍是工作队队员）李旭丽的作风，他是知道的，作为一个继任者，他当然也不想差，起初他也觉得自己是来帮忙的，很多想法应该能很好地落实。可是事实上远非如此。

张晓峰说，他是2017年7月6日正式进长南，可是到了9月才在长南村住下来，原因是村里一直不具备住宿条件。但我觉得这不是理由，因为到底啥才是具备入住条件啊，扶贫干部既然下来了，就不应该是挑挑拣拣的人。不具备入住条件，说不定是不想让他们入住。当然这只是我的猜测，因为在我的采访中，有好多帮扶队当日就住进村里了，条件当然有好有坏，如果村委没有现成的空房，借住民房也不是不可以吧。

张晓峰说，他们进长南村，能住下来还有一段周折。他们后来入住的宿舍是在村委会议室旁边，顶多也就六七平方米，三张床支起来，怎么也能将就着睡（当时李旭丽住村诊所），但是就那么一个地方，村委就是几个月也腾不出来。原因是房子被上上届的老支书占着，开小卖铺。据说，村党支部书记去做过工作，老支书不给腾；上级领导也来做工作，还是不行。张晓峰觉得整个工作队跑来跑去，工作上加个班都很不方便，再者不住村，在群众中影响也不好。他就想，老支书好歹也是一名党员吧，这左说右劝的，不顶用，里面一定有文章。尽管村里的事，陈芝麻烂谷子的，他一个外来人一时半晌弄不清，但也不妨碍他去找老支书谈谈心。他万没想到老支书却表现得出奇痛快，原话他不记得了，大概意思是，之前他们来说我不听，可是你们工作队来了，是给村里做好事的，就是再怎么着，也得有一个住处不是，既然你张书记来了，那我腾，我马上就腾。张晓峰记得，他是上午和老支书说的，没等到中午，半晌午人家就搬了，他们这才有了住处。

生活上的这些问题，都好解决。难就难在工作上。理论上讲，他们来村里是为了村里的老百姓，工作本该好沟通才对，但实际上却不是那么回事。张晓峰说，在会上，村党支部书记还和他拍过桌子，他也和村党支部书记嚷（吵）过架。

这就奇了怪了。我想不通。张晓峰也想不通。难道村党支部书记以为他这个第一书记是来和自己争功抢权的？这个问题我还真问张晓峰了，我对面坐着2014年就担任村主任的陈鹏，陈鹏双手抱拳搁在桌上，我转头看他，发现他是那种看一眼就会给人留下憨厚老实印象的人，他说他早些年出去打工，搞装潢，主要是刮家，钱没挣多少，最大的收获是娶回来一个媳妇，后来他养羊，赔了，用他的话讲，四年赔了十二万元。十二万元可不是个小数目，好在他乐观，也许是觉得自己还年轻，钱总是会挣回来的。在第一书记来村里是不是抢村党支部书记权的问题上，他最应该有发言权。我问他。他不答。

张晓峰直接插话说，不是的，也不会的，我们来搞扶贫，是帮扶，怎么会抢村党支部书记的权呢，村里的大小事情，还是村党支部书记说了算。我不听他一面之词，就又问陈鹏，是不是村党支部书记觉得工作队的人来了，不仅指手画脚，还想说了算。

陈鹏就憨憨地笑了，说："也不是哇！"

语气非常复杂，听上去有一部分肯定，但又似乎是全盘否定。一个深度贫困村，作为老主户的村党支部书记对村里了如指掌，突然来一个第一书记今天要这样明天要那样，还动不动指挥自己，心里当然不舒服。理论上，两个书记应该是配合、协商的关系，干的是众人拾柴火焰高的事，遇到一件事，至少应该能做到谁对就听谁的，然后再把想法上会讨论，形成集体决议。他们应该在如何配合、协商上出现了问题。其实具体到工作中，应该不存在谁对谁错，出发点都是为了村里好，可是，怎么算好，两个人的好先完成哪一个好，可有大学问了。不是有一句话说得好嘛，世界上其实最难的不是善与恶的对抗，而是善与善的对抗，同理放到这里，两个书记根本不存在对与错的争执，他们争执的点在于两个人的想法都对，都是好的。

这样，事情就难办了。在争执中，话赶话，说一些气话本不能算数的，有时候那些话也只是为了打压一下对方的气焰，并不是心里所想。譬如，张晓峰想要整肃村容村貌，修一修街巷，补一补破砖烂瓦，这些事让老百姓自己出钱显然是不可能的，张晓峰想的是，就像一个人一样，日子过得再穷，有钱没钱，也得先把自己拾掇得利索一些吧；日子也一样，富有富样子，穷有穷过法，总得有点精气神。可是村党支部书记不干了，死活不说原因，反正就是不干。我倒是愿意替他辩解，不干的原因无非两条：一是觉得没必要，乡下农村，本来就这样嘛，土就土了，破就破了，几十年或者说祖祖辈辈不都是这样过来的吗？再说村里没钱，就上面给的那些扶贫资金，干点别的啥不好？二是这些钱又不是你第一书记带来的，有本事你自己带钱来，你的钱你花！凭什么花村里的钱，你第一书记落好名声啊？

张晓峰说，人家村党支部书记是真急了，还呛他，那你啥也都管了哇！这话张晓峰哪能接啊？说到底，脱贫这件事必须得村里的支村“两委”出力才行。张晓峰说，他后来一趟一趟往县水利局跑，为村里争取回来修蓄水池的资金，其他地方是5万元，水利局考虑长南是深度贫困村，给予特殊照顾，拨了10万元，这样村里就可以修一个50立方米的蓄水池了。这件事村党支部书记高兴，愿意干。

就冲这点也能看得出，村党支部书记也是一个想做事的人，只不过在村党支部书记看来，扶贫工作队做的一些事情有点虚头巴脑、花里胡哨，不切实际。最起码他没有过了心里那个坎儿。再譬如，张晓峰驻村后，发现有村民被某建筑公司拖欠工资，他几次设法联系那家公司进行交涉，给村民争取回了工资。这事村党支部书记也很开心。但是张晓峰说要办一个扶贫超市，村党支部书记就没积极性了。扶贫超市本不是长南村独创，也是从别处学的，主要是想让那些懒散惯的人打起精神来，别的不说，他们可以做点公益工作，打扫打扫自己的街门院子，搞一搞屋里卫生，再按考核标准给予相应的积分奖励，然后他们到超市按同值同价（一个积分等于一元钱）兑换粮米油盐、笤帚、簸箕、洗衣粉之类的日常用品。村党支部书记就觉得这些东西没用，超市建起来后，村党支部书记也去外面置办回了东西，几天下来却不见动静。张晓峰就问村党支部书记，东西呢？村党支部书记这才说，早买回来了，就在车上。

张晓峰说，2017年他最大的体会就是一个字：难。好在，上级领导，无论乡镇、县里还是原单位都非常支持，有些工作实在推不下去，他就找上级党委，上级党委也很重视，几次来长南村搞调研做协调。不过，张晓峰相信困难只是暂时的，看看长南村的变化，他就坚信做好老百姓最需要的事，那才是最要紧的。

2017年一过，各种关系捋顺了，2018年自然一切就都好了，长南村的脱贫攻坚工作走上了快速道。讲到这里，张晓峰说他特别感谢市里的成功集团，他说如果没有成功集团的倾心支持和帮扶，长南村脱贫不会这么容易，至少是不会这么快。

白家窑琐事

扶贫，先得理解贫困。白家窑和长南村差不多，也是基础设施差，农业生产落后，老人孩子多，青壮劳力少，人口比例失衡，贫困程度参差不齐，致贫原因也是各有相异。同样是个典型的贫困村。驻村帮扶工作队来自省委宣传部，2017年时第一书记是宋予新。从2015年8月算起，他到村里已经一年多了。他说，初到村里时，没吃没住，就自己一个人待在空荡荡的村委大院里的不适应，加上缺乏农村工作经验，曾经让他一度很是沮丧，在那段时间里，喜欢萨克斯的他吹出的调子总是那么低沉和压抑。不过经过一年的适应和熟悉，他已经和乡亲们建立了深厚的感情，也把白家窑当成了第二故乡。

白家窑地处丰州镇东南部，距县城5公里。全村296人中有21户46人属于贫困人口。村集体没有一点经济来源，村里老人孩子守家，青壮劳力外出务工，玉米是主要经济农作物，全村只有690亩耕地，生产技术还落后，产量普遍不高，靠传统农业致富实在没有可能。自从到村里后，宋予新就始终把“精准”两个字牢记于心，他组织支村“两委”、党员、村民代表通过逐户走访、精准测算、充分征求贫困户意见的基础上，按照“八不进”的原则为贫困户建档立卡。然后进行精准分类精准分析，大体上导致贫困的原因可分为因病、因学、因残三类。进而他又和支村“两委”一道再次进行逐户走访，掌握每一户的第一手资料，分析每一户的具体原因，对症下药，针对性地帮扶。最后制定的措施是，养殖、种植、光伏、政策兜底保障四种扶贫方式。

村里有个叫李小平的村民，其夫因车祸死亡，本人在车祸中也受了重伤，造成重度残疾，光手术费就花了十几万元。肇事车辆无保险，又没有得到合理的赔偿，因残、因病导致了贫困。针对这一情况，宋予新和扶贫工作队采取在其家中院内搭建鸡棚、提供饲料的做法，鼓励其自力更生，自食其力。之外，还帮助其享受上了兜底政策。村民魏晋田，人虽然无病、无残，但是思维僵化，缺乏致富思路，那他们只好不断地上门谈话做工作，帮他出主意，鼓励他养了100只鸡，再种植油用牡丹，加上他本人已有的4亩核桃林和平时打点零工，一年内怎么也能收入上万元。再有村民陈国先兄弟二人，两人都是轻度智障，无劳动能力，家境贫寒，住的房屋年久失修。2016年7月一场暴雨造成塌陷，屋顶漏了水，已成危房。另一位村民刘焕青家也存在这种情况。宋予新便马上召开支村“两委”会，形成统一意见后，腾出集体的库房先将其安置。然后利用省委宣传部的扶持资金先后投入24000元清运杂物、更换门窗、安装水电，集中修缮危房。

一件件的事都很具体，第一书记和帮扶工作队天天在做，但他们同时也在思考，除了这些客观原因之外，白家窑村的穷根到底在哪里？近看容易障目，远观反倒清楚，宋予新记得自己初进村的几个月看白家窑时，除了基础差、条件落后外，最大的印象就是村里人思路不新、观念落后。从党建的角度上讲，还存在党组织凝聚力不强，缺乏号召力的现象。白家窑虽说只是一个乡村，但它离县城只有5公里，可是近30年来，这个村庄几乎没有一次群众性文娱活动，村里人的思想和精神状况就可想而知了。村民们各奔前程，各过各的日子，从某种意义上讲，实际上是一盘散沙。

和村民日夜相伴一年多，宋予新发现从村民个体上来看，确实存在“等、靠、要”的思想，但从整体上来分析，其实急需的是合力的形成和人心的凝聚。在这方面，支村“两委”和党员有着不可推卸的责任。于是宋予新从支部建设入手，开始抓制度建设，开始规范组织生活，深化“三会一课”制度，坚持“四议两公开”原则，实行民主决策、集体领导，以此来提高村里党员的思想觉悟和参与意识。村民那边，主要是积极发展新型特色种植业，引导和鼓励村民种植油用牡丹，搞活大棚经济，让村民们的思想逐渐从“靠天吃饭”转变到“靠技术吃饭”上来。

说起培养村民的集体观念，宋予新说，还真不容易。他举了一个例子，村里开展环境卫生整治工作的时候就遇到了不小的阻力，村里的卫生需要大家一起来大清扫，可是这么多年来，村里人哪还有这种意识，他们要么不愿意出工，要么一讲出工就谈报酬。在这种情况下，工作队和支村“两委”的党员干部，拿着铁锹扫把自己先动手干起来，然后把群众组织到一起开会讨论：1.村里是大家共同生活的家园，这些义务清扫的事该不该搞？2.集体主义思想还有没有了？要不要了？以后大家遇到如此的情况应该怎么办？大家你一言，我一语，意见还真提了不少。最后共同定下一条规矩，村里每逢重大活动，要按照劳力分配情况，每户都有义务出工。紧跟着村里办起了“扶贫超市”。超市采用积分制，村民和贫困户通过参与环境整治、卫生评比、义务劳动、孝老爱亲等活动获得积分。再凭“积分”去兑换物品。这一招还挺管用，很好地调动了村民的参与热情。

在一篇宋予新的自述中他问道：“作为一名密切接触群众的扶贫干

部，我们应当怎样履职尽责呢？”他的答案：就是要始终高举忠诚这面大旗，走在群众的最前面，做对党忠诚的引领者；要耐得住清贫，守得住寂寞，有苦劳时不计较，有疲劳时不抱怨，默默无闻甘做扶贫事业的奉献者；要表里如一，率先垂范，以良好的形象在乡村干部中做清正廉洁的示范者；要密切联系群众，以朴素的工作作风做党的宗旨的践行者；要振奋精神，鼓舞人心，努力成为扶贫战线上的行家里手，以过硬的本领做履职尽责的带动者。

宋予新确实这样做了，春节期间，省委宣传部的领导到白家窑看望贫困户，看其中的一户实在困难，临行前领导掏出了500元表达爱心。结果他很快发现，这个人拿着这鞋钱去县城下馆子了，两个菜，一瓶酒，一碗炒肉面，就花了70多块。事后，他和工作队的同事，很不留情面地批评了这个人。村里还有一个叫梁怀庆的村民，曾是县供电公司的职工，1992年买断后，在外打工，回到村里后多次到上级部门去上访。后来还到北京上访，被国家信访局转回山西，得知这些情况后，宋予新就带他找到县信访局协调解决，并根据有关政策和他本人的实际情况，经过多次和供电公司协调，问题最终得到解决。从那以后，梁怀庆像变了一个人，干什么事都积极表现，还一跃成为村里脱贫的带头人。

宋予新在一篇文章里写道：“在这个时代，参与脱贫攻坚是自己的荣幸。我们驻村帮扶队所接触的是最需要帮助的人群，能够给予别人帮助，本身就是一种快乐。每当看到贫困户那些期待的眼神，每每为他们做一件好事，自己都有一种成就感油然而生。”

白家窑也在宋予新累并油然而生的成就感中，2017年实现了整村脱贫。

五村愿景

在武乡县城东8公里处的浊漳河河畔，由前沟、小庄、崔家庄、李家坪、白草辿五个很小的自然村组成一个行政村，叫五村。就是五个村加起来，全村78户226口人，仍然还是一个小村。这个村耕地600亩，林地620亩，林地比耕地还多。南沁公路从村中穿过，交通很是便利，却是一个典型的“靠天吃饭”的贫困村。集体经济同样几乎为零，村民种玉米、谷子等传统农作物，产量低，一亩收入也就300元，2014年建档立卡贫困户42

户113人。

“向贫困宣战！向土地要效益，向市场谋发展！”是这个村支村“两委”的口号。我还想，土地还是那一片土地，而市场到底在哪里呢？我知道，前些年在政府的支持和宏艺集团的帮扶下，村里新建了一个宏艺移民新村，把五个自然村的村民搬到了一起，毕竟是新村嘛，村容村貌自然焕然一新，他们还建成了两座标准化的养猪大棚，一方面着手大搞“美丽乡村”建设，一方面又在努力发展集体产业，日子一下子真的红火了起来。

2017年村党支部书记张先保利用各项扶贫专项资金，由村集体牵头，组建了武乡县翔宇养殖有限公司，投资200万元建了2座占地面积10亩、年出栏生猪3000头的标准化养猪场，其中村集体占股51%，农户占股49%，其中贫困户38户、非贫困户30户，可说大手笔，该公司与新大象公司合作，采用“公司+贫困户”的合作模式运营，很好地解决了贫困户单户经营风险大，效益低的问题。2017年第一批生猪出栏，每户就分到了700元。在此基础上，村里还要新建另一个养猪场，建成投产后，每年预计可给集体增收20多万元，村民分红20万元，贫困户每户至少增收3000元。与此同时，他们充分利用教育扶贫、医疗扶贫、政策兜底等帮扶措施，鼓动36户贫困户通过购买农机具、养牛、养羊等产业增收脱贫。18户享受金融小额信贷扶持，每户5万元入股企业，每年分红4000元。19户30人享受农村低保，2户2人享受农村五保。2017年5户5人享受了“雨露计划”，19名在校学生享受小学、初中、高中等上学补助。这些实实在在的事情，让村民们斗志大增，脱贫路上五村人争先恐后的氛围早已是远近闻名。

全村人在支部的引领下，一切“向前”“向新”“向市场”看的时候，2017年新来了一位第一书记，却给他们指出了另外一个方向。那个第一书记叫张国田，也是来自省委宣传部，他同时还是“平遥国际摄影大展”的艺术总监，一个摄影家。如果不是统计出错，那我敢说，在武乡脱贫攻坚这几年的驻村第一书记中，有关张国田的各种报道是最多的。我第一次到武乡时，耳边听到频次最多的两个第一书记的名字，一个是张宏才，另一个就是张国田。

张国田在武乡的第一书记中，应该说是个另类。因为他早早就跳出了脱贫看脱贫，用别样的眼光看破败，在人们一直向前走的时候，他却让人们停下脚步回头去看，在那些几近消失，几乎要被人忘记的地方，发现美。美本来就是一种经济，美中同样也孕育着市场。因此，在2017年武乡脱贫攻坚战“因村、因户施策”中，五村打得最有特色，也最值得思考。

张国田是2017年3月来到五村的。那时天气还冷，没有一点绿气的大地上，除了萧瑟，大概也就是冷清了。我们无法得知，走出房屋整齐美观、道路宽阔整洁的新村的这位摄影家，在浊漳河畔上看到了什么，是凄败的枯草？是乖戾的树丛？还是河床上那一片薄而透亮的冰？兴许有喜鹊从前沟、小庄、崔家庄、李家坪、白草辿，或某个方向朝他飞来，喜鹊叫着，清脆的声音划破了寂静的天空。无论那是他的一个清晨、黄昏，还是某个上午，作为第一书记的他是在一种意外的提醒中，决定去看那个老屋破院的。我们只能想象他一脚一脚把双脚落入黄土地上时那种舒服感是油然而生的，只能猜测他揪起一把白草放到鼻子边，闻到的气味是独特的，五村地下无矿啊，好，正好！五村地上无资源啊，好，正好！不正是因为无矿无资源，五村才给了自己这种特别的感受嘛！他当然记得自己走村串户后，写下的民情日记，村里无矿、无资源，看来想致富就只有种植养殖、外出务工两条路走了！这样的想法，说不定就是走在通往那些破旧小山村的路上，他还坚持着。难道五村就没有第三条路可走了吗？五村2016年就被列入武乡县要打造的10个乡村旅游重点村，可是那些游客来五村游什么看什么呢？五村的重点在哪里呢？

于是，平日里总爱一个人抽着烟斗思考的张国田，一步步走向了那几个名不见经传的小山村。他站在村头远眺南山，寺庙钟声清澈入耳，浊漳河就从脚下流过。有着艺术家眼光的他，当然知道春天、夏天、秋天的这里会有多么迷人。然后他又漫步走进那些空荡荡的已经被遗弃的乡村小院，他触摸那些厚实的泥土墙、粗粝的石磨盘，凑近了鼻子去闻沉积于墙体木门里久远的烟火气，这可是多少人的童年记忆啊，真正的记忆里的乡村不应该就是这个样子的嘛！

我们依然无法得知，这位曾经荣获2004年第21届全国摄影展纪录类铜奖、2014年山西摄影特殊贡献奖、2014年第十届中国摄影（摄影传播类）金像奖的摄影家，当天是否带着相机，是否真的举起了相机，但他一定以眼睛当镜头，一次次地在心里摁下了快门，因为他发现了一处人们在灯红酒绿、快节奏、高分贝、你争我夺的城市生活里，正在渴望或一直在寻找着的安放心灵的归处。这就是一种振兴啊，准确说应该是乡村振兴的另一条路，一种恬适的，朴素的，原本的，田园的，甚至是纯真的，记忆的振兴之路。我们一直都在大喊振兴经济，实现产业结构转型，难道我们美好的记忆不需要振兴吗？一切向前看的同时，驻足回首不也是一个方向吗？

策划是张国田的专长，也是他的职业。他深知策划的背后除了将现有的资源整合，拿出一个合理的方案外，还应该有一种“无中生有”的超长本领。于是一个大胆的想法在他脑子里开始酝酿，何不创造性地来个“播种节”呢！自己担任过平遥国际摄影大展（PIP）艺术总监，摄影界的朋友不少，就算以个人名义发个邀请，也应该有一些人会来吧。

2017年5月7日，“五村首届播种节”在原小庄自然村举办。播种节活动内容包括开幕式、文艺表演、祭祀仪式、耕作仪式、播种仪式、结对帮扶等。没想到，北京、四川、陕西等地的近百名摄影家闻名而来，他们下田与当地百姓一同牵牛耕种，又将一幅幅五村农耕文化的美景记录在自己的相机里。五村由此成为农耕文化的体验基地，当天由社会爱心人士发起的“禾田镜界救助基金”也在活动中签字启动，还收到爱心捐款3万多元；贫困户的120亩“武乡小米地块”被现场认购，一个播种节神奇地让五村实现了“未种先售”的创新。

这么一启发，村里的发展思路就宽了。一个播种节不仅唤起了人们心中的“黄土地”，而且唤醒了五村作为一个朴素的乡村最原生的魅力与内涵。五村由此开始更高层次地看待和理解国家的乡村振兴战略，开始认真地按照产业兴旺、生态宜居、乡风文明、治理有效、生活富裕的总要求，抓住被列入全县十个乡村旅游重点村的契机，充分发挥省委宣传部帮扶工作队的优势，建设集文化旅游、餐饮住宿、休闲度假、生态养生、水果采摘为一体的田园旅游和体验综合体。这个综合体主要思路是，在保持旧村原有风貌的基础上，把旧小庄村打造成全国艺术院校学生摄影、采风、写生、培训基地，新建小米加工基地、中国农业发展史展厅，让久居都市的游客近距离感受“看得见山、望得见水、记得住乡愁”的浓浓乡村风情；在旧前沟村打造艺术家驻地和特色民宿，同时在新村打造餐饮住宿、生态养生、水果采摘为一体的禾田小镇，新建游客接待中心和多功能大厅。自此，五村真正踏上了一条由“输血”到“造血”的根本性转变之路。

成绩单

2017年武乡脱贫攻坚打的是针对仗。但是，因为脱贫攻坚是一项系统工程，它还必须是一场立体仗，尽管各乡镇各村作为据点，作为局部，要打得精准，但离不开上上下下左左右右的支持和配合。最后，看一下全县当年脱贫攻坚的成绩单吧：

产业扶贫方面，全县整合涉农资金3.47亿元，其中各级财政专项扶贫资金1.85亿元，其他涉农资金1.62亿元，主要用于贫困村产业发展。这些钱，一是在落实市级补助政策的基础上，给每个贫困村补助35万元至45万元，落实村集体产业发展扶持资金2017年、2018年共计4545万元；落实“一户一项”产业扶持资金2280万元，平均每人1000元，每户不超5000元，做到了“村村有产业，户户有项目”资金支撑。二是依托大山、多维、绿农农牧、鑫四海、潞武“五大龙头企业”，大力发展核桃、梅杏、油用牡丹等“八大产业”，促进农业增产，农民增收。

光伏扶贫方面，继续把光伏产业作为调结构、补短板的主导产业，向国家能源局申报规模为30兆瓦的地面集中式光伏扶贫电站和38座规模为28.6兆瓦的分布式村级扶贫电站，2017年完成项目选址、土地流转、电网接入方案、三通一平等前期工作；在市发改委备案141个分布式村级屋顶光伏电站，完工113个，并网101个。

电商扶贫方面，抓好电子商务进农村综合示范工作，创新电商扶贫，通过书记站台、县长代言、微店创业、基地助力、平台网销，建立“一店带多户”“三商联动”“整村微商”“平台运营”四种运营模式，全县共建村级电商服务站233个，网店、微店6562家，电商交易额2.51亿元，其中农产品网销1.12亿元，电商产业直接带动2318户贫困户6954人增收，促进2900多人就业。10月10日，全省电子商务进农村综合示范暨电商扶贫工作推进会在武乡召开。10月13日至15日商务部在长春召开全国农村电子商务精准扶贫座谈会，副县长张帆应邀在会上发言。11月9日至10日，国务院扶贫办在江苏宿迁召开全国电商精准扶贫现场会，县委书记胡坚受邀作交流发言。11月10日，由央视财经频道联合国务院扶贫办、商务部，携手国内15家知名电商、近30家网络直播平台同步直播的“厉害了我的国·中国电商扶贫行动”第十场直播走进武乡为武乡小米做网络直播，此次网络直播活动中武乡网商共计接到小米订单224118单，销售小米996472斤，销售额9267189元，带来的经济效益较往常增长137.5倍。

易地扶贫搬迁方面，坚持创新融资主体，在全市率先成立扶贫开发投资有限公司，承接易地扶贫搬迁贷款4612万元。2016年开工的13个安置点主体工程全部完工，300户全部分房到户；2017年实施的10个安置点2071人易地扶贫搬迁工程，主体完工6个，剩余4个完成投资达78%，分别达到和超过省定60%的标准；开工4个2018年要实施的安置点，其中2个完成主体工程。

金融扶贫方面，建立了“五位一体”推进精准扶贫小额信贷模式，成立了风险补偿金委员会，“五位一体”扶贫小额贷款为1666户发放8014.6万元，完成市下达任务的111.8%。特别是对6个深度贫困村和深度贫困人口累计发放电商贷285万元，小额信贷3500万元，每个村新增市级帮扶资金100万元、县级帮扶资金20万元，为贫困村产业发展，攻克贫困堡垒奠定了基础。

培训就业方面，采取帮扶工作队、第一书记、县乡村三级领导干部讲政策、行业部门深入一线抓培训的方式，举办脱贫攻坚大讲堂30余期，大大增强了贫困群众想脱贫、盼脱贫、能脱贫的信心和决心。整合新型职业农民培育、“千村万人”就业培训、阳光工程、雨露计划等各类培训资源，落实培训资金300多万元，组织培训贫困家庭劳动力4500余人次，实现农村劳动力转移就业3500人。依托绿农农牧、多维牧业等龙头企业，通过“公司+基地+贫困户”模式带动和解决贫困人口就业200余人。

生态扶贫方面，以造林绿化、退耕还林、生态保护、干果经济林提质增效为抓手，让贫困群众在造林营林、管林护林、产业发展中增收致富。2017年全县共实施生态保护与治理修复面积564平方公里，生态补偿惠及320个村，聘用护林员316名。新成立造林专业合作社40个，吸收贫困人口754人，占合作社人口的82.8%，社员普遍增收1400元以上，其中贫困社员比一般社员多增收5%以上。

社会保障兜底方面，按照省、市、县里的要求，不断增强社会保障力度，将低保标准由3026元提高到3330元。落实农村低保最低生活保障与扶贫开发政策有效衔接，经核查，新纳入符合低保条件的贫困户808户1374人。为2430名困难残疾人发放补贴145.8万元。全县参加基本养老保险和基本医疗保险的覆盖率达100%。

健康扶贫方面，为3万多贫困人口缴纳大病医疗补充保险和意外伤害保险211.582万元。全面推行贫困人口住院“先诊疗、后付费”就医模式，组织开展健康扶贫“双签约”活动。

教育扶贫方面，资助贫困家庭学生4929人（其中建档立卡贫困生4349人），各类资助资金309.3万元。继续实施县级教育资助，由县财政出资对学前教育、义务教育阶段建档立卡贫困家庭学生进行资助，春季学期资助3456名82.3万元，秋季学期资助3321名79.3万元。高中免除学杂费每人每年800元，职中免除学杂费每人每年2500元，职高免除学杂费每人每年2100元。为111名贫困大学生发放补助金55.5万元；为1226名职中、中专、大专、技校贫困学生发放“雨露计划”补助金245.2万元。

旅游扶贫方面，紧紧抓住武乡被确定为“国家全域旅游示范县”的机遇，重点打造了分水岭乡泉之头村、上司乡岭头村等12个乡村旅游村，直接带动贫困人口就业500多人，有600余贫困人口在文化旅游产业中实现了就业，也为下一步提升乡村旅游工程奠定了坚实基础。

基础设施建设方面，重点是在安全饮水、道路提质、通动力电、新建和改建村级卫生所、危旧房改造等方面。全年实施44个贫困村安全饮水工程，37个脱贫村公路建设总里程107公里，总投资12357万元；实施16个贫困村通动力电项目；实施26个村级卫生所建设，目前主体已全部完工；实施危房改造983户。为73个村级文化活动室配送文化器材，价值146万元。

社会帮扶方面，积极开展“百企帮百村”活动，除市级7个企业结对帮扶贫困村外，选择县里17个企业与贫困村建立了“一对一”帮扶结对子。山西中德集团在10个贫困村中筛选出305户847名贫困人口，根据不同致贫原因，开展教育、就业、创业、产业和基金扶贫等扶贫模式，投入资金达272万元。

第五章

决战冲锋

鉴于部队损失较大，刘伯承也打来电话，建议部队暂时撤围，另寻战机再打。前方的战况，彭德怀当然清楚。但彭德怀在电话中还是对刘伯承说：“冈崎大队所剩人已不多了，我们不能给敌人喘息的机会，应该一鼓作气坚决消灭他！”彭德怀坚持打下去，刘伯承这边沉不住气了，就生着气对彭德怀说道：“你这是赌气，蛮干！这一仗，我不同意再打！”彭德怀也终于按捺不住胸中上蹿的火气，在电话中对刘伯承发了脾气：“拿不下关家垴，就撤销第一二九师的番号，杀头不论大小！”

在关家垴血战中，决死第一纵队38团攻打柳树垴前，彭德怀亲临动员：“你们决死队，要向谁决死呀？”他手指日军阵地：“你们就是要向他们去决死！我们抗日根据地有一条规定，凡是没有带路条的人，就不能让他走！”正是这样的硬气和豪气铸就了我八路军战士们敢打硬仗恶仗的胆气和作风！

我在关家垴采访时，曾向村里的老人问起过这段历史，他们说，“八路军个个是好汉，前面倒下去，后面上来的接着冲！”而那时我的脑海里重复闪现的是两个字，攻击！攻击！攻击！

——笔者根据相关资料整理

虽然困难重重，阻力不断，但是武乡的脱贫攻坚总体上还是按计划向前推进的。县委书记胡坚讲，脱贫攻坚到了2018年就进入了攻坚拔寨阶段，“摘帽”，退出贫困县行列就是这一年最大的，也是最终的目标。2017年临近年末的12月24日，县四大班子以及副处级以上党员领导干部，集体来到八路军太行纪念馆，不为别的，要做的一件事，就是面向党旗，重温入党誓词。他们神圣地举起右拳庄严宣誓，在那时，每一位宣誓者眼里都是那一面红艳似血的党旗，胸中翻涌着的则是“太行精神光耀千秋”熠熠生辉的八个滚烫大字，他们来表初心，是为了坚定理想信念，牢记使命，是为了不遗余力为武乡人民的幸福苦干实干而做准备的。

宣誓完毕，2018年春节一过，县委书记和县长便分别带队上路了。书记去了四川广安、江西井冈山，紧紧张张跑了四天；县长去了河南兰考、贵州六盘水的黔西南州，也是四天。他们去求法取经，然后回到省里，又去了右玉和昔阳，去寻找和接续右玉精神、大寨精神与武乡革命老区太行精神的契合点。因为他们知道，两年攻坚后的武乡剩下的贫困村、贫困户是什么样子的，还有就是，就算是已经脱贫的地区和人口中，基础不牢，同质化严重，就业不稳定，政策性收入占比高的现象也相当严重。

眼前的情况是，既有的贫困户更加顽固难啃，已经脱贫的贫困户有返贫风险，更有之前没有被纳入建档立卡贫困户的低收入非贫困户，一方面有可能跌进贫困户行列，一方面就算勉强在非贫困与贫困边缘徘徊，也因为自己没有享受到国家对贫困户的兜底政策和帮扶好处，而产生不满，从而引发各种各样的矛盾。打个比方，你家2015年人均年收入2854元成了贫困户，我家人均年收入2856元，每个人只比你多2元，却不是贫困户，可是一旦被识别成贫困户，就会在教育、医疗、建房、养老、产业扶持资金支持等方面享受国家补助（贴），大家彼此住邻居，也就一墙之隔，结果享受的政策却是天壤之别，心里哪个会平衡啊。但是政策就是政策，政策就必须得有条条框框，得有标准，就是上大学也一样，多一分上清华北大，少一分你就得换一个格次，本是没有办法的事。老百姓却心里想不通，觉得不公平，现实中我们也发现，经过这几年的脱贫攻坚，就是政府里的公务员和事业单位工作人员的收入，偶尔比不上脱贫后贫困户的收入，也不稀罕。

更有那些扶贫干部，有的已经连续多次超期服役，是村民们左留右留甚至写联名请求才留下来的，他们的战斗力还能一如既往地强吗，会不会产生厌战情绪？有的村干部是2017年后半年村一级支村“两委”换届新上来的，他们的能力行不行，在这个关键年度里，会不会因为有心无力而影响工作？有的是帮扶单位新派来的，他们从前任手里刚刚接过接力棒，工作接续上会不会有问题？等等。还有，整个武乡东西两边的差异问题，多少年来，武乡的工业多分布在东边，东边的人看上去要富一些，而西边多以传统农业为主，看上去相对要落后一些，但武乡人都知道，恰恰是西边人口袋里有钱，要说银行存款东边的人可不一定比得过西边的人，这里面涉及一个观念问题，东边人挣钱不留，西边人挣钱不花；讲起来是观念，但落实到脱贫攻坚中就是问题；还有监督管理问题，如何才能把资金用到刀刃上，如何保证冲在一线的干部出工出力还能保持清正廉洁，总之在2018年这个决战之年，任何问题都出不起。

我们甚至可以说，如果说三年攻坚年年是硬仗，那么前两年还有得借口找，还有一个缓冲期，但到了第三年，那才是真正的硬仗，因为这一仗没有选择、没有退路、潜在爆发的问题多，但这一仗又是决战，背水一战，是一场死战。

打硬仗，自然就需要严明的纪律，铁的队伍。为此，县里及时出台制度，推行“668”工作法。什么是668工作法？就是扶贫工作得严格做到六个必须有，六个搞清楚，八个确保。第一个“6”容易，主要强调驻村帮扶队必须得有办公室、办公设备、食宿点、台账、考勤、标识之类的条件和要求，第二个“6”是重点，即帮扶队必须搞清楚贫困户的基本情况及诉求、致贫原因、各类脱贫政策、脱贫规划和措施、脱贫摘帽的村级指标和户指标，以及贫困户的动态收入。也是难点。八个确保是指驻村帮扶时间、网签率、贫困户的脱贫方案、村与户的档案资料、帮扶日志、实事好事办好、贫困户的认可度，以及当地干部群众的满意度。这套工作方法，内容非常具体，虚实相间，有软指标，也有硬考核。总之，要想认真落实，扶贫干部就必须得钉在村里，和贫困户捆在一起，这样你就是想做到不真驻村、不真办事、不真帮扶都不可能了。

除此之外，在外部的各种督导组、检查团基础上，县委还成立了三支督导督查队伍：第一支由县领导直接带队，抽调已经从科级领导岗位上退下来的老同志组成5个工作督导组，进行巡回督导，要求发现的问题，当天发布整改要求；第二支是县纪委监委牵头，县委组织部、县委政府督查室组成的纪律作风督查组，定期不定期交叉轮换到贫困村进行明察暗访；第三支是由干部驻村帮扶领导小组联席会议办公室进行随机抽查、夜查和突击检查。对发现的不能按要求开展工作，进村不入户、浮在表面、没有和群众打成一片，作用发挥得不充分、不作为等情况，给予追责问责，通报批评、诫勉谈话、黄牌警告、召回退回。

一位基层的扶贫干部曾经对我讲，2018年对武乡的每一位干部和扶贫队员来说，真的就是一场大考，县里这么做大家也能理解，毕竟大考之年，谁都不能松劲泄气，生怕因为自己一个人的一点散漫，或少出一份力影响了整体的“摘帽”目标。

副县长郑丹跟我说，从策略上，2018年武乡的脱贫攻坚是以“问题为导向”为出发点狠抓落实的。于是，“问题导向”就成了2018年武乡脱贫攻坚中最热的词。

魏家窑的“党建+”

魏家窑在丰州镇东南部，距县城四公里，毗邻南沁线和红色旅游公路，交通便利，下辖魏家窑和西则底两个自然村。全村330户936人，耕地面积1990亩，算是一个大村，贫困人口基数也大，114户346人。2017年实现了整村脱贫摘帽的目标。几年里，先后接受了中组部、省委脱贫攻坚第三方评估组、省委督导组和市委主要领导检查指导，被授予全省改善农村人居环境示范村、全市扶贫产业示范村、精神文明建设示范村、蔬菜产业发展示范村、全县农村党支部规范化建设示范村等荣誉，可说是一个远近闻名响当当的经历过各种检查的“明星村”。

然而，当你三年前要走进这个村时，它可不是这个样子。2017年，武乡全县人民的脱贫攻坚仗打得如火如荼，魏家窑也在其中，比其他村压力更大责任更大的地方是，县委书记胡坚包着这个村。如果仅从文字资料看，会给人一种错觉，县委书记工作忙，选一个离县城近一点的贫困村，工作起来要方便一些，包村效果自然也会明显一点。可是换个角度去看，就不一样了，县委书记包的魏家窑，离县城只有四公里，这是什么意思呢？这就等于把魏家窑直接摆到了全县人民的眼皮底下，稍稍夸张一点讲，只要涉及脱贫的工作，所有的聚光灯都会照到这个村。全县215个贫困村，包括上级来的、第三方的，只要一提“脱贫”，大家的第一反应就是，走，去魏家窑看看，毕竟魏家窑离县城太近了，抬腿就到，二来是县委书记包的村，咱们去那里看看怎么样。更深层次的现实情况却是，魏家窑村历史遗留问题多、村民不团结、发展缓慢且无力，别的不说，一个330户人口的村，离县城只有四公里，却有一半是贫困户，这还不能说明问题？

村党支部书记姚庆水讲起魏家窑的过去，讲得很实在。2009年他当村党支部书记时，集体账户上不仅没有一分钱，还倒趴了27万元的外债，村民们赌博成风、家族势力明争暗斗、村民上访不断、滋事不停，全村40多名党员，就是想召集起来开个会，你都吼叫不齐。2017年1月到任的第一书记安亮来自县委办公室，他说别看这个村离县城这么近，其实村民的思想非常传统，他举了一个例子，村里有个一生未娶的老人（村里人叫光棍），辛辛苦苦劳作一辈子，想着自己百年后，院门一关家里也就算绝户了，按照传统老思想，他想给自己找个顶门立户的，自己身边没有亲的，就在稍远一点的侄儿中选了一个。门是有人顶了，当然不会白顶，毕竟名义上那个侄儿就是自己的孩子了，他把自己积蓄的钱一股脑交给了孩子。后来孩子结婚办喜事，他也很高兴，可是人家孩子还有自己的生身父母啊，在照全家福时就把他给忘了。于是，老人回到自己屋里，几天几夜想这事，他越想越想不通，表面上看，自己那么多钱也买不来一张全家福，但背后却是孩子心里根本没有自己这个人。中国人的老思想里，人死了，不是真死，而是到另一个世界去了，他虽然不能左右这个世界的事，但自己还应该活在下一代的记忆里才对。老人就那么钻牛角，结果把自己逼疯了，至少是精神不正常了。安亮又说，村里有一位叫杜怀英的老人，1949年生，1989年入的党，党龄三十多年了，在村里始终带头保持着自己是一个共产党员的光荣感与责任感，她勤劳敬业、孝敬父母、和睦邻里，一心想着百姓，平日里总是尽自己所能排群众之难，解百姓之忧，不要说自己村里，就是在镇上，都是有名的“和事佬”。邻里纠纷、田地纠纷，甚至家庭矛盾，都愿意找她来“和事”，一是她做事不武断，总能做到公正公平，再一个她方法灵活多变，当问题来了，她会先把问题放到一边，再从当事人的性格上找突破口，等了解了事情原委，摸清了双方的性格，然后再把双方叫到一起调停协商。原本双方情绪激烈的问题，等心平气和坐下来谈，反倒好解决了。村里一有事，杜怀英也总是吃苦在前，每次改善村容村貌、户容户貌大清理，她都是自己叫了年轻媳妇们，把大路、小路和贫困户院内打扫干净自己才回家。可是，就是有这么好的一个人，还是无法扭转村里的风气。就这样的一个村，不要说发展，就是求个平安无事维持个稳定都困难。你说，县委书记不包谁包？难听点讲，还就得由县委书记包。

安亮介绍说，姚庆水书记是一位踏实肯干，有担当的村党支部书记。庆水书记之前当过包工头，有自己的工程，但他不想看着魏家窑就那么落后下去。啥是落后，在新时代里大家都往前奔，别说你不发展，你不奔，你要是奔慢了，都是落后。一次姚书记好不容易把党员叫到村里想开个会，那时村委连个办公地方都没有，党员们只好集合到学校闲置的教室里，一半人在屋里，一半人在屋外，那场景一下就触动了庆水书记，这哪叫一级组织啊。他下决心改变现状，于是贷款修了村委会，魏家窑支村“两委”才算有了正式办公的地方。姚庆水是书记，大概是身上的职责让他意识到魏家窑党组织的涣散和党建工作的薄弱，县里镇里，领导们天天讲党支部要发挥战斗堡垒作用，党员要发挥模范带头作用，可是他回到魏家窑扪心想想，其实两个作用哪一个都发挥得让人汗颜。可是怎么去改变呢？2017年初县委组织部直接将安亮书记调整到村里，姚庆水的心一下就变得踏实起来，安亮虽然年龄不大，可是毕竟在县委办公室工作，党建方面就是见也比自己见得多，听也比自己听得多，强化魏家窑的党建工作也就慢慢地提到议事日程上来。

安亮是突然被调整到魏家窑的。他是县委办公室派出来的第一书记，包村的领导又是县委书记，这样的用意大概就是县委书记胡坚不找到他谈话，他也应该能明白个七七八八。所以，他心里的压力，还是很大的。进村后，他就和支村“两委”以及驻村工作队一起商量，魏家窑该怎么办。当然第一件事，就是先打完2017年整体脱贫这一仗，2017年整体脱贫之后呢？因为他进村不久，很快也得出了庆水书记的那个结论：魏家窑村的党建工作急需提升，党员的模范带头作用需要尽快发挥，村容村貌得尽快改善。安亮说，2017年他就和庆水书记形成了统一意见，脱贫攻坚工作要做，党建工作也得尽快抓，也就是说，他们决心要把党建工作深深嵌入或融入到脱贫攻坚中。

怎么做？那就是规范化。

安亮说，党建工作规范化在魏家窑其实不是新事物。之前庆水书记尝试着做过。在这个想法的引导下，魏家窑在公路边专门建了一个由一厅六室组成的党群服务中心，但是具体怎么搞还没有理出一个思路来。2018年县里强调，全县的脱贫攻坚要以问题为导向，魏家窑村的问题就是在党建上。既然要抓建设，那就从规范上出发，高标准来要求。安亮和姚庆水两位书记开始重新研究和学习党内法规、基层党组织工作程序，再结合村里实际几经讨论后，逐渐形成了一个名为“1233”的思路，具体为："1"是以加强"三基"建设为重点，扎实推动全村党建工作全面提升、脱贫效果全面巩固；"2"是实现产业结构和周边环境"两个优化"；第一个"3"是积极推进组织争当先进、党员争当优秀、工作争创一流"三个争当"；第二个"3"是通过壮大村集体经济、打造多种共富联合体、实施群防群治"三个办法"，让魏家窑走出一条"党建引领、产业升级、乡风文明、村容整洁"的强村富民新路。

于是，他们按照"五好党支部"要求，从严落实支部主题党日、"三会一课"、民主评议党员、"四议两公开"、三步四循环等制度，将思想政治工作、党员教育管理、群众工作落实到支部。制度规定每天必须有一位支村"两委"的干部坐镇服务中心，为党员群众提供民政、社保、法律等方面的服务。支部大力开展承诺践诺、设岗定责、党员责任区、挂牌上岗等主题实践活动，教育引导党员时刻牢记党员身份，争做"五带头党员"。为了切实发挥党员的模范带头作用，支部按照"党建+干部+产业"模式，对全村确定发展的10个产业，分别由工作队、第一书记、村支"两委"班子的党员干部负责联系推进；并适时开展"优秀共产党员""当代乡贤"和"光荣脱贫户"评选活动，通过选先进树典型，鼓励党员和优秀代表在脱贫攻坚、新农村建设、乡村治理中发挥引领作用。

对于这些做法，安亮很有感触地举例子说，我们村紧紧抓住城里人渴望绿色蔬菜和自身体验收获的想法，借鉴了别人的经验，利用村里的闲置土地，2018年首次试验性地建了50个"小菜园"。村里对认领用户做出承诺，这些菜园只用农家粪，不施化肥，从平整土地、下种施肥，包括后期的浇水和日常管理，都不用认领主人管。所有这些工作由贫困人口完成，村里按每人每天男85元女65元给予报酬。认领主只需要花488元就可以得到一个面积为一分地（66平方米）的"小菜园"，日常管理的工人会根据长势和蔬菜成熟的情况，及时通知认领主。但是这项工作必须由支村"两委"的干部来具体负责，负责的干部要协调，得汇报，天天和贫困户相处，这样，不仅对我们的干部是一种能力上的锻炼，而且也在群众中树立了良好的形象。

高标准、规范化的党建工作，让魏家窑不仅夯实了基础，还插上了腾飞的翅膀，2018年之后，主导产业桃树、油用牡丹种植面积实现大幅度提高，通过养殖、劳务输出、造林绿化、贷款入股，2019年底村民收入达到人均7559元，比2017年增收近2000元；魏家窑也在2018年被武乡县委组织部确定为全县农村党支部规范化建设示范村，开始迎来其他乡镇基层党支部的观摩和学习。

我去魏家窑时，见到的是一幅林木葱郁、飞鸟栖息，白墙红瓦、现代凉亭镶嵌在山水田园之间，“落霞与孤鹜齐飞、秋水共长天一色”的画卷。据安亮书记讲，魏家窑正在抢抓武乡建设“全域旅游示范县”的机遇，提出“侍郎故居、人杰地灵，生态魏家窑、县城后花园”的发展思路，他们已经修缮了明朝太仆寺正卿魏光绪的故居；建成了魏家窑综合体验园，又投入了20亩土地让“小菜园”总数发展到150个等。这一项项产业发展的背后是“支部+党员+产业”模式高效运作，更是一个基层党支部党建工作基础夯实后迸发出的持续活力。

朱家凹的“绿色发展”

“当笔者慕名来到朱家凹这个两山夹一沟的小山村采访时，映入眼帘的是山上山下一片绿色：80多亩树苗已有一米多高，太岳林局（山西省太岳山国有林管理局）在此种植的2000亩成片林长势喜人，层层的梯田里庄稼也丰收在望，景象一派喜人。”这是发在2018年8月23日《长治日报》上一篇报道的开头。

尽管这个叫朱家凹的小山村，离县城只有三公里，我在武乡采访期间却没去。每次下乡或下乡回来的时候总想搭个顺便捎带就去了，但阴差阳错就是没去成。但朱家凹脱贫的故事，我倒是一直感兴趣，因为它是以村为单位在“绿色发展”中有想法的为数不多的几个村庄之一。

朱家凹不大，只有300多人，曾经担任过这里第一书记兼工作队长的史慧军在自己的文字里说，2017年8月最初到村里时，一排排干净整洁的农家小院，给人一种赏心悦目，欣欣向荣的感觉。三五成群的土鸡在小河沟里悠闲觅食，小狗躺在树荫下睡觉，妇女们三三两两带着小孩玩耍，一派宁静祥和的景象。山坡上的庄稼长势也还可以。朱家凹村还是一个历史久远的村，村东的大山沟里有清道光年间修筑的石拱小桥，碑刻一通。小桥旁有几棵合抱粗的老杏树和一棵郁郁葱葱年代久远的大松树。村里老人讲，朱家凹村风水好，村里的两座山叫龙虎山，左边为龙，右边为虎。山势像一把太师椅，把村庄抱在怀里。崇山峻岭间，也有潺潺小溪。在这种直观印象下，史慧军一开始就喜欢上了这个藏在深山凹里犹如世外桃源般的小村庄。

可是，随着他挨家逐户走访，了解到真实情况，进入工作状态后，那种闲散的美好、怡然自得的感觉就全没了。他转而看到的是，村里因为年轻人大多外出务工，老人、妇女、儿童留守村庄没有一点生机活力的死气沉沉。史慧军生在农村长在农村，就算参加工作离开农村后，对农村的现状不熟悉了，但朱家凹相比于其他地方的农村，也着实让史慧军感到，自己来这里挑起的是一副千斤重担。朱家凹基础条件实在太差了，支村“两委”还在一处潮湿漏雨的办公室里工作，全村没有一亩水浇地，集体经济也没有一个像样的产业，三分之一的村民生活在贫困线以下。

要想改变现状，自然得因村施策发展产业，最好还是那种可持续发展的产业。这是史慧军的想法，于是他和帮扶工作队以及支村“两委”共同讨论，调研论证，同时广泛征求群众意见，希望能群策群力，集思广益最终能形成一个共识。根据朱家凹的自身优势，他们觉得最好的产业，还是植树造林发展林业。其实在此之前，在他的前任第一书记谢军的努力下，朱家凹和太岳林局已经建立了2000亩造林工程的合作，双方商定，五年成林后经国家验收合格，根据谁的土地谁受益的原则，2000亩林业产权全都归朱家凹村集体所有。史慧军和支村“两委”顺着这条路子继续往前走，既然造林，那就需要树苗，太岳林局每年自然也会需要大量的树苗，他们可以以此和太岳林局开展进一步的合作。他们的想法得到了帮扶单位长治市人才市场和丰州镇党委的同意，他便和支村“两委”的干部，一起再次登门拜访太岳林局，希望能支持朱家凹发展育苗经济。最终他们的真诚和干事创业的决心打动了太岳林局，开启了与太岳林局下属单位伏牛山林场的对接洽谈。

洽谈结果是，在朱家凹为伏牛山林场新建一个80亩的苗圃基地，用于培育油松、臭椿、白蜡、五角枫等树苗。这样，朱家凹就可以有50多人到基地工作。有了这次合作，为充分激发群众的内生动力，在村民自愿的基础上，村里很快就组建了自己的双湾林业种植合作社，带动村民入股9.7万元，培育油松、臭椿、白蜡、五角枫等树苗，带动30多户70多人从事育苗育种。2018年，村里的基地出售油松、椿树等树苗100多万株，村民务工收入超过15万元。

钱是挣回来了，可是要想年年能挣钱，就得保持苗育得好，树种得活。以前的朱家凹，全是旱地，没有水，育苗产业怎么做也不会做大。要想补齐这个短板，就必须兴修水利做好配套设施，让苗木天旱时能够喝上救命水。2018年一开春，工作队和支村“两委”商讨决定在村南面的洼地打一口深水井。他们特意请有关部门的专家来实地考察，又把县里的相关领导请到村里来现场办公，时间不长，打井项目就得到水利部门批复，一口100多米的深水井打出来了，他们在山上又建了一个100多立方米的大蓄水池，秋天修通了4000多米的抽水管道，硬化了一条1000多米长2米宽的田间道路。村民们说，龙王上了山，收入能翻番，荒山变绿林，致富有奔头。朱家凹靠育苗发展林业产业就有保障了。

在“绿色”中得到实惠的朱家凹，自然更是会加快步伐，这几年他们进一步依照宜林则林的原则，继续扩大植树造林，绿化荒山的面积。他们设法再筹措资金，在小河上游建一座坚固耐用的小水坝，又把村边顺水而下的400多米的河两岸做了整修绿化。他们的目标是，力争做到绿树满山头，庄稼绿油油，小河流水叮咚响，两岸杨柳笑弯头，让朱家凹人真正实现宜居、宜游、宜乐的美丽乡村梦。

在此，想多说几句的是，其实植树造林在武乡一直就有着好传统。《武乡县志》讲，武乡全县宜林面积五十二万亩，相传太行山西麓的蟠洪河流域和西部山地，在清代以前，曾生长着茂密的森林。但是到清末民初时，境内植被稀疏，除东部山地分布少量天然森林外，其余地区岩石裸露，水土流失严重。据1935年《山西造产年鉴·各县树木调查统计一览表》记载，武乡有森林面积623亩。抗战时期，在边区政府领导下，各区、村展开了有组织的群众性植树活动，主要是大路和村庄四周绿化。1940年驻武乡县的八路军总部，在朱德总司令、彭德怀副总司令、左权副总参谋长的率领下，清明节前后在王家峪等地植杨、柳、榆树二万余株。当年朱总司令植的杨树，彭副总司令植的榆树，后来被誉为“红星杨”和“将军榆”。1946年各区、村与联村组织群众造林，以插杆为主，主要是杨、柳、榆传统老树种。进入20世纪50年代，开始大面积荒山造林，1958年故县滩地插杆造林3000亩。共青团故县乡委书记魏尧珍，还被山西省人民政府命名为“林业劳动模范”。同年，武乡县被国家林业部命名为“全国林业先进单位”。到1975年，全县有林面积11万亩。1979年山西省人民政府将武乡确定为省东山用材林基地县之一，但在采伐时必须执行采伐证制度，本着年采伐量不能大于年生长量的原则进行控制。

朱家凹的可喜之处是，没有借助自己地理位置的优势寻求短期收益，而是坚定地走了一条适合自身可持续发展之路。他们真正认识和领悟到了“绿水青山就是金山银山”的深刻内涵，在脱贫攻坚实践中，不仅取得应有的经济收益，实现了脱贫目标，更是为改善武乡县城里的空气质量，做出了自己的贡献。

炉家掌的“平衡术”

“白天入户忙脱贫，晚上夜校话新风。”这是我跟晋煤集团派驻大有乡炉家掌村第一书记兼驻村工作队队长白建强聊天中印象最深的一句话，再有第二句，便是他初到炉家掌时说的，他说，“估计炉家掌按计划实现脱贫问题不大。”两句话连起来会让我们产生误解，似乎上上夜校，话话新风，炉家掌的贫，就轻轻松松脱了。

但实际上讲的不是一码事。

炉家掌2017年就顺利脱贫了。用白建强的话讲，虽然脱贫质量不高，但各项指标是符合要求的。既然脱贫了，村民们的生活水平几乎拉平了，那是好事，大家就可以齐心协力开始往更高层次上的乡村振兴奔了。事实却与他想象的完全不同，甚至还相反。白建强讲，他2017年正月初九到的炉家掌，见了村党支部书记和村主任，那时村里正搞移民搬迁建设，施工队占着村委会大院，他们只好先住到乡里的养老院。白天到离乡政府10公里的炉家掌，晚上再回乡里。炉家掌由炉家掌、前太池、后太池、岭上4个自然村组成，153户432口人，耕地1200余亩，建档立卡贫困户69户237人，一条2.5公里的乡间公路像糖葫芦一样把四村串在了一起，比较集中。五个月后他们从乡里搬进村里，随着和老百姓交往加深，长期盘踞在老百姓脑子里的“思想疙瘩”就显现出来了。过去村里穷是穷了点，或者说大部分人都穷，人们没啥意见，至少是没有那么多意见，现在村里脱贫了，意见反倒一个个冒出来了，甚至出现了有人地里的活不干，工作也不去找，成天就是出去上访的现象。

在我的采访中，包括平时从一些下乡扶贫的朋友那里听到的，这种现象并不鲜见。贫困户不贫后，反倒是非贫困户不乐意了。有几位扶贫干部就讲，原本以为自己来村里扶贫，帮助贫困户脱贫是难点，哪承想，说服非贫困户放弃攀比心理，专心走自己的致富路，反倒成了工作的重心。这倒也是，从世俗利益上讲，非贫困的心情也是可以理解的，譬如2015年前后的那批移民搬迁户，当时支村“两委”做过动员和宣传工作，当年的政策是需要自己掏一部分钱，国家再补贴一部分，然后就可以搬迁了。老百姓嘛，挣个钱不容易，一听自己还得出钱，左掂右量一番就放弃了，虽然自己的房子旧了点，但又不是不能住人，还不到非得盖新房的那一步。但有一部分人是报了名的，结果后来政策发生了变化，尤其是被定为建档立卡贫困户的，出的钱一下少了，或干脆就不用出钱。原本那些没决定搬迁的人就不干了，觉得本来能沾的光结果没沾上，后悔了，于是想方设法得把这个平衡找回来，他们开始找村里、找乡里，甚至找到县里，但是政策是国家定的，此一时彼一时，县里乡里也没办法，但老百姓才不管。我在另一个村采访时，就遇到一户村民向我大声叫屈，说自己没有申报贫困户后悔死了。我问他为什么当时不报，他说：“咱又没长后眼，谁知道人家这次会有这么多好处呢！”尤其是到后来，随着贫困户生活景况的大为改变，一些非贫困户的心里就越不是滋味了，毕竟原来大家的贫富程度差不多的，就因为自家多了一个“非”字，就落在了人家后面，总之是，在一些家庭那里已经出现了“贫”与“非贫”的心灵大反转，贫困户心里感谢政府、感谢扶贫工作队，而非贫困户却因为觉得自己吃了亏，心里愤愤不平，找碴儿滋事。

这里面确实存在一个认识上的问题。其实这场脱贫攻坚战，是一次兜底，是一次补短板，真正的目的是，将贫困人口和非贫困人口拉到一个基准线上来，在实现共同富裕的同时走上振兴之路。这样的道理，我们当然可以这样讲，只是到了老百姓那里，有些人就等不及了，心里的那口怨气怎么也得设法吐出来。这实际上是另一种贫困，一种思想认识上的精神贫困。

如何在贫困户与非贫困户之间实现平衡，也就成了炉家掌村第一书记白建强，甚至是整体工作队的重点。白建强说，他们想出的办法是，进一步落实精准扶贫政策，突出重点维护稳定，尤其注重持续扶志扶智，坚持搞好普惠工程。也就是说，必须做到全民普惠和思想疏导两条腿走路。

先说普惠这块。白建强说，就说连接四个自然村的那条路吧，之前尽管是水泥的，但是档次较低，这个低主要是说，它坑坑洼洼高低不平，两边的护坡没有处理好，一到雨季，一场大雨，旁边流下来的黄泥就把路淹了，好多地方都能没过脚，村民们根本没办法出行。在帮扶单位的支持下，他们投入20余万元，对整条路进行了翻修并做了排水渠；投资10余万元，给村里安装太阳能路灯，又给村民发放太阳能庭院灯；投资20余万元新建了杂粮加工磨坊；筹集5万元在村口平整出一块空地供村民们娱乐；2020年疫情期间，帮扶单位又专门斥资近3万元，开展“实施精准帮扶、助力春耕生产”专项行动，为全体村民发放高钾复合肥153袋；面对全村主导产业土豆种植产量较大、销路不畅的问题，他们工作队除了向上级领导反映情况落实消费扶贫之外，还积极到襄垣、榆社、晋城等地寻求商机，与十多名马铃薯“游商”取得联系，创立了“游商助销”工作模式，帮助村民销售农副产品。这些实实在在的工作给村里带来的实实在在的变化，村民们不会看不到眼里。

事是做了，但是老百姓心里那个坎儿过不去，思想上那个疙瘩解不开，还是白搭。这就是第二条路——思想疏导工作。在这方面，白建强有他的特长。白建强是秘书出身，在原单位干了7年党支部书记，煤矿上类似安全教育、政治理论学习、班前班后会，大大小小的培训和会议差不多天天有，哪一项都离不开党支部书记，人的思想工作最难做，但也最需要做，他天天做，也就有了一些经验。白建强说，炉家掌村民的心里不平衡关键点就是在“过去”上，那些想不通的人，总是纠缠在过去跳不出来。刚开始工作很难，他去村民家走访，当面人家什么都不跟他说，但他前脚走，后脚村民内部就开始翻腾老账了。白建强能感觉出，人家把他当外人，也担心他这个现官只管现事，问过去，说了也白说。后来，经过多次聊，他就发现，其实很多问题是因为村民们对当时的政策理解不透造成的，还有就是，在看待事物的角度和态度上存在欠缺。2018年开始，他就死死拧住“农民小夜校”这个法宝不放，一直持续做，坚持做，久久为功，几年做下来，对照最初自己设定的“引导人、改变人、提升人”的目标，效果还真是不错。

我问他，小夜校刚开始的情况，好做吗?

他说一开始就很顺利。因为他们采用了“联姻共建”的方法，只要村民们来小夜校上课，就会得到积分，一个积分相当于一块钱，来一次小夜校，炉家掌的给三个积分，后太池的稍远，给四个积分，最远的岭上给五个积分，他知道刚开始来的村民，根本不是为听什么讲座，就是为那三五块钱的积分来的，但是时间长了，特别是那些兜底的政策、牧养鸡的技术讲好了，村民们听进去了，他们就愿意来了，而且他们觉得越听越有用，思想认识也就慢慢地跟着变化了。村里有个30多岁的中年男人，自己很小的时候因为家庭原因，就和大伯一起生活了，大伯为了养他一生没有成家，两个人在一起相依为命，感情很深。但是他一直待在村里挣不了几个钱。通过夜校学习和工作队的耐心帮助后，他就跟着村里的施工队出去干活，2018年除了吃喝能落三万多元钱，2019年也能挣四万多元钱，他出去了，见识广了，思想和精神面貌就发生了变化。白建强说，他们的小夜校，除去恶劣天气和受新冠肺炎疫情等特殊因素影响外，基本上做到了“每周一讲”，目前已经开办80余期，有10余名青壮劳动力因为夜校而转变思路走上了外出务工的路。

除了在夜校上讲，白建强他们还身体力行率先干。譬如2019年以来，他们就坚持开展以“培育务实优良队风、打造优秀驻村团队”为目的的驻村工作队“主题队日”活动——“每周一扫”，是给村里清扫卫生；在他们的带动下，群众自发参与的已经超过100人次；随后他们又扩展成“每周一访、每访一帮”，这些既有“言传”又有“身教”的活动，对村民是种潜移默化的影响，也是一种自我体会式的教育。

白建强说，这几年自己就抓住了一个主导思想，就是设法让村民们明白一个道理：与其没完没了地纠缠过去，不如扑下身子来追求未来。在他和全体队友们的努力下，这几招“平衡术”还真让炉家掌人发生了变化。白建强说，要说全村人都发生了改变，那是吹牛，但是大部分人心绪已经平静，开始慢慢地将精气神转到全力致富奔小康上来，却是事实。

第六章
嬗 变

自从关家垴之战后，日军的“扫荡”频次明显减少了，在有八路军主力出现的地区，日军大队级建制基本不敢单独出动。这就极大地减轻了抗日军民的负担，同时振奋了沦陷区和正面战场的士气，政治意义无可估量。

这一战，给了日军巨大震撼。1942年3月15日，刘伯承、邓小平在给宋任穷的信中谈到这次战斗时，客观地评价，说关家垴一仗应该打，不打这一仗，在政治上损失太大，实际上，这一仗停止了敌人一个大队可以在根据地横冲直闯的局面。关家垴战斗，在抗战时期对于第一二九师，甚至整个八路军来说，意义重大。

关家垴之战的丰碑，屹立在关家垴上。75年后，一场脱贫攻坚战胜利的纪念碑，也终将会屹立在武乡人民的心中。在武乡这片红色土地上，要说近代以来发生的两件大事，第一件是武乡人民的全民抗战，第二件恐怕就是这次脱贫攻坚了！

——笔者根据相关资料整理

黄澄澄的谷穗、红彤彤的高粱漫过千沟万壑，蜿蜒在绿水青山间的“四好农村路”上，一辆辆“蚂蚁进村”的物流车穿梭而过，深蓝色的通用飞机呼啸而起……金秋十月，革命老区武乡的大地上，处处生机盎然，满目朝气蓬勃。这是武乡人在秋日的阳光中，看到的自己的家乡！

我不是武乡人。我对武乡所有的记忆都是片段的，零散的。武乡人看待自己家乡的变化，是今年去年的区别，今天昨天的区别，而在我这里，却是现在与十几年前的差异。十几年前，我是武乡的过客，十几年后我是武乡的深入者，但我的深入又是那样的走马观花，听到的也只是只言片语。但是，我还是感觉武乡变了。那些花红柳绿、整洁干净、欢声笑语之类直观上的变化，我可以用“翻天覆地”来形容，其实我更看重武乡人内心的精神的思想上和心灵上的变化。下乡采访时，我有一个深刻体会，无论我遇的是扶贫干部，还是贫困户，当我问起“最初”“那时候”“之前”是什么样子时，他们的表情会很自然地显现出一种黯然之色，而谈到“这几年”“现在”“将来”时，他们顿时就会眉飞色舞满面荣光，他们甚至在情不自禁的喜悦中，还流露出一种无法掩饰的骄傲。这是一种因为生活变化而反映到精神气上的变化，是经历几番奋斗之后因为成功而无法抑制的心情表露，它是一种唤醒，是一种激发，更是一种描绘与憧憬。尽管我无法对武乡的未来做出任何不切实际的预测，但我确确实实看到了发生在一个个村庄和村民身上的嬗变。

祥和的关家垴

我去关家垴，除了去看那里的脱贫攻坚外，也为发生在那里的那场血战。关家垴之战在抗战史上太有名了，我曾经花过不少时间搜罗它的资料。

我知道，那是一场八路军战士浴血奋战充满悲壮的战斗。作战总指挥所一声令下，1940年10月30日凌晨4时，所有参战部队便向关家垴和柳树垴同时发起攻击。决死第一纵队38团战士们铆足了劲儿迅速向柳树垴冲去。经过两个小时激战，决死队在天亮时占领了柳树垴，却没料到，一个中队的日军居然趁38团与25团调整部署时，利用夜色，悄悄靠近，突然又夺走了柳树垴阵地。

关家垴这边，攻打得同样艰难。386旅772团在东北方向攻击，由于地形不利，能接近日军阵地的只有一条一尺多宽的小路，战斗打得异常残酷。战士们一次又一次攻击，一个台阶一个台阶往上爬，反复与日军短兵相接，伤亡极大。战至中午，772团一营原本70多人的一连只剩下3人；50多人的三连只剩下指导员和2名伤员；近70人的四连只剩下10余人。午后，一营剩下的人员在营长蒲大义的带领下继续配合兄弟部队向日军攻击。14时，当一营被兄弟部队换下来时，只剩6人。

负责从西北方向攻击关家垴的385旅769团。遇到的是一个20米左右高的陡崖，快到崖顶的地方，有一个略凸的壕坎，上面是一条30多米长的斜坡，一直可以通到关家垴山顶日军的前沿阵地。攻击前，769团突击部队曾借助攀登工具和陡崖上的野藤爬到壕坎处，被发觉后，日军随即用火力封锁斜坡。受地形所限，769团突击部队既无法发起冲锋，又无法压制日军火力，反倒被日军压制在壕坎处无法行动，他们的后续部队也被困在后面无法投入战斗。

如此激烈、猛烈、惨烈的战斗，就发生在关家垴，我怎么能不去呢？关家垴村位于蟠龙镇东部，离镇政府10公里，即便是从县城出发，用不了一小时也就到了。可能不是假期的原因，去关家垴的游客不是太多。我和同行而来的县政府办的武晓林一起绕过村庄去瞻仰关家垴战斗纪念碑。一路上，我都在用心观察地形，寻找那个对那场战斗至关重要的柳树垴，正是因为敌人占领了它，才封锁了正面攻击关家垴的路，造成我方那么大的伤亡。可是方向感很差的我，根本找不到。在去往纪念碑的路上，到处竖着回忆那场战斗的文字牌，有王耀南的、欧致富的、郑加平的、阮章竞的、范子侠的，还有左权的。王耀南说："我28团经受了最严重的考验。许多战士虽与日军进行白刃，但从来没有皱过眉头。"范子侠说："黄昏时分，我们开始总攻击。炮火正猛烈进行，我在距离冲锋地十几步的地方指挥作战，突然，一颗子弹穿进了我的左手……"郑加平说："这时天快黎明，我们同敌人反复多次短兵相接肉搏作战一连70人只剩下3人，连长刘显模同志在上午的战斗中光荣牺牲……随着山势变陡，我们越往上爬，心里便越是沉重。"那座由彭德怀亲笔题写的纪念碑就高耸地屹立在关家垴的最高处，背后则是那个不知道埋有多少八路军将士尸骨的坟冢。我慢慢仰头瞻仰纪念碑，天空湛蓝如海，周遭是那么静，我的耳畔却充斥着炮声、枪声、八路军战士冲锋厮杀的声音！

是啊，在我面前，山还是这座山，沟还是这些沟，但80年前的这里却在经历着怎样的炮火摧残，10月底，深秋庄稼应该已经收了，但不一定都已归仓，就算已经归仓关家垴的老百姓能在炮火中过上一天安宁日子吗？我想，那时的关家垴人最大的希望，大概也只能是过上几天安宁日子。

从关家垴最高处的平台上走下来，没几步便是那几眼在史料上讲，被敌人占据有利地势打通了隔墙阻击我军进攻的土窑洞。再往前走，就是关家垴村了。关家垴村不大，我最大的印象是看不出几十年来的变化，尽管我不能站在村对面的山垴总览全村，但是村庄里的新房新院真是没有几家。我们沿着硬化的水泥路往前走，左手山坡上有一位老人在修一条尺把宽的小路，我本想和他聊几句，没想老人耳背，根本听不见，倒是在再前面一户人家的大门前，我们遇到一位思路清晰的老人。当时她坐在自家院门口旁边的条石上，右手边搁着一个旧不锈钢盆、一把小锄和一根农村人截一根树杆自制的那种简易拐棍。老人用毛巾擦着汗，像是刚下地回来。时间是上午九点多，这也符合农村人夏季的作息习惯，一大早起来趁凉快去地里，早上九点多回来天就热了，再下地时就到下午三四点了。我们在老人面前停下来，很自然地和她攀谈起来。

老人装束普通，一件加厚枣红色上衣，下面一条深黑色裤子，脚上一双灰色平底布鞋，头发几乎全白，面色红润。老人说，自己这是刚下地回来，去种了些萝卜。我看她裤子上两膝盖土，就猜她大概是腿疼。她说，是呢，重活已经干不了了，就是这点小活，到地里也得爬着干。但老人的表情非常平和，表情中没有一点生活的无奈与日子的艰辛。我问她娘家是在哪里，她说是附近，自己是嫁过来的。关家垴并不是什么好村庄，作为一个可以选择的女人，她本可以通过嫁人改变一下自己的命运，为什么要选择这里呢。老人说，那时候方圆附近都穷，吃的还没有呢，还能嫁到哪啊，再说都是没才能的人，能嫁到哪！是啊，老人今年72岁，倒推50年，当时中国农村的景况，在这里也就不用多说了。

后来聊深了，我才知道，老人名叫霍全兰，她和丈夫一共生有两女一男，两个姑娘大，现在都在长治市生活，儿子最小，已经搬到村下面地势平缓的移民新村了。我问她，儿子做什么工作。她说，种地了哇，有本事的人都出去打工了，儿子没本事就在家种地。她接着说，现在自己一个人住在老院。旁边的院子就是她的老院。我看到院门头上白底红字的“吉祥如意”，尽管有了岁月的痕迹，但依然显眼。她家的院墙是土坯垒的，有几处泥皮已经剥落，大门口的石头石阶也已磨得光滑，石阶前还摆了三排红砖，大概是考虑到老人腿疼，才以此降低石阶的高度。从院门口看进去，几块方石一字排开，一直均匀地摆过土院连到窑洞门口的月台前，土院中间还被开出两小块地，种着西红柿和黄瓜，这应该就是关家垴人几十年来标准生活的式样。我和晓林还奇怪老人为什么不搬到新村去和儿子一起住。

老人说，是她自己不想去，儿子总想让她去，可她就是舍不下这老院。毕竟老院子住惯了，自己就愿意在这儿。晓林问她：“难道下去和儿子儿媳妇一起住，吃个现成饭，不好吗？”老人说自己还能动，自己做上些吃的，就先不拖累孩子。

后来得到老人允许，我们不仅进了院，还进了屋。老人的屋里也是老式的，一盘炕，一个火炉，一个简易的沙发上还扔着只有20世纪80年代出生的孩子才玩过的塑料娃娃。老人坐在炕沿儿上和我们继续聊天。她说他们家住过八路军，八路军从村里撤走那年她丈夫在旁边的东窑里出生。他们家也来过日本兵，关家垴打仗的时候，村里人一听说日本人来了就逃，家里的老公公（就是丈夫的爷爷），因为有病跑不了，就留下来藏在屋里的地窖里，后来仗打完了，逃难的人回来一看，老人已经被祸害了，整个屋子也被烧了。老人指着窗顶的墙让我们看，说尽管后来进行了粉刷，但里面被烧黑的墙土还能看得见。老人说，那个时候村里苦，他奶奶（丈夫的奶奶）就说村幞头的垴上都流成了血河，村里人黑天半夜逃难回来，脚下踩的不是死人就是人血，有八路军，也有日本兵。村里人那个心惊肉跳啊，他们害怕的不光是敌人还在不在了，还害怕遍地的死人！

为了节约时间，我赶紧切换到脱贫攻坚的正题上来。我问老人，她算是村里的老人了，这几十年来，村里有没有变化。

老人说："有啊，哪能没变化。"

"是哪一年开始的，或者说变化最大的是从哪一年开始的。"

"2016年。"老人很肯定地说。

怕老人记错，我又重复问了一句："是哪一年？"

"2016年，那年村里盖了新房，就是村底下的新村，一排一排的，整整齐齐，豁豁亮亮的，以前谁能想到关家垴的人也能住上那样的房子。"

"那你自己呢？"

"我？我老了，还能有啥变化？"

"我是说这几年政府和驻村干部没到你家里来？"

"咋能没有来。我们家是阎县长包的。人家阎县长可是不赖，再忙，年年总要来看我。我家老汉不在的时候（2018年），阎县长没赶上，后来来了，还给我放下800块钱。年时（去年）过年，阎县长又来，提着五斤肉，还有米面，又给我500块钱，让我好好过个年。可是……虽说阎县长是县长，可谁家不一样呢，都是有老有小，都不容易，这左一次右一次地给，咱心里不落意，咱要人家的就不对。我死活要给阎县长退回去，可是人家高低不要，我又给和他一起来的镇里的人，人家也不要。还有工作队的赵兴，也是挺能往我家跑，可是个好孩子。"

我继续问她，如果让她搬到新村去住，把自己老房子腾出来，她乐不乐意。老人说，哪有不乐意，自己老汉是党员，这几年可是沾了不少政府的光，自己老了，关家垴名气这么大，把自己的房子腾出来政府好好修整修整，咋能不乐意？再说就是将来来旅游的人，也得让人家有个看头儿不是。说到旅游，老人马上说，自己的房子没看头儿，她让我们一会儿沿小坡去下面的关二如家看看，她说太行干部学院刚刚把关二如以及旁边一共三攒院子整修出来，成了教学点。她腿疼，还没来得及去看，听旁人说墙都抹了，又挂上了以前的老照片，院子里还种了花。对了，她又说，好像村里的农家乐也开了，这样等再有人来关家垴旅游，想多待就有吃处了。

老人性格开朗，送我们出门时，突然意识到我们连口水都没喝，很过意不去。我们说这一通聊天已经打扰她了，不过看她的面色，身体还不错。她说好什么好，自己都脑梗了。其实应该是得过脑梗的病了，但老人身体除了腿脚有点不便外，看上去真的很不错。

随后我们才到村委去见驻村工作队。霍全兰老人说的赵兴，就是工作队队长兼第一书记。我们来到关家垴的党群服务中心，那是一栋离村口不远的小二楼，一楼是会议室，二楼才是工作队办公和住宿的地方。我们在会议室稍作停留，墙上以心形图案为中心，张贴着关家垴村脱贫攻坚的大事：2014年，关家垴村率先吹响脱贫攻坚号角。脱贫攻坚战打响以来，武警山西总队政委李清涛、长治市委书记孙大军、县委书记胡坚先后多次到村里调研指导；2016年11月，阎新平县长主动包村帮扶，多次进村面对面指导，帮助做出产业扶贫、易地搬迁、金融扶贫的脱贫决策；2014年至2018年，共确定建档立卡贫困户133户414人……据统计，五年来各级各类用于帮扶的资金共计6000余万元。另一面墙上挂着关家垴村精准脱贫作战图。上面写着，关家垴下辖关家垴、沙坡、南垴三个自然村，全村共231户621人，也就是这个村贫困人口占到了66.7%，其中贫困原因，因病61户，因残26户，因学21户，因缺资金、缺技术及无住房等原因的25户，脱贫的压力确实不小。

见到队长赵兴后，他说，关家垴的脱贫工作确实不好做。大概正是因为这个原因，阎县长才亲自包了这个村。赵兴是在县政府办公室工作的人，到过基层的同志都知道这几年县委县政府一级的办公室，都存在人少、任务重的情况，县政府办公室专门抽调三名精兵强将组队脱产放到关家垴，一定是因为关家垴这块骨头难啃。赵兴说，为了做好关家垴的脱贫工作，阎县长一年里入户能有49次，走访困难群众161人次。他们工作队就更别说了，一年内入户足足上千次，收集的问题大大小小不计其数。尤其是2018年整体脱贫后，因为摘帽不摘政策，村里的工作不仅没有减，反倒是越来越多了。

赵兴说，这几年关家垴比他刚来时，变化非常大。他随便举了几个例子，说县爱卫办给关家垴捐了垃圾桶、垃圾清理车以及粪便清运车后，再走到村里就没有之前的那种垃圾和厕所的臭味了。县体育中心给关家垴捐来篮球架、乒乓球桌和健身器材，县文化局送来了多功能广播扩音机，还指导村里建成了舞蹈队，村里人的业余文化生活丰富了，早不再是之前那种地头炕头单调的“两头”生活了。武警山西省总队出资30万元为关家垴移民新村更换党建设施，安装35盏路灯、44个路灯道旗牌，让移民新村旧貌换新颜。

不过，这些都是看得见的，看不见的就是产业了。他说，现在关家垴村民种谷子，采用了渗水地膜法，总亩数已经发展到300亩。通过“公司+村集体经济组织+合作社+贫困户”的模式，投资2250万元在原峰垴自然村旧址新建一座年出栏16000头的新型现代化生猪养殖场；用县财政扶持300万元，完成了万头猪场三通一平工程；武警山西省总队出资的220万元资金入股万头猪场；村里又成立了众志养猪专业合作社并出资295万元入股万头猪场；新大象公司关家垴猪场已经出栏3000头，现存栏1万头。下一步，他们还是要依托百团大战关家垴之战、峰垴旧址等红色革命资源优势，大力发展乡村旅游。太行干部学院在关家垴村设立现场教学点，前期已经投入390万元改善了关家垴的基础设施。彭老总关家垴战斗指挥所、关二如旧居、停车场、旅游生态公厕也已经开工。同时，村里还要组建群英乡村旅游专业合作社，引进旅游公司，进一步流转土地，发展艾草种植业。

因为时间短，我只能听赵兴说个大概，那些更详细的事都一项项地记录在他的工作日记本上。在他们办公室，坐在我旁边的是他们去年12月调整来的队员冯鹏。我们一起讨论关家垴这些年来贫困的原因，无论赵兴，还是冯鹏都认为是观念。冯鹏说得更直接，说关家垴是守着金饭碗过着讨饭的日子。他说村里人除了种地，就是到附近的厂矿打工，从来没有在关家垴自身的优势上做过文章，关家垴这么有名，“关家垴”三个字本身就是资源。关家垴的山还在，沟还在，老村老房子都还在，原貌几乎没变，上面又有武警山西省总队的帮扶，他说，把他们退下来的枪炮拉来，在山坳上、土坡上重新支架起来，不又是一个很好的体验式旅游项目嘛！我还起哄，说这个想法还真是创意，思路一变，观念一转，还真的到处是钱，我举例子，就说彭老总站在前线手举望远镜指挥的那张相片，多有名，大概多少爱好点军事的人都知道，彭老总手举望远镜的塑像也在原地竖起来了，要是把那个假望远镜换成真望远镜，再想法办法让旅游的人能从望远镜里看到彭老总当年看到的地方，应该就不一样了。赵兴说，这几年关家垴的人也在变，他刚来关家垴的时候就动员过村民开农家乐，但就是没人愿意做，可是今年就有人愿意干了。

中午饭我们就是在新开的农家乐吃的。农家乐开在移民新居和旧村的中间，应该算是旧村最靠下的地方，推开院门进去，院里干干净净，用于接待客人的桌子就放在门对门两个平房内，凉拌黄瓜、葱炒土鸡蛋，一人一大碗面，确实是只有在农家才能吃到的味道。

关家垴给我的总体感觉是舒展的，尤其是霍全兰老人，老伴儿已经走了，她一个人住在老院，但没有给我半点孤独落寞和老来无奈的感觉；还有那位耳背的老人，他穿着浅灰色衬衣，套着白色二箍筋背心，我不知道他为什么要修那条小路，兴许只是为了自己串门方便，他的表情也是平静的，没有一点因为生活的困窘或无依无靠而显出的恐慌；还有那家农家乐的主人，一个中午，作为一家之主，他跑前跑后给我们端茶倒水，送菜上饭，从他身上我看不到一个大男人干这种小姑娘或大娘儿们才干的事，而该有的不甘与委屈。更有驻村工作队的另一名小队员，他叫李海涛，应县人，研究生毕业，是县里实施“引进高素质人才”政策时到武乡的，工作没多久被派到关家垴驻村，他心绪平静，神态中的平常，让人看不出他有一点点的埋怨与不甘。

关家垴给我印象最深的两个字，似乎是“安静”，但最准确的应该是“祥和”。我不知道2014年，或是2016年以来这里实际发生了什么，兴许这种祥和本身就是一个非常好的结果。或者说，就在这种祥和中，存在着的是另一种朝气与蓬勃。冯鹏的那个想法我不知道能不能实现，但我敢肯定的是“关家垴”这三个字会被越来越多的人知道，这里面有外来旅游者的口口相传，也有在家和出去的关家垴人，因为家乡的巨变而做的宣传。

离开关家垴，行驶在路上，我不止一次回头去看关家垴，心情非常复杂，就那么一座厚厚实实的高坡土山，最高处曾经被日军占领并盘踞，曾经让八路军战士血流成河，稍往下，便是已经破落萧条的旧村，顺着一条黑色的柏油路蜿蜒而下，在平整宽阔的山底之地是整齐而气派的移民新村，三个景象代表了三段历史，陈旧的老村一头是生死之战，一头是贫富的较量……

我不由得感慨，还是彭老总为纪念碑题的字意思深刻啊——烈士之血革命之花！

八路军战士在武乡这片红色土地上，献出的是烈士之热血，留下的却是革命之花。几十年后的今天，武乡人民不忘革命遗志，不仅让革命传统得到发扬光大，更是在一场脱贫攻坚战中结出了胜利的革命硕果。

岭头的气质

我们再次提到岭头，是因为这几年里它的变化。

岭头村只是上司乡下面一个普通的山村。那里小米好，大黄梨也好，还有呢？我就点不出来了。因为我一直还没去过那里。不过我知道岭头村这几年非常火，不仅汪洋同志来到村里，魏宝玉卖小米在田间搞直播上了中央电视台，中央财经频道来录制节目，影视公司实地拍了电影《一个不落》，北京微店总部CEO王珂到村里来考察，《人民日报》《新华每日电讯》《科技日报》《山西日报》《长治日报》等从中央到地方的各大媒体记者三天两头往岭头跑，就连西藏、甘肃、黑龙江的人也大老远的，一大车一大车地跑到岭头，来观摩，来学习。

岭头，这几年算是武乡最热闹的村庄了。表面上看，这个村最大的变化就是由默默无闻到人人皆知，从冷清平常到热闹非凡。一开始我心里排斥，觉得再去岭头，就有赶集凑热闹之嫌。但是，作为脱贫攻坚中起色不小，亮点独特，先行先富的代表，我似乎又不能不去。

去之前，我和现在在县委办公室工作的赵海鹏聊过天。他之前一直在县融媒体中心工作，写了大量有关武乡的新闻和文章。他说话不紧不慢，话语间喜欢停下来做一番思考。他就说，岭头这几年是真变了，整个一个村的气质都变了。

到底是文化人，他竟然提到了一个村庄的“气质”。可是一个村庄能有什么气质呢？

之前我们对乡村习惯用的词是“风俗”和“乡俗”，我们常常说“十里风俗不一般，八里乡音味不同”，乡村气质我还是第一次听说。赵海鹏更进一步说，岭头村的郭晋平就是一个活生生的例子，她那个人完全变了。

郭晋平我也知道，大概只要去写武乡脱贫攻坚，武乡的电商发展，就绕不开她。一个大字不识几个，只有三年高小文化的她，就是岭头村头一批敢下口吃螃蟹的人，她一个农村老太太，用一部手机做微商，一年卖农产品赚到八九万元，不要说在农村，就是城里人也会心生羡慕吧。这样的人在村里当然是典型。也正是因为有了她这个示范和榜样，村里的其他人才开始后来者居上。村民魏宝玉，先是做微商卖农产品，后来更进一步，把自己儿子拉到地里，将镜头对准了自己搞起了直播，“今天我来一段‘播种’+‘直播’，我是个种小米的，我们村多为山地及丘陵，很多农民都保持着传统农耕的方式进行谷子的种植。用水主要依靠自然降雨或者山泉，由于没有大型工业企业，灌溉水源基本上不存在污染问题。在种植过程中，我们都习惯用当地的羊粪做底肥，化肥和除草剂等进不了农田……”魏宝玉一边往地里撒有机肥，一边对着镜头说下这些话，主要意图就是宣传自己种的地绝对绿色无污染，几次直播下来圈粉50万，也正是因为他和他的土地在互联网上这么一亮相，他的小米销量几乎呈现出直线攀升的趋势。村里还有一个叫魏庆先的，更是发挥才智，把干羊粪装袋印上“好花插在羊粪上”的广告语，居然以每袋800克8.8元的价钱卖到了深圳、青岛、秦皇岛，以前没人要的羊粪，竟然一夜间变成了城里人的香饽饽。

岭头村的变化主要源自“微商”。说到底，是武乡县重视电商扶贫的结果。

在我们的印象中，乡村似乎与科技总是存有一种看不见的隔膜。乡村之所以是乡村，就是因为它的乡土性和原生性。而城市则是科技的现代的，到处是人为的修改与创造。我和赵海鹏聊到岭头，他说他去过岭头好几次，岭头上上下下的几个邻村他也去过，喜欢思考的他原以为岭头，应该是某个山岭的最高处，可他几次实地考察下来，回到县城又把地图铺到桌子上，才发现，原来是自己理解错了，实际上岭头村从地形上看，应该是那一串连岭的一个“头”，而不是最高处。他是说者无意，但我是听者有心，再和岭头这几年的红火劲儿联系到一起，就觉得岭头村这个“岭头”真还暗含着某种“领头”的意象或象征了。

我们是从王家峪出来，去岭头的，一路上爬坡，直到爬到最高处，再栽下去往半坡上走，才是岭头。我们去的时候，村里正在大规模修路，路两边支起标准的钢模板，深灰色的泥浆从轰隆隆的搅拌车里滚动而出，我们只好把车停在一边步行进村。

我们第一个见到的是张晓英。张晓英的名字我也从很多报道中看到过，说她靠做微商脱贫致富。我向她核实，到底挣到钱没有。她说，挣了！这几年确实通过微商挣了不少钱，光去年一年就有9万多。我们在她的店里，她不时给我们介绍货架上的商品，除了绿豆、小黑豆、核桃等一些杂粮和干果外，还有许多没有一点成本的山野菜。在她那里，一起来的武晓林和她聊得多，我主要是听、看，言语中，她十有八九的内容是在推销产品，见我不怎么说话，还趁我偶尔插话之余，赶紧抓住机会，让我扫她墙上的二维码，让我加个微信，万一有需要了可以联系她。

晓林说，这就是张晓英的变化。之前他跟领导来过岭头村很多次，印象中的她可不是这样，不要说遇到领导，就是一个普通的生人，她也不敢主动跟人家搭话。你看现在，她都不知道咱们是干什么的，说起话来都敢这么滔滔不绝。

我们第二个见的是郭晋平。

来之前，我搜过她的相片，除了在田地搞直播，就是电视台采访的，还有汪洋同志来岭头视察时她在场的，相片里的她朴朴实实，红色的棉袄，略带羞涩的笑容。但那些被定格了的相片里的郭晋平与我那天见到的郭晋平完全不同。

那天不热，天阴着。我们进入她的店时，她已经在那里了。在这之前，我们向张晓英问起过她，因为大中午的，不好确定她在不在。张晓英说应该在。我们才往坡下走，进了她的店。郭晋平的店，货品满当当的，一个柜台将货品和顾客隔开，她坐在进门左手边收银台的地方，所有的货品，不论大小，都干干净净的，还摆放有序。我坐在她旁边。她说这个店兼有村里扶贫超市的功能，自己和村委会的货品各占一半，不过全都由她打理。对我来说，她给我最大的印象是自然。我们事先没有做过任何联系，当我介绍自己时，尤其是，晓林有点夸张地说我是什么什么名头，想来了解一下她的情况时，她的那种淡定与从容，反倒让我意外。她一条胳膊搁在收银台的桌子上，另一只手抓着手机，身体半靠在椅背上，要不是看到她的白发，单从肤色上很难把她和一个近60岁的农村老太太联系在一起。

当时她穿着淡青稍稍发灰的圆领衣衫，领口处还有带图案的刺绣，光滑的面料看上去质地很好。这种面料应该是怕勾怕刮怕火的那种，起码不适合下地干活，无论是款式，还是面料质地，都不是我印象中一个农村妇女尤其是上了年纪的人会选的，再加上她皮肤很白，整体给人一种清爽明快的感觉。农村人在穿着选择上更多的是考虑适用耐实，但郭晋平身上的这件，显得却要时尚很多。就这一件衣服，我专门问过郭晋平的女儿，是不是她给妈妈买的。女儿说这二年她给妈妈买过衣服，但我形容的这一件，她完全没有印象。

这让我想起赵海鹏的话，郭晋平那个人完全变了。当时我还进一步问过他："她变成什么样儿了？"赵海鹏说："变得自信了。"我问为什么。赵海鹏说："她从之前一个生活完全要依附于丈夫的农村妇女，变成一个自强自立自信的女人了。"

这应该是一方面，我看过省电视台采访郭晋平的回放，在画面同期声里，郭晋平说，现在自己挣钱了，想买什么就买什么。

但如果仅此一条的话，我倒觉得那她只是一个个例，还扯不到岭头村的气质一说。

于是，我问她这几年岭头村的变化，她说，他们村最大的变化就是方便了。就拿她2016年开始做微商时说吧，那时候村里根本没有快递，到县城邮，最少隔一天就要到县城跑一趟，村里有顺车就坐，多数情况是坐客车，有时候自家老汉用摩托送，家里没有包装纸，就用口袋背上，到了快递那儿，再包。现在好了，村里有了"蚂蚁到村"快递，你发个信息告他们说要发货，用不了多久就有人来了。还有就是思想也变了，她举例说，就岭头下面的村，现在还有一些老人，交个手机话费，还是自己拿着现金累呵呵地跑到上司（乡里）去交。现在只要打开手机啥事都能办了，可是那些老人害怕，不放心，手机上办，他们不信，不知道那些钱到底跑到哪里去了。还有一次，村里有个人想买冰箱，她在手机上帮人家在网上找，正好发现有一家在搞活动，时间只剩下不到两小时了。等人家选定，她马上帮着下了单，冰箱很快送来，价格比实体店还便宜了二百元钱。别的不说，就这二百块钱的差额，之前村里人哪能逮得住。

大概连郭晋平自己也没意识到气质不气质这回事。因为在她看来，自己无非是通过手机卖农产品挣了钱而已，至于像我这样坐在她面前和她聊天只是为写一些文章的人，她的女儿后来跟我说，郭晋平能接受，也不反感，一是因为采访的人太多了，她都已经习惯了。二是通过类似我们这样的宣传，可以提高她的知名度，有助于扩大她微店的影响。

郭晋平是马上要60岁人了，我要用“文静”形容她，似乎太过文绉绉了，可是和她聊天，她总是给人一种如水般的平静与淡然。我问她有没有发现自己的变化。她说，可能有一些，她最大的变化就是比以前胆大了，年轻时她总觉得自己文化不高，不愿意往人前走，就是丈夫的同学们来家里搞聚会，她也是躲到一边。这几年通过做微店就不一样了，因为做生意，你得说，得回答人家各种各样的问题，后来她越来越发现，人家其实并不看重你的文化程度。她随即给我拿起自己的商品看，一袋真空包装上的小米，上面签的就是她自己“郭晋平”的名字，她说这字就是自己写的，歪歪扭扭，不好看，但那也是自己的。再有，之前自己去县里听课时，坐在讲台下面听，自己还不好意思，总觉得年龄大了，这是来干吗，要是学不会，做不成，多丢人。现在就不那样想了。这两年，村里经常有外地人来学习，她说就是自家院里满当当地坐一院人，她也能给他们讲上几个小时。不光是在村里，外地她也去，只要有人请，只要有时间，自己就去，报酬高低那是另说，关键是她发现自己一个老太太竟然可以上台讲课了。自己是文化程度不高，可是台下坐的人也不一定文化程度都高，再说反正就是讲经验和体会嘛，又不是讲理论，有什么好怕的。

郭晋平确实自信了。这份自信带给她的另一个变化是她看待农村的眼光变了。

我问过郭晋平的女儿对岭头的变化如何看。她说比之前确实漂亮了，过去破破烂烂的地方都做了整修，路旁还竖了那么多好看的标识。但郭晋平看到的却不是这些，她说了一句很厉害的话：“我就觉得，我们村现在和城里没有什么区别。”怎么能说没有区别呢？无论软件，还是硬件，农村还是和城市有着一截儿距离的。郭晋平手里的手机，如果我没猜错，应该就是她女儿跟我说的，她嫌女儿在她初做微店时送她的手机内存小，自己挣钱后新买的那个大内存手机，手机屏幕上不停地有新信息提醒，她一边跟我们聊天，一边回复人家。她显得从容自如，已经没有了几年前因为收货地址粘贴在一起，将两家的货发送到一家，而产生的慌张；也没有了在学习班上，因为能认的字不会写，会写的字不能用，最终不得不请人来帮忙输入时的自卑。

岭头村人自信了，变得昂首挺胸、阔步向前。正如村民魏宝玉在接受采访时讲的那样，什么东西都有个过程，中国的农业慢慢发展，将来肯定也是要向职业化、科技化进军，再不可能停留在20世纪牛啊骡子啊耕种了。我们岭头村现在时常有人来参观、旅游什么的，走到村里一看，谁能想到过去穷成那样！现在，岭头村人的思想改变了，认识也提高了，人的心思也正了，过去村里闹矛盾、上访告状，现在村里人也不闹矛盾了，农忙时想着把地种好，有空了想的都是抓住机会，抓住现在的好政策，多挣几个钱。因为不巧，魏宝玉外出，我没有见到他。不过，2019年新年，作为庄稼汉的他花4000元为全村70户常住村民都送上了一份新年礼物“一桶食用油”的事，我是知道的。一桶食用油其实算不了什么，4000元也不是掏不出，我看到的是一个靠种地为生的农村人在其中的变化。

郭晋平和魏宝玉只是岭头村的缩影。在这场脱贫攻坚中，他们不仅仅是物质上脱了贫，改善了生活，更重要的是精神上得到了本质的提升，他们认识到在新时代下，“互联网+”的重要性，开始把电商视作了“新农具”，把“直播”看成一种新职业，他们再也不会认为农村死水一潭没有希望了，之前他们可能一心要把孩子往城市送，现在却有可能想，其实农村有农村的好，只要自己努力，哪里都可以实现人生梦想。

如果没错的话，赵海鹏讲的岭头村的气质之变，应该就是指这些吧！

横看梁子，竖瞅柱

我只是就自己的所见所闻，举了岭头和关家垴两个例子。想一想，215个贫困村遍布武乡各个乡镇，即便是非贫困村，这几年搭上脱贫攻坚这班列车，方方面面的改善，方方面面的发展，都不容小觑。武乡的变化是全域性，整体性的，既包括经济指标，居民收入，也包括民众的精神。无论哪个乡镇，每到一处，总有一种“事隔三日，刮目相看”之感，县城里楼宇相连，市场如潮，乡村里干净整洁，一洗如新。这些深刻的变化，或说令人瞩目的成绩，所有的取得都是因为武乡“三年集中攻坚、两年巩固提升”的如期实现。再往深层推，那便是得益于党的坚强领导，国家的倾情投入，帮扶单位的鼎力支持，第一书记和扶贫干部不计得失的忘我工作。

那么，现在就让我们从“四梁八柱”的数字中，整体上，看看武乡的这场脱贫攻坚战吧。

我们先横着看四梁：

农业产业基础更加固实了。五年来，武乡共实施产业发展项目4237个，投入资金7.52亿元。215个贫困村集体经济收入全部实现破“零”，所有贫困户至少有一项当期增收项目。农业上，特色种植、规模养殖、农产品深加工“三轮驱动”并驾齐驱，种植核桃经济林12.7万亩、优质谷子10万亩、梅杏2.1万亩、油用牡丹1万亩、中药材5万亩，蔬菜大棚3500亩；发放牧养鸡48万只，肉鸡年出栏1720万只；生猪存栏5.4万头，育肥猪出栏10.8万头，出栏仔猪11万头；肉羊存栏12.7万只。

电商产业打造成了经济发展新引擎。建构了“整村微店”“一店带多户”“三商联动”“扶贫购平台”等电商扶贫模式，全县共建电商服务站233个、发展微店村100个、微店5500个、扶贫创客小院30个。积极鼓励支持农民工回乡创业、残疾人自主创业，仅返乡农民工魏跃帅一个淘宝店年销售小米达到40多万斤，带动100多户贫困户增收。村民李鑫夫妇因残致贫、生活困难，学电商开微店后，年增收1.3万多元，不仅实现了自身脱贫，还成为了电商培训导师。全县出台生产商、网商、服务商“三商”联动机制，既保证了产品的质量，扩大了产品的影响，又拓宽了产品的市场。

红色旅游产业激发出了新动能。按照省、市锻造“太行旅游板块”部署，全县形成了“红色+绿色+古色”的全域旅游模式，大力推行“旅游+乡村振兴+乡村农家乐+土特产销售”等旅游扶贫新业态。先后共投资10多亿元打造八路军文化园、游击战体验园、《太行山》大型实景剧“两园一剧”经典景区，提升改造太行龙洞、板山风景区，改陈扩建八路军太行纪念馆和八路军总部王家峪、砖壁旧址。着力在“旅游+特色小镇”上做大做深新文章，精心打造丰州镇魏家窑村、大有乡李峪村、贾豁乡古台村等32个乡村旅游村，发展农家乐232户。成功举办了八届八路军文化旅游节，相继建立了太行干部学院、太行少年军校，并被团中央确定为全国青少年太行革命传统教育基地，武乡的红色文化品牌知名度和影响力不断扩大，仅2018年就接待游客555.8万人次，同比增长23%；旅游收入55.7亿元。

生态扶贫走出了新路径。成立37个脱贫攻坚造林专业合作社，从2017年开始每个入社贫困劳动力造林面积每年不低于35亩。全县林业生态扶贫造林5.2万亩；核桃经济林提质增效4.1万亩，新一轮退耕还林2万亩。

再来竖着瞅八柱：

基础保障方面。五年来在水、电、路、网、物流、公交车、有线电视、手机信号“八大”畅通工程上，累计投资12.29亿元，实施安全饮水工程451处；完成农村公路建设项目570多公里，完成“农村四好公路”240.2公里，贫困村道路养护维修70.8公里，自然村道路硬化提升140.1公里；在全市县区内率先实现了城乡公交一体化和农村物流全覆盖。实现了教育、医疗、养老、低保、意外伤害险“五个”全覆盖。

住房安全方面。五年累计投入资金3亿元，建设移民安置点73个，搬迁贫困群众2483户8729人。采取全面排查鉴定、分批分步实施、新建修缮并举等措施，投资1.39亿元新建改建农村危房9945户，特别是针对少数享受补助仍建不起房的五保户等特殊困难户，采取集体筹建周转房的安置办法，坚持集体所有、个人居住，做到了每一个贫困人口都有安全住房。

政策落地方面。在教育扶贫上，为全县学前教育阶段1558名家庭贫困幼儿，发放资助金155.8万元；为义务教育阶段2102名家庭贫困寄宿生，发放生活补助240.83万元；为普通高中免学费补助155.6万元；为1453名高中学生发放国家助学金290.6万元。免除职中学生学杂费796.2万元，为799名职中学生发放中职国家助学金157.8万元。为3909名中职（中技）、高等职（专）业学生发放资助金781.8万元；为594名考入二本B类以上大学生发放资助金297万元。两年来为8756名学生发放县级资助金408.34万元。在健康扶贫上，着力化解因病致贫和“支出型贫困”问题，为所有农村建档立卡贫困人口建立电子健康档案，开展农村贫困人口健康扶贫“双签约”服务，累计签约15479人，随访29659人次，签约服务率达到100%。强化便民服务措施，严格执行“先诊疗后付费”和“一站式”结算制度，“先诊疗后付费”累计受益11164人次，“一站式”累计结算4892人次，补偿费用累计1745万元。开展慢性病患者筛查鉴定6068人次，为5728名慢性病患者办理慢病卡，支付资金408.8万元。在光伏扶贫上，一是贫困户贷款发展户用光伏，给予前三年基准利率贴息；二是28.6兆瓦村级光伏电站，每年收益按比例分配给215个贫困村，用于壮大村集体收入，贫困户通过公益岗位、公益事业、奖励补助等方式获得光伏收益；三是对30兆瓦集中式光伏电站，每年301.5万元发电收益用于分配给162个非贫困村的深度贫困户。累计投入资金4.4亿元，建设分布式村级地面光伏扶贫电站50座、分布式村级屋顶光伏扶贫电站174座、集中式光伏扶贫电站1座、户用光伏扶贫电站141座，总装机容量64.55兆瓦，已全部实现并网发电，惠及215个贫困村、6185户贫困户，户均增收3000元。在金融扶贫上，通过“五位一体”小额信贷、“三农”担保贷款、农金村办、“富民贷”、“强农贷”等金融扶贫模式，全县扶贫小额贷款累计发放2.3亿元。由县政府担保抵押700万元、邮储银行放大10倍的“大山、大象富民贷”，贫困户贷款政府贴息第一年100%、第二年50%，贫困户贷款入股大山禽业有限公司、大象养殖有限公司按10%的年回报率作为固定收益。在落实好上级各项政策的同时，县里又出台20项特惠政策：在产业扶持上实施村集体产业发展扶持、“一户一项”产业扶持、种植业保险、油用牡丹、日光温室大棚、渗水地膜谷子补助、资产收益保底、光伏扶贫扶持等8项政策。在电商扶贫上实施了电商创业物流补贴、微店村、电商创客小院补助、供销E家贫困村网点等4项政策。在基础设施和公共服务上实施村容村貌整治、户容户貌改善补助、新购公交车56辆、学前教育和义务教育阶段学生资助、为所有农户免费健康体检、为贫困户代缴大病医疗补充保险和意外伤害保险等6项政策。在激发内生动力上实施扶贫超市补助、扶贫车间奖补等2项政策。

资金投入方面。五年来，累计投入资金27.1亿元。为确保扶贫资金用在点子上、用在刀刃上，县里制定出台《武乡县脱贫攻坚项目库管理办法》，严格实行公开公示制度，所有扶贫项目及资金信息均在政府门户网站进行公示。

提高就业技能方面。累计培训22969人次，其中“建档立卡”农村贫困劳动力5960人。积极组织用工单位与贫困劳动力对接，与北京、天津、太原、长治等地十多家用工单位签订了劳务合作协议，建立了长期劳务合作关系。同时通过实用技能培训，发挥本地企业优势，让贫困群众实现就近就地就业。对到外省务工的建档立卡贫困劳动力，给予一次性交通补贴800元。全县实现4860多人贫困人口的转移就业。

激发内生动力方面。一是建立县有大讲堂、乡有实践所、村有小夜校“三位一体”的扶智扶志格局。县、乡、村三级党政领导和农业技术专家、致富能人轮番登上讲台。通过学思想、学文化、学政策、学技术，着力在扶思想、扶观念、扶信心上下功夫，彻底改变贫困群众“靠着墙根晒太阳，等着别人送小康”的不良现象，实现了从“要我脱贫”到“我要脱贫”的观念转变。二是创建“扶贫超市”积分激励。县级层面，依托太行干部学院、电商创客中心为贫困群众提供宣传窗口，拓宽销售渠道，帮助售卖土特产品、手工艺品；乡镇层面，按照“综合服务社+扶贫超市+惠农中心”模式，全力打造“四镇一乡”5个电商扶贫超市，集社会捐赠、积分兑换、代买代购、农副产品代销、提供折扣商品、惠农服务、新型职业农民培训等七大功能于一体；村级层面，建立“爱心扶贫超市”，畅通精准帮扶、爱心捐赠、积分兑换渠道，激发贫困户内生动力，帮助他们在家门口增收致富。全县共建“扶贫超市”187家，有14000多名贫困群众参与积分兑换。三是全县328个行政村全部建立“一约五会一墙三榜”（村规民约，村民议事会、红白理事会、道德评议会、禁毒禁赌会、村务监督委员会，社会主义核心价值观文化墙，善行义举榜、当代乡贤榜、光荣脱贫榜），组建378支702人的县、乡、村三级宣传队伍进行先进事迹宣讲报告、“文化扶贫”活动，举办“感动武乡人物”评选、“光荣脱贫户”评选活动，大力倡导“婚事新办、喜事廉办、丧事简办、小事不办”，大力弘扬真善美、传递正能量，进一步增强了群众自我管理意识，进一步激发了贫困群众参与脱贫的热情。四是扎实开展“消费扶贫”传递爱心、凝聚力量。县乡干部职工带头作表率，各级帮扶工作队积极参与，把消费扶贫工作和自己的日常经济行为、消费行为与爱心行为、慈善行为结合起来，主动购买贫困群众的农特产品，2018年累计消费200多万元。

党建助力脱贫方面。一是加强“三基建设”引领脱贫。坚持抓党建、强“三基”、促脱贫，层层压实压牢农村党支部带领带动贫困群众脱贫的主体责任，充分发挥党支部、支部书记、党员干部的先锋引领和示范带头作用，在全市率先开展党支部规范化建设试点，精心编制《武乡县基层党组织规范化建设手册》，创新开展“六星创建活动”、“1+6”包联整顿后进党支部、基层组织规范化建设、“1+1”模式管理流动党员、主题党日“6+N”活动、创建“党建客厅”，着力把农村党支部建设成为带领群众脱贫致富的前沿战斗堡垒。积极发展率先脱贫、符合党员条件的群众加入党组织，发挥政治示范作用。共有1023名党员贫困户率先脱贫，52名率先脱贫的带头人光荣入党，23名脱贫带头人被党组织培养成为入党积极分子。比如电商直播网红、贫困户魏宝玉2017年5月被发展为预备党员后，与12户贫困户签订农产品销售订单，带动贫困户户均增收3000多元。深入开展“万名党员联万户、干部群众心连心”活动，每名党员结对帮扶1户贫困户，力所能及帮助贫困户解决“微心愿”，从思想上、生活上、发展上给予全方位帮扶。二是深入实施“五帮联动”机制。制定出台《关于建立完善“五帮联动”精准帮扶机制的实施意见》，中央、省、市、县先后派驻1234支驻村帮扶工作队，4391名帮扶干部，976名第一书记，5657名帮扶责任人。制定出台了《武乡县关爱脱贫攻坚一线干部激励办法》，驻村干部人身意外保险、生活补助、交通补贴足额落实到位。同时对帮扶工作不力、责任落实不到位的，从严追责问责，共约谈帮扶单位负责人、工作队长、第一书记41人，召回第一书记2人，免职乡镇书记1人。三是实施干部帮扶“668”工作法。从严落实县处级领导干部、县直帮扶单位一把手、驻村工作队和第一书记、帮扶责任人、乡镇包村干部、村“两委”干部的工作责任和具体任务。县委确立在脱贫攻坚第一线识别干部、考察干部、选用干部的鲜明导向，先后提拔重用脱贫一线优秀干部48名。

强化责任落实方面。打赢脱贫攻坚战，是武乡县委县政府向省委省政府、市委市政府立下的军令状，是向全县人民作出的庄严承诺，是一场必须打好打赢的硬仗。县委县政府主动把脱贫攻坚主体责任扛在肩上、抓在手上，制定出台脱贫攻坚“十三五规划”、八大工程20个专项行动计划、脱贫摘帽行动计划、加强脱贫攻坚工作七条措施、贫困退出工作方案、脱贫攻坚三年行动实施方案等系列文件，严格实行“1225”督查巡查机制、黄牌警告、通报批评制度，对4个乡镇、2个职能单位、5个帮扶单位、2个帮扶工作队给予“黄牌警告”，对7个乡镇、4个职能单位、14个帮扶单位、3个帮扶工作队和21名工作队长、第一书记、村党支部书记给予通报批评。工作中坚持以问题为导向，抓落实，抓考核，抓管理，全县328个行政村集体经济收入全部“破零”，222个村达到5万元以上，农村居民人均可支配收入由2014年的5052元提高到2018年的7430元，年均增长10.1%，县委县政府超额完成了对全县人民的庄严承诺。

第七章

心灵密码

那是驻村的一天晚上。已经九点多了，我和队员们正在整理一天的走访工作日记。这时，门外响起一阵急促的敲门声，“胡队长，开门，我要和你说个事情”，我赶紧放下手头工作。开门后，只见进来的是村里的一位贫困户，他喘着气大声说道：“你们工作队管不管，办不办？我觉得你们能办事，一定要给我管，给我办。”他表现得非常激动。在走访时我们就得知，他是一位肺部有病的人，这时看上去呼吸更加困难。我连忙让座倒水，劝慰他慢慢讲。好一会儿他才平静下来。

——摘自某驻村工作队队长胡丽强的工作总结

韩北乡固村的村委大院，建在山梁上。你站在院门外，回头可以看到身后从乡政府来时，刚刚爬过的山垴，转头向前，可以看到一叠叠的山脉波纹般沿着天际线向两边延展开来，再往前看，或者说就在那些层层的山脉褶皱里，东面是黎城，南边是襄垣，再加上你眼前这个静谧的山村，脚下还有习习的凉风从沟底吹来，你心中很自然地会涌现出“最边”“界”“偏远”的感觉。固村自然条件恶劣、山大沟深、交通条件极端落后，2017年时还有10公里的山区土路，全村原本9个自然村，村与村之间最远相距7.5公里。想想看，这就是你要生活工作的地方。那么，当你第一次站在这里面对它时，会是什么样的感受呢？好在这个人不是你，不是我，而是另一个人，他就是国家税务总局武乡县税务局派驻固村的第一书记兼工作队队长武同凯。

生于1962年的武同凯，干了30多年税务工作，当过四年兵。受过多年党的教育，经历过部队磨炼，税务工作争先创优作风培养的他，尽管快到退休年龄了，但作为第一书记踏入固村的第一天，就下定决心，带领工作队拼尽全力让当地的群众脱贫，过上好日子。他落脚固村后，到一个叫杨光的聋哑人家里走访，一进屋就被满屋子大大小小的雕刻怔住了。那些雕刻在杨光心里只是爱好，可在武同凯眼里就变成了艺术，于是他设法帮杨光联系销路，很快给杨光带来5000多元的收入；一年腊月二十六，天很冷，凌晨四点武同凯突然被手机铃声惊醒，电话是村里一个叫朱富民的老党员打来的，他有气无力地跟武书记说，自己左半身麻木、头晕、喘不上气来……武同凯赶紧叫醒两名队员，一起跑到朱富民家，给朱富民穿好衣服，和村民一起抬着朱富民走了10里山路，才找上车把朱富民送到县城医院……

后来我在武同凯的微信朋友圈里，看到他发的内容最多的就是关于固村的，固村的枣树、固村的喜鹊、固村的日出、固村的月亮、固村的雪景、固村的饭场，甚至是固村老窑洞里捡出来的旧荆条篮。2020年7月上旬的一个上午，我和他以及他的老搭档郝亚军，坐在村委敞亮的大院里。我问起他年龄。他说自己确实老了，本是当姥爷的人了。可是自己在单位是党支部里的组织委员，有这个机会，自己还是下来了。到了基层，他最大的感受就两点，贫困户的日子是真苦；再有就是电脑用得不好，要不是局里给配了个小伙子，工作上还真是麻烦。至于个人生活，基本上没啥不适应，就是工作上除了比局里辛苦外，也没什么太大的难处。武同凯显得很轻松，他说，都是个人嘛，人心换人心，你只要把心交给老百姓，老百姓自然也把心交给你，工作上的事情也就好办了。可能是年龄的缘故，他一再说，农村不比城市，很多鸡毛蒜皮的事可不一定是小事，很多听上去必须得丁是丁卯是卯的事，却不一定那么严格。总之还是个交心的问题。譬如有两次，村民们就因为一些兜底政策享受不上，把他围住要讨个说法。两个多小时别说让他喝口水，就是蹲下歇一歇的机会都没有。但他不生气，也不急，因为他理解村民，了解村里的情况。毕竟自己年龄这么大，经历得也多，他就和村民们尤其是那些年长的，一起回忆自小到大的过程，问他们现在的日子比以前怎么样，小时候破布片片都裹不满身，一年也吃不上一顿饱饭，可是现在呢？再拿种地来说，过去不管一亩打多少粮食，收秋后得上缴公粮吧。现在呢，不仅一斤粮食不用交，自己种地还能享受国家的补贴。再有，村里的水、电、公路、网络、低保，包括危房改造，哪一项政策没有享受啊。这么一项一项、一件件地细聊，村民们慢慢就理解了，事情也就过去了。

武同凯书记的密码就是“交心”，不管什么工作，先做到换位思考，把自己一颗为老百姓的心交给老百姓。这让我突然意识到，我们身处这个处处讲行动，样样看结果的时代，有时候是不是太看重报表上的数字了，处理问题的方法是不是太教条僵化了。尤其是那些身处一线和老百姓打交道的人，其实每天都在努力地做事，强调行动，可是到头来，工作效果却不理想，不仅得不到老百姓认可，自己还落个费力不讨好的下场。和武同凯书记聊天，我发现，他注重的是“心动”，也就是动情。人毕竟是有心的，也是讲感情的，只有你懂他他懂你，交流才会畅通，信任才能建立，合力才能形成。脱贫攻坚难，难就难在心上。采访中，我发现，凡是做成事的人，不论他是第一书记、工作队员、县乡村领导，还是社会上的热心人士，无一例外都是由“心”开始，当然在他们那里讲，是工作方法，但在我这里，我倒更愿意相信是密码。

张宏才的赤诚之心

2016年10月21日下午，在山西医科大学第一附属医院住院部心胸外科病房里，躺着一位50多岁的病人。他眼睛微闭，面色苍白，阵阵的疼痛使他的头部直冒汗珠。他右手臂上输着液，鼻孔里插着氧气管。医生说：“他左侧胸部两根肋骨骨折两根肋骨开裂，肺部洞穿，形成气血胸。”

这位病人是山西省供销社驻武乡县扶贫工作队队长，叫张宏才。

2020年7月中旬，我在武乡石北乡西黄岩村见到了他。不过那时我还不知道他被摔断两根肋骨的事。我在另一村吃了午饭直接过来，事先没有联系他，因为时间有点早，我到他们工作队的办公室后，才给他打电话。张宏才随即从对面的村庄走来，穿一条西裤，一件淡青色T恤，戴一副眼镜，清瘦素静，有股儒雅之气，说话不紧不慢，却有思想。于是我们坐在沙发上，聊了起来。

张宏才说，在基层做工作不容易。当你来到村里时，村里人首先会看你是不是在做实事。就说楼则峪村吧，那个村和其他贫困村差不多，2016年确定的70户200多名贫困人口，多数老弱病残。为了尽快让他们摆脱贫困，他反复调查市场，测算效益，逐户登门深入家中征求意见，又多次召开贫困户大会，最后决定先办个养猪场。他经过多方筹集，又动员帮扶单位进行捐赠，共得到了105万元的资金，加上贫困户个人入股，村集体产业发展资金和基础设施建设资金，项目算是开工了。猪场完工投入运营，第一批肉猪出栏975头，产生收益26万余元。2018年5月，楼则峪又进行了二期肉猪场的建设，形成年出栏3000头生猪的养殖规模。这个村有一对农民夫妻，王补娥及其丈夫，他们两个都有病，王补娥冠心病，丈夫严重的腰间盘突出，一年到头几千元的药费再加上儿子上大学的学费，让这个基本没什么经济来源的家庭日子过得捉襟见肘。王补娥原本是老高中生，她想发挥自己有点文化的优势在村里办了一个家庭幼儿园，可是村民们因为她是自己办的，很少愿意把孩子送来。张宏才到她家家访，就建议村里的猪场建成后王补娥先去帮忙，等猪场扩大规模后再提高她的待遇。王补娥接受了。随着猪场小猪一天天长大，王补娥从中看到了脱贫的希望，再后来，随着猪场开始正常运营，她家的收入也就有了保障。

2019年初，张宏才新接收的西黄岩村顺利通过上级部门的层层验收。西黄岩村2019年利用20万元扶贫资金，又争取了帮扶单位10万元帮扶款，工作队和村干部千方百计动员村民用60万斤玉米入股村脱贫产业，仅用一年时间就成功养殖了1100只羊，产生收益20余万元；在发展养羊产业的同时，张宏才探索一条多产业并举的路子。从2019年秋冬开始，张宏才联系阿特斯新能源有限公司，准备在村发展100兆瓦、投资5亿多元的光伏发电，半年时间里，他踏遍石北乡西黄岩、东黄岩、圪咀头沟沟坎坎、荒山荒坡，跑遍林业、土地、环保、能源等部门，光伏项目顺利推进，自己垫付了多少费用连他自己也说不清楚。为了给帮扶的村修路，他一次次和上级交通部门联系，给帮扶的四个村要回90万元修路款，为改善村容村貌，发展脱贫产业发挥了重要作用。

其次，人家会看你是不是出于真情。2018年2月，马牧村贫困户郝建中查出胃癌，妻子又突然遭遇车祸，张宏才得知情况后，先通过捐赠平台悄悄捐了500元，随后又在工作队中发起募捐活动，在他的带动下，工作队共捐了6000余元。事后张宏才到郝建中家中去看望，得知郝建中妻子与肇事者打官司形势非常不利，张宏才又主动通过朋友协助帮忙，打赢了官司。随后工作队又协调山西省肿瘤医院和县人保公司给报销了部分医药费，帮助他们家渡过了暂时的困难。书社村有户人家，男主人叫陈树文，50多岁，一条腿残疾，妻子患有眼疾，家里三个孩子，大儿子上初一，两个小的当时一个四岁，一个才两岁，全家人都住在破窑洞里，靠低保过日子。张宏才到村里核对贫困户情况时，看到他家的窑洞顶已经有了裂缝，心想这房子万一遇上大雨还不危险？他赶紧向省社领导请示，在筹集到7.6万元的情况下，又到县里帮他们家申请到1.4万元的危房改造资金，两个月后，在雨季来临前在村口赶着盖起了65平方米的三间新瓦房。房子建了起来，可是屋里四壁空空，他又自掏腰包将5000元送到村干部手里，让他们帮着陈树文家购买家具。2017年，省供销社考虑到张宏才因公负伤，给了张宏才5000元生活补贴，而张宏才却考虑到他的扶贫队员们生活更艰苦，便把这5000元全都分给各村的扶贫队和第一书记。2018年10月，张宏才捐赠给了武乡第一中学价值约2000元的高考图书，2018年11月，他的一名扶贫队员期满要回单位了，张宏才给了这个队员2000元，让他在离任前再慰问一次贫困户。再有，有一年扶贫日，他和队员们一起去楼则峪村家访，在路上碰到一户农民收玉米，他看这个农民干活手脚不利索，就让队员们去帮着收，他自己也从路上一脚跨到地里，结果还踩到了粪堆上，后来一看，那个农民果然是残疾。其实这些事早已经超出了他们扶贫工作的范围，但是他觉得自己既然下来了，就得把自己看作村里人，乡亲们的事就是自己的事，他得让乡亲们觉得自己是一个愿意真情付出的贴心人。

再次，人家会看你是什么做派。工作上，张宏才不怕。他搞了一辈子财务，做事认真细致已经成了职业习惯，就是简简单单给上边报一个表，他也会反复检查几遍，如果一些表格内容不详细，不科学，他自己还会动手加工再设计一套。尤其是给村里做项目预算，他更是细之又细，因为他知道在脱贫工作中很多东西没有硬性标准，工作做不细很容易造成浪费。自己到基层是来帮扶的，工作上必须做到比上级要求的更严格。再说自己毕竟是省里派下来的，一言一行基层的干部群众都看在眼里，能不能给基层带来好作风，成为好榜样，那是次要，最起码自己得对得起“省里派来的”五个字！后面这几句不是张宏才的话，但在聊天中他就给了我这样的一种感觉。

2016年11月，张宏才就已经查出甲状腺癌了，可是一直拖到元旦前，他才回太原做了手术。术后出院在家没休养多长时间，2017年1月15日，他又不顾身体虚弱，回到了武乡扶贫一线。因为要过春节了，他放心不下工作，放心不下村里的百姓，4个村，135户贫困户，他拖着虚弱的身体冒着严寒，踏着积雪，一户户去做了慰问。2017年10月虽然经过两次放疗，病灶却还是发生了转移。由此开始，张宏才不得不一方面想方设法帮助贫困村、贫困户脱贫，一方面还得克服生活中的种种困难与病魔做斗争。

“我们乡来过多少任扶贫队队长，像张宏才这样做事认真的还是第一次见到。”石北乡党委书记张彬宏这样评价张宏才。

这些事有一大部分是我离开武乡后，从别人那里得到的。我和张宏才聊天时，他几乎没有提到自己的个人情况，唯一说到的就是他刚驻村时，自己还有一个86岁患老年痴呆症的老父亲。老父亲住在自己家，吃饭需要有人一勺一勺喂，自己跑到了乡下，就得由自己爱人照料，自己尽不上孝也就算了，结果还把责任推给自己的爱人，心里真是过意不去。更让他万般愧疚的是，作为孝子的他，父亲离世时自己却没在身边。听到这里，我当时就想，我们有一些党员，动不动就把高尚的情操、伟大的理想、光荣的使命等之类的口号喊在嘴上，写在总结材料上，我眼前的这位已经被病魔折腾到瘦弱不堪的扶贫干部，他不就是天天在做着这些事嘛，可是他为什么就一句都没跟我说。他真的没说，连他肋骨摔断的事都没说，一个下午，他跟我聊的全是如何动员村民入股办猪场的事。后来我从别人那里才得知那次意外的详细情况：2016年10月20日的下午，他先去楼则峪查看过那里正在建设的肉猪养殖场，又到东黄岩走访贫困户后已经是晚上七点多了，那天下着小雨，天黑路滑，村里的路坎坷不平又泥泞，为了躲避迎面而来的大货车，他脚下一滑摔到了路边的水沟里。巨大的撞击力让他的胸部疼痛，使他昏厥。他在水沟里躺了好半天，才慢慢强忍着伤痛爬出来，艰难地回到驻地。队员们看他浑身是泥，一只手还死死地捂着胸部，就感觉情况不妙。问他怎么了？他说没事，自己不小心滑了一跤，休息休息就好了。他上床躺下后，整夜的疼痛，直到他最后呼吸困难，脸色惨白，大颗大颗的汗珠不停从头上往下流。第二天，队员白志荣见状，觉得怎么也不像他说的那个样子，哪里只是不小心滑了一跤，一个人不小心滑一跤能成那个样子？白志荣赶紧驱车把他从住地送回到太原的医院。

这才有了文章开头的那个场景。

张宏才就是这么宠辱不惊、默默无闻地在扶贫一线工作着。要知道，他是在长期带病工作，最最担心他的，当然是家人。有一次，他已经有半个多月没有回家了，爱人实在放心不下，便自己从太原跑到村里来看他。可是，当她推开屋门，看到张宏才住的屋里，堆着一叠一叠的资料、放着一堆一堆的表格、摊着一张一张的项目图纸时，她半天说不上话来，她也似乎顿时理解了自己的丈夫，作为妻子，她还能说什么呢？她只能在自己临走时深情地告诉丈夫："你就安心在这里工作吧，家里的事有我呢。"一向性格平和，不爱动情的张宏才，却因为爱人这么一句普通又平常的话湿润了眼睛。

张宏才先后被评为山西省扶贫先进个人、长治市扶贫先进工作者、武乡县扶贫模范，山西省省直机关道德模范、山西省十大乡村爱心大使、武乡县特级劳动模范、山西省脱贫攻坚贡献奖。但以我那天下午和他聊天的感觉，断定这些荣誉是国家和武乡人民对他这么多年忘我工作的认可和褒奖，但从内心里他是不会在乎的。我最近看到一篇关于他的报道，里面有一句话这么讲：张宏才就是靠着一颗赤诚之心去精准扶贫赢得了老百姓的信任和社会的感动。他用自己的生命爱着农民。

那么，他的一颗赤诚之心和对农民之爱，到底来自哪里呢？

我听张宏才说过，他出生在农村，自小就深知农村农民的疾苦。张宏才家有兄妹五个，上有兄，下有妹，他排行老四，他的童年时期是在缺衣少粮的环境中度过的。1978年，他考入晋东南会计学校，在长治上学的三年里，让他对这片老区有了不一般的认识。而他的老父亲早在1948年就参了军，先是参加解放战争，后来是抗美援朝。农村、农民、革命老区、战场，以及军人对他影响很大，2016年5月山西省供销社确定驻武乡扶贫工作队时，他就主动请缨，向组织递交了申请，5月17日他带队到了武乡县石北乡，踏上了武乡这片曾经是硝烟弥漫的土地。之后，他用四年多的时间，圆满完成了帮扶任务，让贫困村、贫困户实现了脱贫，更重要的是他从一个"你们来干啥的"当初村民的疑问中，用自己的一片真心，换来了四个帮扶村2211口人对他亲切的称呼——俺村老张。

在媒体宣传上，张宏才成了"坚守初心、事不避难，艰苦奋斗、矢志扶贫"的典型和榜样。我倒愿意相信，他所有的付出，都是因为他胸中有一颗对农民怀有深情，对老区心存热爱，只想用一己之力，为老区人民做一些力所能及之事的朴素的赤诚之心。

越干越穷的村党支部书记

为了印证对故城镇河底村的看法。我从镇政府那里得到一份河底村的事迹材料。里面这样写：

河底村位于故城镇西4公里处。2017年整村脱贫。全村115户377人。其中建档立卡贫困户67户，贫困人口225人，耕地1040亩。

一、基础设施大力改善：投资8万元建设500平方米河底精神文明文化广场；投资45万元建设350米护村坝及3000平方米游园广场；投资24万元建设300平方米百姓之家；投资15万元建设300平方米村级老年日间照料中心；投资15万元修建200米排水渠；协调建设“星星点灯”工程安装16盏太阳能路灯。

二、产业发展势头强劲：2019年投资100万元建设村级发展养牛场项目一座，经过3个多月运营，在原购进24头母牛的基础上翻了一番，目前养牛场存栏达到近40头，估算收入达到15万元。其中贫困户在养牛场存栏母牛30余头，为河底村脱贫攻坚巩固提升提供增收保障。

三、村民生活稳步提高：目前有货运车辆共10辆，农用车辆共计30辆，发展养殖业35户，为村民协调在外务工岗位58人，通过多筹并举，村民收入大大增加，村民生活水平稳步提高。

四、内生动力持续增强：为充分调动村民积极性，在支村“两委”多方协调下，争取到资金3万余元开设村级爱心扶贫超市一座，购进物品100余种，制定了规范的爱心超市管理办法及积分兑换制度。在第一书记及工作队积极协调下，引来社会爱心企业及团体通过爱心超市平台为村捐赠达10万余元的生活物资。

一共500多个字，干巴巴的，但有力，抢眼。当我坐到河底村会议室时，村党支部书记王鲜鹏递给我一份河底村的简介，内容更是简之又简，基本上都是数字，其中一个数字很吸引人，简介上说“本村2019年人均年收入10300元”，不错呀！那是我在武乡采访过的村里收入最高的一个。

王鲜鹏坐我对面，右边墙上挂满了各种先进的牌子和锦旗。我们聊起河底村的脱贫攻坚。河底村的变化，其实不用他多说，新修的河坝、公路边的文化广场和老年日间照料中心就摆在那里。聊天中，王鲜鹏无意间说自己是一个越干越穷的村党支部书记这让我产生了兴趣。在没有打断他说话的情况下，我一边仔细打量这位支书，一边在手机上搜索他的资料。网上关于他的信息非常少，只有一小段4月县里搞爱国卫生运动时他在电视上说了几句话，像个经验交流，自然也是紧急召开“两委”和村民代表会做好动员工作，全村进行卫生集中大整治，具体做法是按区域按片划分，党员干部齐上阵利用大型机械清理河道，村里的妇女负责打扫大街小巷，每周一、周三、周五派专人定点收集垃圾外，又设置了保洁员进行日常维护。我转头正好有一块爱国卫生运动奖牌，一块PVC板上贴一张封膜。我问他村里得到这么一个“纸片片”，有奖金吗？他说，“哪有，一分钱也没有。”旁边坐着的一名扶贫工作队员说，“王鲜鹏这个人就是这样，说自己挣钱不挣钱不要紧，他更看重那些牌子，村里一得了先进，他就高兴。”

我们同样是没有打招呼，就直接到河底村的，顺路还拉上了副镇长屈路燕以及扶贫专干赵晓慧。我有我的用意，去一些地方采访，我们会故意绕开乡镇领导，到河底村我们却专门将镇领导和扶贫专干请到现场，这样有个好处，村干部在聊脱贫攻坚时，无论是数据还是事情，他不可以说谎。

说实话，王鲜鹏最初给我的印象并不好。他个子不高，黑壮黑壮的，关键是左胳膊上文有一把宝剑，说话嗓门大，语速快，外表上与我想象中的村党支部书记样子出入很大。可工作队的人讲，鲜鹏书记是一个真抓实干、干事创业的人，更是一位新时代有担当有作为的踏实践行者。这个似乎不用多强调，尽管我对农村人现在的收入情况不太了解，但在一个377口人中就有贫困人口225人的村庄，2019年人均收入能有10300元，就足可以证明这一点，如果这个村的支村“两委”，尤其是党支部要不发挥作用，单靠村民自由发展，不大可能在几年内能达到这个收入。

接着，我开始把话题引到我感兴趣的问题上来。我问王鲜鹏：“你怎么就因为当支书越干越穷了？为什么这么说？”他说，没有当村干部之前，自己在外面打工挣得多，家里多少还能有些积蓄，自从2006年回村里当上村主任，干了一届之后，被选上村党支部书记以来，可真是……他形容说，真是越干越伤心！2006年刚当村主任时，看村前面的土路一下雨村民们就没办法走，他就和书记商量必须得修一下。支书也同意，可是那时村里没有钱啊，咋办，村里只好几次开会研究，又经过竞标后，把大队废弃的房子和旧学校卖掉，一共卖下29800元。他记得当时修那条路需要3万元，还是不够，自己只好贴了200元，结果路修完后3万块钱也没打住，多出来的部分怎么办，自己就找相关部门，经过协调后才给予减免。那次修路，因为没钱，勉勉强强就修了3.5米宽。村里这几年的变化是从2016年开始的，尤其是帮扶单位长治市财政局，很给力。在他记忆中，几乎是年年，一到雨季村前面的河道就会洪水泛滥，动不动洪水下来就冲进村了，多少年了，村民们忍受着出行不便的困难，把房子建在半坡上，就是因为害怕年年雨季从上游流下来的洪水。2016年市财政局帮扶队进村后，他和人家商量，首先干的第一件事就是清理河道，修护村大坝。

可是我还是不明白，一个支书为什么当了干部后就越当越穷了呢？我跟他说，乡党委对村干部是没有出勤考核的，既然自己觉得穷，那就出去打个工或干个其他什么的。

王鲜鹏书记呵呵笑了，说："那是以前，以前还可以。可是这几年……"他看看旁边的副镇长屈路燕，继续说："我倒是想呢，可也就只是想想吧，真让你出去，你还能出去了？村里每天这么多事，把你拴得死死的。"

"既然是这样，那你是图了个啥嘛？既然越干越穷，为什么还要继续干？咱不能不干它吗？"我本想这么一问，一定就把他问住了。因为这个问题实在不好回答。他要说为权，一个村党支部书记你手里能有啥权，更何况这几年即便是有项目，项目的资金也落不到支书的手里，要说为了荣誉，一个村党支部书记能得到多大荣誉，难道他有本事像当年的大寨干出一个陈永贵来？要说图清闲，如果只是为了种好几亩地，管好村里几个党员，那倒清闲，问题还得挣钱养家呀，过去，村党支部书记的补助是一年两三千元，这几年涨了，上万了，有一万二三，可是这点钱养活一家人也不行啊！最后剩下的是什么？就是崇高的理想，无私的奉献了，但我又不想把一个人想得那么高。毕竟还是普通人多，能够认认真真、保质保量完成自己的工作，在我心里就已经是高人了，可是王鲜鹏似乎还没有上升到这种高度。

我等在那里，就听他怎么回答。

我看着他身体向后仰，两只手互拍着双臂。但他绝不是在"灵机一动"，也不是从过去的回答里寻找最合适的一个。他是打了个停顿，大概也是第一次遇到这么尖锐的问题，不过直来直去的他，无所顾忌地顺口就说出了心里话。他说："这个当干部吧，当久了，就会有瘾！"

旁边工作队的队员，大概觉得王鲜鹏的话说得不适合，便赶紧解释说："如果鲜鹏书记真要想挣钱，那就不会当这个村党支部书记了，鲜鹏书记就是想干事，做了事，看到村里有变化，乡亲们的日子过得越来越好，他心里就高兴。”

话题又被岔开了。提到村里人的日子，王鲜鹏说，这几年可是不错。国家政策好，市财政局的帮扶力度大，第一书记有能耐，这好的机会，他当然想为村里多做点事，他就是自村人，各家各户好好坏坏的情况都了解，乡亲们在想什么他也知道，有时候乡亲们对外面来的干部不好意思，可是对他就不客气了。别看脱贫攻坚是件大好事，可是具体做起来真不好弄。譬如村里的一些单身贫困户，年龄还不算大，要能出去打工多少也能挣俩钱，可就是死活不出门。还有慰问贫困户的活动，要一下想不周全，好事也能变成坏事。他举例说，有一年帮扶单位趁过节想来看看贫困户，顺便还准备了米面油之类的慰问品，他知道后，就发了二杆儿，对帮扶单位的负责人说如果是只给贫困户的话，那就算了。帮扶单位负责人想不通，为啥啊？“为啥？”王鲜鹏说，“要搁在以前，还没个啥，可是这几年贫困户的收入，除了极个别的三四户确实差之外，都上来了，谁家也不差余那一桶油一袋面，关键是非贫困户心里酸，你们帮扶单位前面搞完慰问走了，后面村里人就鼻子不是鼻子脸不是脸了，慰问贫困户，贫困户是高兴，可是村里的干部还得跟着去做非贫困户的思想工作。”他跟人家帮扶单位说，如果要慰问就都慰问，划出个杠杠来，按年龄，按户，都行，反正不能因为一次慰问给村里制造矛盾。

这些话听上去似乎有些道理。可我不知道背后是否确有其事。我是说，非贫困户摆出的那些鼻子不是鼻子脸不是脸的样子。算我操小眼儿吧，仔细琢磨一番，我怎么觉得他这个支书是算过账的，因为搞全村慰问，就算划出个年龄段，怎么也比贫困户多吧。他这个胳膊肘拐的……你还不能说他不对。后来他又说了两件事，我就更加这么认为了，他说，前几个月县里大搞爱国卫生运动，正好有帮扶单位的领导来村里调研，他就把人家摽住了。他说，现在可是全县都在搞爱国卫生运动啊，咱们河底村可不能落后，可是村里到现在连一个像样的垃圾桶都没有，这个咋办嘛！领导能听不出他的意思，被他这么一将一摽，回去就想办法按每两户一个的标准给河底赠送了垃圾桶。再譬如七一快到了，他就主动提醒第一书记，七一可是快到了啊，村里怎么也得搞一些纪念活动吧。他当然是笑着说的，甚至还哈哈哈地笑，和他打交道又不是一天两天了，第一书记知道人家王书记这又是在摽自己呢，想办法呗，搞活动嘛，多少总得有点经费，但王书记的意思他明白，就是不要花村里的钱。

别的不说，从一开始的那份事迹材料中就可以看出，这几年王鲜鹏为河底村做了不少事。动辄就是十几万元，甚至上百万元，都是大手笔。村容村貌上不用说，就全村人均年收入10300元这一个数字，就够别的贫困村眼馋吧！可是这些年，自己既要养家，还要供孩子上学，家里的积蓄能有多少，自然也就越干越穷了。

我再一次将他："既然越干越穷，那咱干脆就不干了，你干吗还非得要干？"

王鲜鹏首先否定了自己非得要干，接着又说，当干部确实有瘾，别人不知道，反正他是有瘾。他说当年是老支书劝他当的村主任，当上村党支部书记后是给村里做了些事，所以一直当支书当到现在。要说不干，不是自己不行，但心里……怎么说呢，村里基本上就一种情况，只有你不干事或干不成事了，才会被选下去，哪个村民选你不是指望你替村里干事啊，如果自己被选下去……多半是因为自己没干事，你想想，那多丢人，自己脸上也挂不住。还是等自己把想干的事都干成吧，干成了事，自己再说不干，光光彩彩的，那感觉才好嘛！

我和王鲜鹏不熟。难免会用世俗或先入为主的眼光看他。但我相信河底村村民的眼睛是清澈的，尤其是上岁数的人，他们熟知河底村的一草一木，也能看到河底村这几年的变化，对王鲜鹏，村民们最有发言权。几个小时聊下来，王鲜鹏始终是爽朗的，他说为了村里的事他就要去"摽"人，但我的感觉是，他在摽别人的同时更是在摽自己。就他自己说的，这些年河底村发展确实沾了脱贫攻坚和帮扶单位的光，可是作为村干部，在自己的一亩三分地上，有一块钱总想怎么干出二块，甚至三块钱的事来，要是不摽，是做不成的。至于自己嘛，挣得少点，就少点吧，日子能过得去就行，就像那位工作队员对他的评价，如果真想挣钱，也没必要当这个支书了。

中午，我们就在他们村的老人日间照料中心，一人一碗浇卤面，在县里办事的第一书记任杰也赶回来了。为了不影响他们的工作，饭后没有休息，我们继续采访。采访结束后，王鲜鹏说他也该出发了，他要去县城看看孩子，孩子第二天就要参加高考，他这个当父亲的，也真是。他说自己平时管不上，这个时候怎么也得露个面。他依然嘻嘻哈哈，我相信就是在孩子面前，他也会这样。但是谁能知道他嘻嘻哈哈背后有多少苦呢？谁又去用心找过他作为河底自村人，身在其位，一定要为河底村干成事的动力源泉呢？是他个人有着故作低姿态的崇高理想？还是对全村老少存有一份朴素的真情与爱？我不知道。答案兴许只有自己知道，或者说，甚至连他自己也不知道。但当干部有瘾，只是他顺口说出的一个理由，因为它是一种浅显的表象，就像那些固执的痴迷者，哪一个没有一段动心动肝的故事呢？只是我们没有从王鲜鹏身上找到它罢了。

“一把小米”的成就

武乡小米好！这话不是吹。也不是我说的，它是武乡小米靠着用户吃，用户品，靠着自己的品质在市场上赢回来的。不过让武乡小米成功走向市场、誉满全国得感谢一个公司和一个人。那个公司，叫太行沃土，那个人，叫杜红雁。

现在，无论是在庄稼长势喜人的绿色夏日，还是挂满沉甸甸谷穗的金色秋天，当你行走在武乡乡下的田间地头，已经自觉不自觉地会把一把小米与武乡的脱贫攻坚联系在一起了。但在2015年前，就是田地的主人，也只是把那些谷子当自己的口粮看。从2016年开始，改变他们的看法，从黄澄澄的小米中，看到财富，看到希望，看到梦想的人，就是杜红雁。

杜红雁现在是武乡小米行业协会会长、山西太行沃土农业产品有限公司董事长。2020年5月30日，国家有机旱作羊肥小米产业发展标准化示范区项目启动仪式暨羊肥小米京东农场春播节在武乡县丰州镇兴盛垴村举行。启动仪式上，已经由“一把小米”成就其事业的75后女企业家，气韵端庄的杜红雁发出：“不摘穷帽奋斗不止，摘了穷帽不止奋斗”的誓言。杜红雁作为一家注册资本上千万元公司的董事长，自己并不穷，可是为什么要说“不摘穷帽奋斗不止”“摘了穷帽还要不止奋斗”呢？因为她是在讲自己以及公司诚心服务的重点对象——贫困户。

说起这“一把小米”，还得从杜红雁的爱心公益事业说起。2015年6月，在朋友的介绍下杜红雁来到武乡，她原本是去大山里看望那些为求学而苦恼的孩子，当她进村和村里人第一次接触后，便真切体会到了农民的不易，农家子弟上个学真是难啊。当时她就决定结对子，开始对贫困家庭的孩子开展一对一帮扶。在帮扶过程中，她发现谷子是当地的主要农作物，也是那些贫困家庭的重要经济来源。于是她琢磨能不能做谷子生意，帮农民卖谷子。多次到韩北、丰州、上司三个小米核心产区调研后，她发现，武乡的纬度、地形、海拔、土质非常适合高品质谷子的生长。可是当地大部分人家还是分散式种植，就算谷子加工成小米，也是靠个人的力量做零散销售，既出不了量，也卖不出好价钱，进而，她又发现当地人种植谷子，还留有只上熟化发酵羊粪肥料的古法习惯。她就此为切入点，决心引用一套现代化的种植和管理模式，延用古法有机旱作的工艺，在帮当地人把小米卖出好价钱的同时，还要从品质上让武乡小米上一个档次，更要打造出一个农产品真正的品牌来。

杜红雁很快就注册了公司，确定生产基地，并投资50多万元引入全天候视频追溯系统，对谷子生产基地全覆盖、生产过程全监控，并说服了合作农户彻底放弃化肥和农药。为了保证小米质量，她又让农户进行二年、三年、五年的轮茬种植，还承诺用不低于市场价两倍的价格收购。

可是就是这样的好事，一开始响应的农户，却寥寥无几。毕竟她不是种地的，不知道农户心里算的是自己的账，你杜红雁承诺收购价不低于市场价，但是要不上化肥不用农药，产量就上不来，再说春种秋收，你又不是我们当地人，一年当中出现什么变数有多少意外，谁来保证。杜红雁理解农户的心情，毕竟农户就指着土地挣钱，不容易，他们赌不起更输不起。杜红雁就带着自己的团队开始进村入户，一户一户当面宣讲。可是纵使他们嘴皮磨破，农户就是抱着老主意不动心。万事开头难，杜红雁不怪老百姓，如果老百姓之前都能有市场意识，日子也早不是这个样子了。于是她坚持把宣讲和说服工作做下去，她就不相信找不出一个胆大敢吃螃蟹的人。后来，她在韩北乡大坪村等地总算找到几个答应种种看的人，当年种植了1000亩。第二年春天，因为知道上一年的效益，附近的好几个村党支部书记主动上门来找她了，要把村子里的土地拿出来，想把脱贫攻坚的事业与“羊肥小米”的合作结合起来。

几年来，杜红雁的山西太行沃土公司在武乡的基地，一直本着敬畏自然、敬畏土地、敬畏农业的态度，她紧紧抓住当前我国农业从传统农业、化学农业向有机生态农业、数字农业转型的契机，采用标准化种植，率先建起“谷子银行”。她们只用“晋谷21号”种子，种出的“羊肥小米”，只施天然的有机发酵的熟化羊粪肥，各项营养指标显著高于市场上的普通小米，其中脂肪酸高出一般小米30%；氨基酸高出一般小米20%；

叶酸高出一般小米35%；硒高出一般小米100%，武乡产的“羊肥小米”也成了“山西小米”赫赫有名的品牌。2019年的时候，山西太行沃土公司创建的标准化生态种植基地已经达到了13700亩，公司精心打造的高端生态小米品牌“晋皇羊肥小米”，在市场上得到广泛好评，也有效地带动了整个武乡小米品牌溢价。把原本是日常习以为常的一把小米，塑造为革命老区实现致富的宝贵资源，塑造为“小米加步枪，好米在武乡”的一张响当当的新名片。

这几年，杜红雁始终沿着“差异化”的思维在做市场，亲自上北方下南方，先后和“盒马鲜生”“百果园”“有好东西·十荟团”“上海禾煜集团”“每日生鲜”“京津冀农副产品配送中心”“北京新发地”等知名品牌企业开展战略合作，使自己的小米在北京、上海、深圳的市场占有率大幅提高。在销的这头，杜红雁是互联网的思维，她主动对接各大电商平台，今年年初，在疫情期间，用了不到三天时间，就完成了与“京东农场”的战略合作，实现“京东农场”首次线上签约，使“羊肥小米”成为“京东农场”落地山西的首家基地；5月，她用了半个小时，与网络主播达成战略合作协议，在央视组织的“秦晋之‘好’”栏目中，主播两分半钟带出“羊肥小米”130万元的销售额，让三个自然村的贫困户感受到了互联网和“网红”的力量。在产的这头，杜红雁是有机旱作思维，从谷子的种植和养护，她让公司和种植户结成一个利益共同体，本着公平公正的原则与种植户签订《绿色农作物种植产销合同》，公司承诺做到保证种子、羊肥、技术、补贴和订单收购到户；贫困户也必须做到遵守公司标准化种植管理技术，严禁上化肥、农药、杀虫剂、除草剂。轮茬时，每亩地给农户400元轮茬补贴，40元秸秆还田补贴，收购时保证价格不低于每斤5元，仅此一项就让331户贫困户，户均增收达到7000元。

有人说，杜红雁的眼睛里永远只有小米。那只是因为她知道自己肩膀上扛着责任；有人说，一把小米成就了杜红雁，但我们也可以反过来讲，是杜红雁盘活了武乡的一把小米经；有人说贫困户应该多谢杜红雁，但我们也要说恰恰是贫困户的穷让杜红雁产生了无穷的动力。一把小米，它永远只是一把小米，我们可以用它填饱肚子，但也可以靠它实现富裕。杜红雁是实践者，更是一名农业的“匠人”（当然在她眼里，那些在田地里辛劳的贫困户同样是实践者和“匠人”），因此，她常挂在嘴边的一句话是“这把小米对世界而言是一株禾苗，对我而言它就是全世界”。

是啊，当秋日的阳光照耀大地时，一穗穗黄澄澄的谷子压弯了腰，那是杜红雁最忙碌的季节，更是武乡人民在田地里收获梦想的季节。

第一书记“骂娘”

靳建中是大有乡王庄沟的第一书记兼扶贫工作队队长。

我们本来约好，我第一次去武乡时就见个面，但我第二次去才见到他。而那几天他正气不顺，他在电话里冲我吼：“他娘的，我要不是一名党员，你看我不把他们折腾个底朝天。”在我所有采访和接触的人当中。他是第一个破口骂娘的，还骂得很凶。

大家都是工作嘛，何必如此大动肝火呢！

我去王庄沟，是个大中午，路上虽然遇到暴雨，但司机小马说，现在去王庄沟是不发愁了，虽然坡陡弯急，但路面已经平整，不存在问题了。没到王家沟之前，我一直在琢磨靳建中，觉得他是个暴脾气，做事喜欢风风火火，弄不好就雷霆万钧的人。毕竟是一个外来的人，是到王庄沟帮扶，这么个处理事情的方法哪能行？

我知道在没来武乡之前，靳建中在沁县当过第一书记。2015年中央吹响脱贫攻坚战号角，他所在的晋煤集团接到命令，要派人去沁县帮着脱贫攻坚，他马上主动向单位申请为自己争取机会。2015年8月14日他到沁县漳源镇南峪村报到，当天晚上就住在村主任家，村主任还给他泼了一盆冷水：“你来这儿能做个甚，听我的，我让干啥，你配合好就行了”。靳建中一听，这话味道不对啊，心想，正是因为你们村穷我才来的啊，既然我来了，再跟着你这个村主任走老套路，那不是还和原来一样，还能脱得了贫、致得了富？他当然不能那么干。

他开始在村里转，遇见村民就聊，随便聊，慢慢地老百姓开始把他往家里叫，目的却是反映村委班子做事不公平的问题。村里出现问题这很正常，哪个村会一团和气啊，那些问题他听了，但不是他急需解决的，于是他感谢大家的信任，能把村里的真实情况告诉他，但他到村里的任务，是要带领大家脱贫致富奔小康的，如果把之前的那些陈芝麻烂谷子的问题一一解决掉，恐怕还没解决完，他的任期已到，自己也该走了。再说，班子里有问题就解决班子里的问题，如果工作还没开展就先换班子，那谁来领导大家干？因此，大家需要先平息平息情绪，把心先放一下，大家团结起来，劲往一处使，争取两年时间内全村变个样。为了便于工作，也为了方便和百姓沟通，他很快从村主任家搬出来，找了一个闲置房住了下来。

其实，外派也有外派的好处，毕竟和村里没有更多的扯绊，处理起事情来相对公道。靳建中刚到沁县漳源镇南峪村，就遇到一件事，村主任的儿子刚刚出事故不在了，主任和儿媳因为抚恤金的分配闹得不可开交。实际上，这是家庭矛盾，但是村主任还是去找他了。因为涉及两个未成年子女，村主任担心儿媳妇会改嫁，就要求两个孙女的抚养金由自己保管，他要管卡也要管密码。儿媳妇不干，她的意见是，管卡可以，但密码必须她设。靳建中就找儿媳妇谈，跟她讲，其实那个密码没有用，因为持卡人可以随时更换。两人的焦点，是如何把钱管好，才能对两个孩子的成长有利。靳建中提出一个方案，主任管钱，但必须按照幼儿、小学、初中、高中、大学分阶段把钱付给儿媳妇，将来剩下的钱等到两个孩子成年后，按孩子的意见再选管理人。双方这才接受。当晚由他起草协议，第二天双方到县里公证处进行了公证。事情才圆满解决。再有，在脱贫攻坚“回头看”时，他发现竟然有已死亡人员出现在贫困户公示名单里，对这种事他毫不留情，先向乡里汇报，然后在乡里的支持下对此事进行纠正。针对这一现象，他及时和支村“两委”重新拟定评分办法，按照年龄、砖房、土房、正房、偏房、家里有没有农用车、大件电器等作为加分项，家里有没有生病的，70岁以上的老人、读书的按阶段划分作为减分项，挨家挨户过，最后按分数确定。这么一来，在贫困户的认定上，村里再没有不满意的了。

我们到王庄沟后，雨还是稀稀拉拉地下着。到处湿漉漉的，还有点儿冷。村委会的二层小楼里，各个房间都静悄悄的，整个村庄也都像在睡午觉。我给靳建中打电话，电话却无法接通。可之前他说过是在村里。正好我们发现村委旁边一户人家的大门开着，间隙里还有鸡鸭出入，我和武晓林便冒昧地直接进了人家。主人是一对中年夫妇，女主人稍显羞涩，一条胳膊搁在窗台上半趴着看窗外，男人坐在离我不远的靠窑掌处，旁边是一个看上去很少用，但擦得锃亮的过炕火锅台，一盘几乎要占去窑洞一半空间的大炕，漆成绿色的木头炕沿也很有年代了，一条蓝白相间的电线贴着木炕沿边一直布到灶火边。男主人一身深蓝色衣裤，光脚穿着布鞋，黑红的面庞上，两只眼睛已经浑浊。显然不是一户富有人家。我便和男主人聊了起来。

“你这是没有出去动弹（干活）啊？”

“没有。下雨，啥也不能弄。”

“我是说，你没有出去找点营生干？”

“出不去了。”

“看你的年龄，应该还不算大吧！还是因为地多出不去？”

“不是。他用手撩起了裤筒。说自己两条腿都是静脉曲张，疼得做不了事。”

“那你们家是贫困户吗？”

“不是。”

“村里这几年你觉得变化大吗？”

“大嘛，你们应该来就看见了吧。”

他可能是指他家街门前已经硬化的村委大院地基，已经整理一新的村委办公楼，还有大院前那个很大的村民活动广场，广场和村委会大院之间有十几米高，但漂漂亮亮的护坡也修了起来。活动广场的舞台上还做了电子显示屏。

半个小时后，院里一阵响动，一个个子不高，上身T恤、下身大裤衩、脚上一双凉鞋的男人进来，他眼睛不大，身体和脑袋差不多一样圆，墩墩实实，开口就有股硬气，很像一个炮弹。我就猜，这是靳建中来了。进门，他也不做介绍，右腿一抬一蜷坐到村民炕沿儿上。他说自己刚才在沟底下大棚里，省电视台的在拍专题片，棚里不具备条件，他下去看看。他的脚就摆在我面前，黄色的泥水一滴一滴地从鞋上流下去，让我想起县扶贫办的同志说起他时，那句很文艺的话：脚下沾有多少泥土，心中就沉淀多少真情，靳书记就是这么一个带着真情来扶贫的人。我们继续聊。聊一些村里移风易俗的事。我问靳建中：“好推行吗？”靳建中指着我旁边的男主人说：“你问他。”男主人很老实，说：“你们外（那）都是些理论上的事，咱嫁个姑娘不要彩礼可以，可是要娶个媳妇不给人家彩礼，能行？”

我说：“咋就不行了。”

“你不给人家试试，咱就给人家娶不回来么。”

“那怎么办？”

“还能咋办，明里不给，暗里也得给人家送去。”

“你看看！”靳建中说，“工作就是这么难办。本来各个村都有‘一约五会’，大家都遵照执行，那些陈风陋习就能改变，但实际工作中，老百姓给你来明里一套暗里一套，你说你出火不出火？”

回到村委会办公室，我们就直奔主题了，谈王庄沟的脱贫攻坚。

靳建中的口气依然强势。他说，“组织派你来当第一书记，就是让你来做事的。有些村不错，大家齐心协力一起做，可有些地方就不一样，如果你一味听村里的，根本弄不成。”他的理由很充分，说2017年他刚来王庄沟时，村里“两委”班子不健全，组织工作形同虚设，就这么一个村，要靠自己富起来，早富起来了，还等派什么第一书记。人家老百姓讲“村看村，户看户，农村富不富，关键看干部”是有道理的。他来王庄沟村时，支书、主任根本没有，就是一个村会计主持全村的工作，不要说干事创业，就是办事也不知道去找谁。他这个第一书记一到位，首先就是在乡党委的指导下健全“两委”班子。能力不能力先不说，起码先得让村民看到这是一个有组织的村子吧。当然选举时，要多方打听，深入了解，争取从现有的村民和“两委”干部中选取责任心强、有能力、想干事的人进入班子。支村“两委”机构一健全，他马上抓阵地建设，那时村里一穷二白，他就向县财政争取资金修缮办公场所；又和自己所在的帮扶单位晋煤晋城金驹实业公司沟通，为村里捐电脑、电视、会议桌、文件柜、台球桌、音响、图书和文体活动器材等，还建起了电子商务室、党员活动室、会议室和文体活动室，这样王庄沟看上去才初步像个样子了。

与此同时，又着手抓村里的经济。靳建中说，王庄沟是长治市确认的武乡六个深度贫困村之一，一是离县城远，基础设施落后，交通运输十分不便，群众文化生活匮乏；二是村民们除了种点玉米、谷子和外出打工外，谈不上什么发展意识。至于村集体经济，就更别说了。他2017年3月一到王庄沟，破旧的村委会、漏雨的戏台、尘土飞扬的街巷，全村人均年收入才3200元，看着就头大发愁。可是作为退伍军人的他，多少年来“听党话、跟党走”已经成为自己心中不变的信念，那种“不战则已，战则必胜”的决心，已经融入到他的性格里了，面前的贫穷和落后反倒激起了他的斗志。再加上，他到村里是2017年，2018年就是武乡县整体脱贫摘帽之年，再不做事情，或者拖拖拉拉、疲疲沓沓做事情，哪能行，完不成任务，也交不了差啊！所以抓集体经济，给贫困户找致富路子就是必须办、马上办的事情了。

到这里，他就急上了！情绪开始激动起来。

和靳建中聊天，我脑子里老是闪出《亮剑》中李云龙的形象，但靳建中没有李云龙那种充满智慧的幽默和狡黠，他有的只是一片真情和雷厉风行的作风。

在他摸清村里以及贫困户的情况后，结合乡里“13510”脱贫攻坚行动计划，决定走“党支部+企业（合作社）+基地+农户”的路子，王庄沟村地处山区，昼夜温差大，夏秋雨水充足，很适合黑木耳种植，是天然的黑木耳生产基地。还有一个原因是，自己在沁县时就搞过黑木耳种植，知道木耳养殖对劳动力要求也不高，只要勤观察，保证生长环境适宜就行，而且自己就懂，驾轻就熟，村里不用请专业的技术人员，一来减少费用，二来自己又天天在场，这样，王庄沟走“一村一品”的路子应该是可以的。

支村“两委”也同意了。2017年地栽木耳项目在王庄沟试种成功，13户贫困户户均增收4000余元，最多的贫困户李二鹏赚了6000元。2018年该项目开始作为主导庭院经济和增收项目在全村推广，80多户报名，其中40户贫困户每户种植木耳1000包，总种植量达到了7万包。

“这不挺好嘛，多好的一个项目。可是事就来了！靳建中说，都把我急死了。我一个大老爷儿们，急得我都想哭。”

“真哭了？”

“哭了。觉得实在憋屈。”

“到底怎么回事？”

“就是弄不成嘛！”

“为啥弄不成？”

“钱不到位。”靳建中往后转一下头，趁机抹了一下眼角。说，“我就是想不通，怎么办个手续就那么难。出火的时候，我真想过，老子来这里，是帮他们做事的，他们还这样刁难我。真想一气之下，干脆把一摊子事撂下拍拍屁股走人拉倒。”

“可你还是留下来了。”

“是啊。”靳建中软了下来。“想想自己是党员，又当过兵，哪能那么干。来王庄沟，我就和我们队员交代，无论如何也要给武乡留一个好印象。有一次我还和乡领导叫嚷，说你们就不能给我们留个好印象？”

“到底怎么了？是什么事让你觉得人家在刁难你？”

靳建中就不好意思了，说：“其实都是小事，该走的钱走不了，可是这些小事放到扶贫工作中就会影响大事。”他说，最近还是因为付款的事，和乡里生了气，还跟乡党委书记发了火，在电话里骂了娘。

“是因为筹不到钱？”

“那倒不是。要是筹不到钱，也就没有项目了。”他说，问题不是在钱上。上半年他听说县扶贫办要给王庄沟拨20万元产业发展资金，他当时很高兴。不过前提是王庄沟必须有项目，还得有可行报告，因为时间紧，别的项目自己不懂不敢上，和支村“两委”商量后，还是决定上大棚木耳。项目报上去，县里批了，好事，他们便开始着手这事，动手前，他还专门到乡里进行核实，乡领导为了给他吃一个定心丸，当面给县扶贫办王主任打了电话。20万不多，但要做大棚木耳养殖还是能成的。但木耳养殖，有季节性，大棚建成，菌包制作、菌包发酵都需要时间，还得有生长期。这些东西要等所有的资金全部到位，早黄花菜凉了。乡里同意后，他第二天就带队去了山东，那里的菌包质量好，关键价格低，双方谈好后就签了合同。对方提出要50%的预付款，也就是10万元。为了赶工期，让王庄沟早受益，便答应了。他们回到王庄沟，到乡里具体落实时，事情办不下去了。因为按规定，贫困村产业发展资金必须等项目完工验收后才能拨付。这几年扶贫资金管得紧，程序严。按规定办事没错，谁都能理解。

“可是我就犯难了。”靳建中说，“合同和人家签了，不付款是违约，关键是这个项目有可能会黄。咱是来做事情的，得争取啊。可是继续往下做，就必须得先付款。其实站在对方的立场，也可以理解。人家把菌包给你做出来了，结果你不要了，人家往哪里销啊，菌包那种东西又不比别的，放一放还能用，再说，是咱王庄沟自己上项目，你急不急，人家根本不在乎。县里的产业发展资金放在那里作底，你这里有项目却上不了马，不冤？怎么办？我们只好自己先想办法，等于是个人出面筹了两万，先给对方打过去，对方才开始做菌包。”紧接着，靳建中赶回晋煤集团争取集团资金帮助。他跟领导讲，能不能把每年10月才到账的帮扶资金提前几个月给，因为钱越早到账，发挥的作用越大，等到10月以后很多事也就错过机会了。领导采纳了他的意见，提前拨付了资金。本来，集团的资金他准备也是要用来发展产业的，他就决定先用集团的钱，给山东的合作方付预付款。这事，他们支村“两委”开过会讨论通过，也向乡里做了汇报。集团的钱6月28日到账，自己赶紧去乡里办手续，还是走不通。

“当时我那个急啊！”靳建中说，要知道，那个时候山东那边菌包已经做好，只等建大棚了，要是没有这十万块钱大棚建不起来。那些菌包送来往哪里放？村里能用的地方只有戏台，戏台不仅放不下，而且菌包摞在一起，一捂就完了，再说等大棚建起来再往里面搬，又得增加二次搬运的成本。

7月1日，村里搞完纪念建党99周年活动，靳建中又赶紧去乡里催。事情还是办不成。说按程序需要发票，后来又说用途不对，因为晋煤集团拨来的资金用途是养牛场，必须专款专用，他要付了木耳养殖就是挪用公款。对，这么讲都对，毕竟财务有财务的规章制度。靳建中能理解，他心想，没办成就没办成吧，那就再沟通。其实他心里已经火冒三丈了，王庄沟上大棚木耳这事乡里上上下下都知道，怎么一到具体办事就办不成了呢。他马上和集团公司扶贫办联系，集团那边专门开会，发来了附有内容变更的会议纪要，红彤彤的公章盖在上面，只不过是个电子件。7月2日，他再到乡里去沟通，经过乡领导协调，说好可以先用电子件，下周一时再把原件带来。这事就算定了，结果3日早晨，正要去办手续的村党支部书记接到电话，说又弄不成了。

"这次，我就不干了。"靳建中说。

他眼里含着泪给我复述当时的情况。"我给乡党委书记打电话，我说，这是花我们集团的钱在给你们做事，你们还让我们受这份气，我们图了啥了？你们乡里看着办吧，要是今天钱再付不了。下周一，我就到乡里，咱们好好算算账，咱们非得说出个长短不行，我就不相信没个说理的地方了。王庄沟穷，没有钱，好不容易上个项目，前期没有一点资金运转，人家谁跟你合作。这活儿真没法干了，今天钱要是再走不了，这活儿，屌才干！"靳建中说，"我真把人家乡领导日卷（骂）了一顿。我知道人家肯定有人家的难处，包括那些财务制度，兴许人家里面就是那么要求的。但是，我急啊，我急的是那些菌包。"

"后来呢？"

"3日下午，办了。你看，现在大棚建起来了，省电视台的又来咱这里拍摄，这多好。"

"那么其他呢？在其他事情上，也这样？"我问。

"只要不和钱挂钩，其他倒没有。"

后来，靳建中给我们介绍王庄沟这几年的发展情况。他们投资125万元入股元亨农业发展有限公司，成立了红土窑粮食银行，这一项村集体可以年分红12.5万元。又将20万元资金入股强岭沟养殖有限公司，年分红2

万元；新建200千瓦光伏电站一座，2018年8月并网发电，年收入10万元；还投资20万元建成梅杏种植基地200亩；又建了扶贫车间，新建了存栏100头的养牛场。

“粮食银行”？我还是第一次听说这种银行。

靳建中讲，实际上就是采用银行的管理模式，来为村民们服务。他进一步解释说，2018年9月5日，乡里挂牌成立武乡县第一家“粮食银行”。银行利用乡粮站的基础改建而成。银行将“粮食”作为“货币”把农户手中闲散的粮食集中起来统一管理，采用土地托管（存土地）、免费存粮（存粮食）、兑付自由（兑钱款、兑物品、兑服务）的“两存三兑”经营模式。银行通过合作社自有农机、农资，向农民提供种、管、收、储、售等环节的一条龙服务；通过内设的消费扶贫超市、换购平台与授信额度，向群众提供钱款、消费用品的灵活兑付，很好地解决了农村留守老人无力耕种、外出劳力无暇耕种，导致土地撂荒的问题。也解决了农民粮食存放占地、自囤损耗、售价不稳的难题，更有效地了降低种子、化肥、收割等种植成本。

他说，具体运作可以概括为“一体、二存、三兑、四集中、五方便”。也就是将土地托管、农资服务、粮食仓储等服务整合起来一体化经营；通过“基地+合作社+农户”三方联动，会员农户以土地入股合作社，或签订委托协议实现托管土地，同时享受免费存粮服务。“三兑”就是会员农户以土地或粮食入股合作社，获得合作社授信后，可预先向合作社申请兑现使用等值的资金、农资和服务；“四集中”就是集中采购、集中耕种、集中仓储、集中销售；这样，粮食银行通过发挥自身优势，进行统一品种，统一农资，统一植保，统一烘干收购管理，降低生产成本；通过对签约连片土地实施机械化耕种，集中连片种植，节约人力成本；集中仓储就是将收获粮食统一储存、集中管理，将农户在存放过程中的消耗由6%降低至1%以内；集中销售就是通过粮食银行统一代理、对接市场，获得价格峰值优势，实现了农户与银行的双赢。因为签约即可合作，自然就产生了后面的在农资预用、农机作业、预支款物、存取粮食、售价选择上的“五个方便”。

靳建中讲得很专业，他进一步以玉米为例，譬如活期存粮，就按当日市场价结算；定期存粮3个月，每斤补贴5厘；要是定期6个月，每斤可得到补贴1分；定存12个月，每斤可得到补贴2分。取粮的时候，3个月内取，按提取粮食的吨数，每吨收40元保管费；6个月内的，每吨50元；12个月内的，每吨60元。至于农户这边，农户把粮食存进银行后，拿着银行开出的卡或存单，可以到银行、粮油店进行消费兑换；也可以到自己习惯的指定小卖铺、商场进行消费，结算由粮食银行统一负责。

其实我还是没太听懂。总之可以理解为，这个银行就是一件让老百姓省力、实惠的事就行了。

靳建中一再强调，自己来，就是来干事的。给村里干事，他和所有工作队员们都要做到人正影正。他几次说，自己都这个年龄了，就算丢人也不能丢到武乡。再说2016年冬天，集团接到通知将帮扶对象换成国定贫困县的武乡时，第一次来考察的成员中唯一的第一书记就是他。集团公司所帮扶的六个村，条件最差的就是王庄沟村，经过集团领导研究，靳建中由西岗头村调整到王庄沟村。

为什么非要派他到王庄沟，兴许只是集团领导用人上的一种艺术。但他来王庄沟扑下身子做事，却是真的，否则他也不会从2017年开始连续三年被集团评为劳动模范，2018年获得晋城市“五一”劳动奖章，同年又被评为长治市模范农村第一书记，2020年被评为山西省干部驻村帮扶工作模范队员。

“骂娘”，是因为靳建中的暴脾气，也是他急着做事的一种表现。靳建中当过兵，一听“战”字就激动。但是，无论他骂的人是谁，他都觉得骂的是自己的战友，李云龙也骂娘，但并不影响与同志们生死与共的战友情。几方面因素凑到一块儿，我们就理解了，我想乡里的领导包括被他骂过的人，也都能理解，说到底，穿上军装靳建中是一名军人，在脱贫攻坚战中，他虽然没有穿着军装，但依然是一名军人。

第八章
青春身影

那时十六七岁，是我人生最美好的青春岁月，没有父母的呵护，没有少女的娇嗔，有的只是艰苦卓绝的战斗和激情燃烧的革命情怀，我的青春献给了中华民族伟大的解放事业，我为此感到骄傲和自豪。

——摘自齐心的《激情燃烧的青春岁月》

一夜的雨。接着，又是一夜的雨。然后，便是白天时出时收的阳光。

这样的天，几乎成了2020年7月上旬武乡的惯常。那段时间我天天在武乡乡下跑，和我一起跑的是县政府办的武晓林，他说，我们这是下乡。其实在老百姓心里，“下乡”有着不一样的深意，背后往往连着的是干部。可我不是干部，我只不过是以写作者的身份，必须用一种冷峻的眼光和客观的态度，体会革命老区的脱贫攻坚罢了。

有过十七年农村生活经验的我，可以说对农村是熟悉的，但对脱贫攻坚却很陌生。尽管我们翻山坳，越沟壑，走进村庄，走进贫困户，耳闻目睹不少乡村的现状与现实，但是对贫困问题还是心存疑问，那种疑问极其复杂，既有梁鸿在《中国在梁庄》那样的悲伤；也有对国家如此大规模，如此地毯式，如此大投入，如此举全国之力，打这一场脱贫攻坚战的不解；更有对参与这场轰轰烈烈攻坚战的扶贫干部，有着诸多的猜测。一场攻坚战打下来，乡村发生了翻天覆地的变化，那么将这种翻天覆地切割成剖面，具体到日常的某一件事某一天，那些扶贫干部，尤其是从城市里来的扶贫干部，他们会怎么看？他们是否也有着和我一样的疑惑和问题呢，他们通过自己的工作，寻找到那些问题的答案了吗？

我无意间注意到一个群体：“90后”，让我一下子多出一个关注点。这些年轻的扶贫干部，有的刚从学校毕业，有的参加工作没几年，他们自带锅灶、背起行囊到各式各样的贫困村来从事扶贫工作。可是毕竟时代不同了，在过去打仗时，十六七岁能扛枪，六七十年代，二十一二岁可以当村里的大队长，但在父母那里现在的他们，却还是“掌中宝”“心头肉”。他们下来了，从中央企业、省、市，直接来到对他们来说，几乎是另一个世界的乡村，完成的却是脱贫攻坚任务。从城市到乡村，离开熟悉，进入陌生，如果是旅游，那会是新鲜，但要是工作呢？我就在想，当他们面对那些一不沾亲二不带故的老百姓，会是怎样的态度？他们能全身心投入到这场攻坚战中吗？乡村一直以来只是他们脑海中一个想象的存在，如今他们深入其中，还要日夜相伴，他们能行吗？尤其是那些高学历的孩子，他们心里有落差吗？会不会因此而怀疑人生。我突然意识到，这场脱贫攻坚战，真的不只是脱贫扶贫那么简单。

于是在采访中，凡是遇到90后的，我就会多问几句。

范家凹窦雅洁

窦雅洁，驻故城镇范家凹村扶贫工作队队长，1992年生，吉林省通化师范学院毕业，先是在丰州镇东坪社区工作，2017年9月进入武乡团县委，10月便到蟠龙镇柳沟村扶贫，2018年3月调整到故城镇范家凹村，2019年9月开始担任队长。

范家凹现在叫范义，但村里的公章还是范家凹，当地人也依然习惯延用旧名字，叫范家凹。不知道为什么要改村名，可能和这个“凹”字有关，凡是“沟”“堖”“凹”之类的地方，很容易让人产生偏远、闭塞、贫穷、山庄窝铺的感觉。据说在验收扶贫时，工作队的同志们就为这个名字紧张过，验收组是来自外地的第三方，对武乡不熟悉，如果从一片纸上按村名罗列随机抽检的话，很容易看到范家凹。其实，范家凹虽然离县城有点远，50公里左右，但并不闭塞，村就建在公路旁，还是一个非贫困村。窦雅洁说，非贫困村与贫困村只是相对的，村里的有些贫困户贫困程度，有可能比贫困村里的还要贫困。

窦雅洁是故城镇分管扶贫工作的屈路燕镇长给我推荐的，推荐理由有两条，一是窦雅洁工作踏实，凡是镇里布置下去的，到她那里都能认真完成。二是她已经有身孕，现在依然坚持在工作岗位上，从不叫屈。

开始和窦雅洁正式聊天前，我想她的表现很可能与她在社区工作那几年有关。社区直接面对群众，什么样的人都有，多多少少她从中获取了一些经验。窦雅洁却说，不是，村里和社区其实完全是两回事，社区基本就是按部就班开展工作，一年中最忙的也就两三个月，可是到村里，她就感觉年年忙、月月忙、天天忙，总没个轻松时候。其实这只是她的一种感觉，她忽略了一个最基本的前提，那就是脱贫攻坚。她到村里参加这一场脱贫攻坚战，当然与社区的日常工作不同了。

窦雅洁初到乡下的时候，感觉很不适应。驻村的文件刚下来，单位就给准备了锅碗瓢盆，第二天他们从家里自带了铺盖，在队长的带领下到范家凹村就住下了。村党支部书记把她和另一个女队员安排到村里条件最好的农户家里，队长是男的，在大队院里的一间办公室将就住。窦雅洁说直到她把被褥都归置好，她的脑子还是蒙的，心里想着：这就算是住下了？以后周一到周五都要在村里住了？心里说不上是对农村生活的期待还是离家的失落。那户人家对她们特别好，专门把儿子儿媳（在外地工作）的房子腾出来给她们，但是三个人得在大队院里自行开灶做饭。三个人，队长是1987年的，她是1992年的，另一个队员是1993年的，都不怎么会做饭，一日三餐早上小米饭就土豆丝、中午面条、晚上小米粥就咸菜，村民们偶尔会送一些黄瓜和菜，但那是他们熟悉以后的事情。她记得最难熬的是刚去的几个月，她们在大队的厨房是东房，正好是冬冷夏热，刚驻村时正值三伏天，一顿饭做下来，热得都不想开口吃饭了，更糟糕的是厨房连门帘都没有，蚊子苍蝇到处飞，一碗饭从厨房端到院里，里面落只虫子苍蝇的事是常有。后来天气变凉，又没有暖气，太阳一天照不上4个小时，做一顿饭冻得头疼，凉得手疼。这倒也罢，最大的问题是用水特不方便，所用的水都得到别处用桶拎，好不容易拎满一缸水，自己当然得省着用，还有一个实际情况是院里没有下水，一盆水常常洗了菜留下再洗碗，洗碗水又不好意思泼到院里，因此，就感觉很委屈。她说："唉！现在想想，感觉时间过得真快，真不知道当时那些日子自己是怎么熬过来的。"

"是因为这些生活条件觉得苦吗？"我问她。

"那倒不全是。可能还有一些与这个世界脱轨的孤独感吧。"窦雅洁说队员们不会做饭，饭吃不好也就罢了，还吃不应时。在村里开展工作不像在城里，可以按时上下班，譬如走访贫困户，尤其是农忙的时候，不能半时不晌地去，也不能晴空万里，风和日丽的时候去，否则去了也白去，因为家里没有人。为了不白跑，就得趁贫困户的时间，要么在十一点前把午饭吃了，然后顶着大太阳开始入户，要么挑阴雨天走访。后来因为单位有事，队长被临时抽回去帮忙，另一个队员也因为有事请了假。在那一个多礼拜里，她觉得是自己最难过的时期。因为刚去时间不长，和村里人都也不熟，无论走到哪里，都没有人跟她说话。自己早上干啃一包方便面，中午用水泡上一包方便面，晚上索性不吃就喝一杯水拉倒，然后还得坐到办公室整理资料。有一次她回单位办事，同事递给她一瓶矿泉水，拿着那瓶矿泉水，看着窗外熟悉的县城，她心里万千感慨，以前生活的常态，现在竟然觉得那么奢侈，以前习以为常的街道，突然间觉得那么大，那么繁华，感觉自己就是来自另外一个世界的人。这还都是次要，主要的是……那些贫困户……那个贫困的景象，实在让人无法想象。

“你是说他们的贫穷？”我问。

“是呀！”她说。范家凹村有两户贫困户她记忆深刻，一户是三口人，两个老人和一个40多岁没成家的儿子。她第一次推开他们家院门进去时，还以为是一攒没有人住的院子，结果有人从窑洞里出来。她跟着进去看了看，里面很黑，这里一堆衣服，那里一堆鞋，用过的碗在锅里泡着，随意放在地下的某一处，总之乱得毫无章法，房屋又是危房，估计就是20世纪五六十年代也不会是那个样子。后来工作队倒是做通了人家的工作，贫困户的儿子出去打打工，政府给了相应的补贴，他们家再从亲戚那里借了些钱才搬进了新房。另一户更是让她惊讶，最老的老人，她2018年去的时候都100岁了，坐在床上还招呼他们，老人有六个孩子，老大成家自己出去单过了，一个女儿出了嫁，剩下的四个，智障的、聋的、哑的，还有一个走路时得靠双手撑着往前爬，全有问题。她去的那天，心智不健全的老三正好趴在刚进门的地上，她没有防备，突然间面前出现那样的景象，真把她吓坏了。

窦雅洁对我说：“你想想，现在怎么还有这样的人家？这家人的日子怎么过啊！”

在很长一段时间里，因为她自己没车，搭不上顺风车的时候就坐公交，每次在回县城的路上，一个来小时的时间里，她就总是在想他们。然后心酸，发怵，心里是真不想再回去了。但实际上，她也只是心里想一想，她该去还得去。毕竟那是她的工作！

“那你的转折点发生在什么时候？”我问，“或者说是什么事让你发生了转变？”

“是一盘热炕。”窦雅洁说。

“热炕？”

“是啊。”窦雅洁说。村里10月的时候，天就冷了，有些人家开始烧暖气。她却病了一场，重感冒。那时候傻，不知道照顾自己，被冻着了。村里的卫生所在大队院里，村医是女的，四十七八岁，她叫人家红萍姐。因为孩子们不在身边，红萍姐平时是一个人住，特别热心肠，看她那样，就让她先跟她睡，睡的就是热炕，后来连饭红萍姐都给做她好了。那时她感觉那个幸福啊，原来自己对幸福的要求也就那么低。再后来另一个姑娘回来，红萍姐也让她来一起住，因为原来住的大娘家里冬天只主屋烧炕，如果她们继续再住在那里，人家就还得另外给她们烧暖气，她们也不想给人家添麻烦增负担。

“那么工作上呢？”我问她，“我知道在故城镇工作的年轻人不少，屈路燕副镇长首先推荐的人就是你。屈路燕副镇长说你工作踏实、认真、就是结了婚、怀了孩子都没有落下。”

窦雅洁说，她不知道这些工作与那几户贫困户给她心理上造成的冲击有没有关系。反正她来范家凹就是来工作，既然是本职工作那就去做，自己年轻，工作经验不足，尤其是扶贫工作，县里、镇上要求得严，如果随随便便去做，出了错，再重新做很麻烦，与其那样，还不如一开始就认真点，仔细点，把它做好。

2018年，窦雅洁周岁26，虚岁27，在县城就算是大龄女青年了。下乡扶贫意味着见同龄人的机会大幅减少，自己的对象在哪，八字还没一撇！在家人的催促下，窦雅洁越发着急，朋友还经常吓她，说有一些特岗女教师，因为没机会，最后没办法就瞎胡找一个村里人结婚了。窦雅洁说，和范家凹的村民们熟了后，村里老人也给她介绍对象，但多数都是在外地工作，人家很少回来，最终也没能见到一个。2019年经同学介绍她认识了自己现在的老公，同年10月就把婚结了，只是因为老公也在乡下，两人一个月也照不上几次面。

2018年底，她们要接受第三方验收，那段时间每个扶贫干部都像打了鸡血一样，几乎是没日没夜地干。那时她还不是队长，但她在范家凹待得时间长，很多基础性的资料都在她手上，哪敢有半点怠慢，县里、镇里不断开会、提要求，有时候晚上还要赶到镇里开会，二十多天里，她说脸没洗过一次那是假，但澡洗不成，头发没有洗，却是真。可能是因为累，也可能是觉得委屈，反正那几天她特别想家。好不容易有一次回家，她记得是晚上七点多钟，自己身心疲惫，眼睛都抬不起来了，却听妈妈说，奶奶的情况不太好。窦雅洁一直在奶奶身边长大，上高中时才离开，她能听得出妈妈的意思，她就是再累还是去看了奶奶。她说，那段时间市面上很流行一种小蛋糕，她还想时间太晚了这次就算了，等下次回来，一定要买给奶奶吃，可是两天后，她还在村里时，就听说奶奶没了。这也成了她一想起来，就会伤心流泪的终身遗憾。后来，2019年1月验收工作结束了，还没轻松几天，因为队长工作要调动，单位就把队长的担子压到了她身上。

她说，队长和队员那可不一样。队员呢，可以只用心做好手头的活儿，队长是活得干，还得更多操心镇里领回来的工作怎么干。2019年武乡旱灾，9月，上面要求开始贫困户收入测算，有些贫困户害怕测高了国家的政策自己就享受不上了，明明有一些收入的，但就是不想说出来，为了做到数据准确，工作那个难做啊，毕竟人家贫困户是本地人，而你扶贫队员都是外来的，人家不怕得罪你。到最后，还是村党支部书记全力出面支持，才得以顺利完成。

至于怀孕这件事，她说，自己根本没想那么多，别看她瘦，她可没那么矫情。窦雅洁说，对她不放心的是家里的老人。每次从家里回村里，公公婆婆总是让她带些水果和牛奶。因为疫情，2020年开始驻村时已经2月21日了，3月县里就要求全体扶贫队员上山防火，一个月的时间里，她差不多天天穿着迷彩服在山上，不过其他两名队员，也很给力，尽可能帮她做，让她负担轻一点。6月底的时候，自己的身体确实出现了一点问题，就是突然发现不能走路了，一走肚子就疼。回县城做了个检查，医生说是胎位靠下，让她卧床休息。可是7月20日就又要开始普查，县里要求各帮扶单位，如果没有特殊情况务必保持帮扶队伍稳定，尽可能不要做工作上的调整。在这个时候，自己怎么好意思掉链子。

她说，她心里纠结归纠结，因为医生提醒过如果出现意外她就会有流产的风险，但是……窦雅洁说，她们单位就那么几个人，而且在这个时候，她怎么好意思开口。所以，这事她连和家里人都没有说。她回到范家凹，开始了普查前村里的自查工作，走访时开始几天，肚子非常疼，疼的时候，她就停下来歇一歇，缓一缓，再走。十几天以后，肚子就没那么疼了。她说，她这个人心大，也傻，心里还想虽然肚子里的孩子还没见到，但确实是个乖宝宝，没有拖他妈妈的后腿。

窦雅洁的预产期是9月5日，采访结束时，我除了祝愿她们能母子平安，还能说什么呢？言语中，我能听得出，窦雅洁是个感情细腻，内心柔软的姑娘，但她却不把自己放在心上。用她自己的话讲，尽管是屈路燕副镇长把她推荐给我的，但屈路燕何尝不辛苦呢？窦雅洁说，屈路燕在镇里工作因为没办法回家，照看不上孩子，女儿的学习成绩已经下降十几名了。还有煤改电那段时间，正是数九天，乡镇没有暖气，她去镇里找屈路燕，就发现屈路燕穿着军大衣，怀里揣着暖水袋继续工作着。她说类似她这种情况的，在武乡脱贫攻坚中，多了去了。其实，哪位扶贫干部不辛苦啊，自己这点事算个啥！

河底村任杰

天空风和日暖，一条宽敞的水泥路在乡野蜿蜒伸展，一间间整洁干净的村居错落有致，田间地头随处可见村民备耕的身影……这是武乡县故城镇河底村5月的景象。当7月上旬我再走进这个村时，天气就变得热黏多了。河底村依山而建，村前一条河，党群服务中心与建在护村坝上的多功能大厅相隔一条公路。本来我是来村里了解村集体经济和村党支部书记的故事，因为这个村的村党支部书记跑过运输，工作积极，顶着压力非要给村里建成一个黄牛繁殖基地。结果在座谈中，村党支部书记多次提到了年轻的第一书记任杰，正好任杰也是“90后”，我也就相应地对他做了进一步的了解。

任杰，1992年生，到长治市财政局工作两年后，听说有下乡机会，就主动报了名。于是我先从他的“主动报名”问起。他说，在机关坐办公室，工作多数是程式化的，自己还年轻，想抓住类似脱贫攻坚这样难得的机会，多一些体会，丰富一下人生。

采访时，他坐在我旁边。任杰块头很大，穿一件蓝白相间的T恤，看上去显胖，但说起话来非常成熟，那种成熟完全超出了他的年龄。我知道，他是2018年4月到武乡的，起初在故城镇的李家山当扶贫队员。我问村党支部书记对任杰的印象，村党支部书记说，在任杰没有到河底前，尽管都是在一个镇里工作，但不认识。2019年5月，任杰到他们村担任第一书记，就熟了。说起第一印象，“就是个娃娃嘛，说不好听，这么小一个年轻人到我们村，别说是人家父母，就是我们也不放心。我们借到市里办事的机会，还专程登门去看望了任书记的父母，说是看望，实际上就是想去聊聊天，彼此多个了解，他这么年轻，又放到我们村，万一……这个咱不说了。就说任杰吧，说实话，任书记干得不错，给我们村可是办了不少好事。”村党支部书记王鲜鹏这么说。

任杰顺手拿来自己的工作日记，打开让我看，里面有工作时间、内容、完成情况，还配有相片截图，很全面，也很仔细。但我没有中断采访，去翻日记。后来从其他渠道，我找到了有关他的汇报材料，上面写道：

2019年6月28日，在任杰的牵线搭桥下，长治市某企业到河底村进行“七一”慰问。

2019年7月7日，在任杰的努力下，某爱心企业给河底村投资3万元建起的16盏太阳能路灯投入运行。

2019年“中秋节”前，在任杰的争取下，长治市长子县某爱心企业派2人到河底村慰问，给村民带来了水果和月饼。

2019年重阳节到来之际，在任杰的争取下，长治市某爱心企业带着重阳节慰问物资来到河底村，故城镇镇长李山红、副镇长陈瑞军、宣传委员王国雄也来了，他们与河底村老年人们一起参加活动，看秧歌队表演。因为这是河底村第一届“99重阳节”。

2019年11月，在任杰的努力下，长治市金一珠宝公司总经理马震、长治市潞州区工商联主席王鹏、武乡县工商联主席宋佳一行，到河底村开展冬季慰问活动，为全村老年人捐赠价值15000余元的冬季物资。

2020年1月14日至16日，第一书记任杰与工作队长杜红兵组织全村开展“春节暖河底”主题党日活动。

2020年1月27日，农历正月初三一大早，任杰来到村党支部书记王鲜鹏的家中“拜年”，“任书记，又怕是借着拜年来谈工作吧。”和任杰打了半年多交道的王鲜鹏，看到任书记一进门就打趣地说道。虽是打趣，但他知道任杰确实是为年后的“黄牛繁殖基地”发展、养殖过程中存在的技术问题、如何通过“公司+基地+农户”方式种植辣椒及部分群众内生动力不足等问题来和王鲜鹏商讨的。

任杰2019年5月才到河底村，时间不长，但已经和支村“两委”融为一个整体。在他的努力下，先后向市财政局争取到项目资金50万元，又和支村“两委”多次一起外出考察、协调沟通，建牛棚、接水架电、选牛种……2019年12月，河底村“黄牛繁殖基地”正式投入运营，22头母牛、2头小牛在这里“安家落户”。三个月后，牛场产下小牛15头，预计年内收入能达15万元，可以带动66户贫困户户均增收2000余元。

如今的河底村，集体产业发展起来了，日间照料中心和红白理事大厅建成了，太阳能路灯亮了，文化广场、文化游园焕然一新……“2019年，通过协调各方关系，我们积极联系爱心企业在河底村开展各类捐赠活动10余次，金额共计8万余元，村容村貌有了很大改善，全体村民的生活质量得到明显提高。”任杰说，“2020年我们河底村要把辣椒种植、黄牛养殖形成规模，尽快打造出我们河底村的品牌，让村民们不仅有产业分红，还要有自己实实在在的收入。”

任杰不是那种会说豪言壮语的孩子，似乎也不喜欢高谈阔论。但他天天在想如何为河底村多办实事。一开始他就把话说得朴实，他来农村是想多一些生活经验丰富人生。那么，很自然的，他的双脚就必须坚实地踏到农村的土地上，他的心就必须对工作充满激情。对任杰的采访时间很短，但是我从他的眼神中看到的，全是坚定和决心。任杰已经将自己的这次农村实践与人生融在了一起，我也相信，他的工作将来会越来越好，因为有梦的人，绝不会在现实中选择消沉。

志愿者付犇犇

付犇犇，我采访中年龄最小的一位。他1998年生，2019年7月大学毕业后便去武乡参加了脱贫攻坚战，身份是一名志愿者。一米八的个头，穿件白色T恤的他，给人一种猛壮、做事毫不含糊的感觉。他是从团省委渠道下来的，落脚之地自然是武乡县团委，工作点也是故城镇的范家凹，因为那里是团县委的帮扶村。也就是说，他是和前文中的窦雅洁在一起工作。只不过，他是队员。

作为一心想参加西北志愿服务计划的他，初选的地方并不是武乡，而是新疆或者西藏。他说，最次也要去云南或贵州。他在学校报了名，也填了表，后来从学校团委那里得知山西省也有这个计划，他才改了想法。

当问起他为什么要报这个计划时，他说自己也不知道，反正就是想到偏远一点的地方去，越远越好。可他说不出理由。

但我知道犇犇本人就是长治人，平顺的。平顺也是一个贫困县，他为什么不直接回平顺呢？他说不知道。就这个问题我问过他好几次，最终他也没给我一个合理的答案，总之就是想去。如果再往深里说，他就是想出去看看。可是他去看什么呢？去看贫困，还是远处的风景？他答不上来，毕竟在做这些决定时，他还是一名在校大学生，他所有的信息来源就是网上的文件和一些帖子，以及下面的评论留言。我同样没办法知道的是，到底是什么原因又让他改变了主意，选择团省委的志愿者服务。总之，他是报了名。

犇犇说，他成功报名后，2019年7月在太原参加了团省委的培训，便直接来到武乡。下午一点多他从太原坐上大巴车，到武乡县城后，团县委的领导和同事们就已经等在那里了，看着大家给他在会议室用文件柜隔出一个小间当宿舍，全新的生活用具，感觉还挺好，可能是因为刚刚走出校门的原因？他也说不清，反正懵懵懂懂的，感觉好就是好。可当把自己编入扶贫工作队，开始下乡时，一切就不一样了。最初的几天还好，由领导领着，坐着单位的车，白天下乡晚上回县城（有可能单位是让他有个适应过程），等9月真正住下来，感觉就全不对劲儿了。

"怎么个不对劲儿法？"我问他。

"不适应。"他说。

"主要是哪方面？作为志愿者，这些你应该有心里准备的，你还曾经想报名去新疆、西藏、云南、贵州。"我说。

"不知道，反正就是不适应。毕竟自己这些年一直是在太原生活学习，一下子到范家凹，所有的人都说当地话，我一句也听不懂。那种感觉……"壮壮实实的小伙子突然哽咽起来，"第一天晚上我就睡在村卫生所里，躺在那张床上，看着另外一张空空的床，闻着卫生所那种药片的味道，我一晚上没睡。"

"为什么？"我问他。因为我知道他们原来的队长在大队院里是有住处的，虽然那个住处同时又是他们扶贫队的办公地，但总是可以住人的。

犇犇说，"我也不知道。"接着他马上说："哦，估计是怕我冷吧，晚上睡觉时我用的铺盖都是村医红萍阿姨给的。"

"那你为什么睡不着？"

“不知道。”犇犇说，“想家。想我妈……特别想……”

“可是你在太原上大学时，也见不到你妈！”

“那不一样，上学的时候还有舍友，晚上怎么着都行。可是到了范家凹，人生地不熟的……我不知道……反正就是想。”

“第二天呢？是不是第二天太阳一出来，就不想了。”

“不是。还是想，更想了……”

“现在呢？”

“现在还是想。”

“那你怎么解决，想家的时候怎么办？”

“就和家里人视频啊，或者……找同学们聊天……”

“你妈知道这些吗？你想家的事。”

“我不知道她知道不知道，我没说过。在村里忙的时候，走不开是没办法，但凡有不忙，周五能回家，我就一定回。”

“回平顺？”

“是啊！先坐公交从范家凹回县城，到县城后，搭顺风车去长治，然后再倒上回平顺的公交。”

“那得多长时间？”

“顺利了四五个小时。差不多每次回去都是晚上七八点。但有机会我还是要回。一回去心里就高兴。我妈也高兴。”

“你爸呢？也一定高兴吧！”

“我爸……”犇犇这才说，他父亲在他上高中时，就不在了。这些年他是和母亲一起生活的。他们家条件很一般，就连他上大学的学费都是用助学贷款交的。他说，反正自己将来一定要回平顺工作，来武乡以志愿者的身份参加扶贫，是提前历练自己。他自己说，这一年多，他学到很多东西，除了了解了农村、知道了走到社会上怎么和人相处，还对国家的各种政策有了很深的理解。

当提到队长窦雅洁时，我说，队长表扬他对队里的工作很给力，一点儿没有大学生刚入社会的青涩与娇气。他却反过来说，实际上是队长对他照顾更多，毕竟他是志愿者，还不是正式编制，队长尽可能少给他安排工作，为的是给他更多的时间学习，准备将来参加公务员考试。

我不知道这个小伙子是怎么在“想家、想妈”中工作的，队长窦雅洁说，犇犇的工作真的一点儿没落下。当我让犇犇回顾这一年来，对他印象最深，或是将来离开武乡后还会常常想起的是什么事时，他跟我说，就是那一条路，那条连接县城和范家凹之间的那条公路，他永远也不会忘记第一次去范家凹时，看着路旁的村庄和树木不停地向后移动，拐来拐去的弯一个接一个，自己却猜不出要去的是一个什么样的地方，到后来，他又熟悉到，只要道旁多了一个桩子，少了一簇草，他都能发现。多少次他从平顺的家回来，从县城坐上公交，自己怀里搂着大包小包，听着车上的老乡说笑，他不仅完全听懂了他们的话，偶尔还能遇上熟悉的面孔。这种错以为他乡是故乡的感觉，真的很特别，他说，自己很可能早已经把范家凹看作故乡了，谁知道呢，将来无论走到哪里，当自己突然聊起范家凹或想起在范家凹时，他一定会有故乡那种亲切感的，而且还会不自觉地称范家凹——我们村。

固村魏涛

魏涛，是县税务局的，在韩北乡固村驻村。固村山大沟深，翻过一座山就是黎城。

我在固村采访时，并没有见到他，那段时间他在参加培训，准备参加即将开展的普查工作。我是从第一书记武同凯和队员郝亚军的聊天中听到他的，但决定采访他，是因为去了一趟他们的住处，一孔极为常见的窑洞，就在一户人家（据说是村主任家）最靠边的地方，窑洞像新修的，里面没什么家具，进门左手边是一个铁火炉，右手窗户边上摆着一个方桌，方桌旁边是个三人沙发，紧挨的是两张并在一起的单人床。再往里窑掌的地方，两个办公用的单人沙发上堆了报纸、杂物，还有洗漱用的塑料脸盆，再过去沿墙放着几把高高矮矮的桌椅上，基本上也堆满了各种生活用品和锅灶用具，整个窑洞满当当的，进门就只能脱鞋上床的感觉。武同凯和郝亚军都是老同志，就到快退休年龄了，尤其是第一书记武同凯说，自己都59岁了，等这场脱贫攻坚战一结束，自己回单位就可以办退休了。我坐在靠窗户那个沙发上，目睹着眼前的一切，既觉得亲切，又觉得陌生，亲切的是，突然找到了小时候一家人睡在一盘炕上黑暗里聊天说话的感觉，陌生的是，他们是驻村工作队员，彼此都有自己的家，三年多的时间里他们却夜夜躺在一起，更重要的是他们中还有一个1996年生，刚参加工作没几天的孩子，这两老一少在一起工作还好，可是一起生活，还要挤到一张床上，那会是什么样子呢？于是我找到联系方式，对魏涛进行了采访。他说：

我上班第一年就下来了。2017年学校一毕业，我到县税务局还没参加入职培训，就接到任务，说要下乡。和我同一批入职的总共有四个，两男两女，四人中我被选中作为驻村工作队员，可能与我是党员有关系吧，还有一条，就是我是武乡本地人，虽然在城里生城里长，但毕竟是武乡人嘛，总是相对要更了解武乡一些。

不过，之前我没有去过固村。第一次去，我记得很清楚，还真是……那天我是和郝股长一起去的，就是郝亚军，他在我们单位是股长，我们习惯称他郝股长。郝股长开车，从县城往韩北走还好，可到了东堡往左一拐，哦，那个路，太陡了，上坡、下坡、急转弯，很多地方窄得车勉勉强强刚能过去，很危险，真不知道当地人平时是怎么走的。第一天办了工作交接，见了乡里的包村干部，因为不具备条件，天黑前我们就得从村里返出来，因为那条路连当地人晚上也很少敢走。第二次去，我们就住下了。

固村给我最大的印象就是穷，路不好走。先说穷吧，我们村有一户贫困户，一个五十来岁的中年男人，守着自己先天性智障的女儿过日子，他们家是真穷，连屋里的墙都是黑的，到处破破烂烂。我会不会嫌弃？我没有嫌弃，站在他们家我最大的感觉就是心里不舒服，可难受呢，觉得现在怎么还有这么穷的人呢？还有就是那些自然村，去走访一次真是太远了，关键是很多地方，不仅汽车去不了，就是三轮车也上不去，只能步行，有时候去自然村走上一趟就得一个多小时。我虽然是武乡人，要是不到固村，这些情况，还真不知道。

至于和两位老同志相处，我倒觉得没有障碍，挺好的。去固村不久，我回单位参加了一个月的培训，再回到固村时我们就住进现在住的地方了。你问我晚上干什么？我们刚去的时候正好赶上支村“两委”换届，那段时间很忙。要问有没有不忙的时候？好像没记得有不忙的时候，不过那时候我们住的地方网不通，闭路电视也不通，我就用手机流量玩一会儿游戏，早早就睡了——是啊，因为屋子小嘛，只能摆两张床，还得并起来摆。睡觉时，我睡在他们中间，就听武书记和郝股长他们讲以前的老故事，毕竟他们年龄大了，经历的事多，很多事我不知道，听着还觉得挺新鲜。你是问一起睡挤吗？不挤。刚搬进去的时候我是睡沙发，就是一进门那个，后来武书记觉得这不是个长法，我就上床了，和他们睡一起。

生活上嘛，基本上就是他们照顾我的时候多。譬如他们两个早晨起得早，总是轻手轻脚出去，多数时候等把早饭做好了才叫我起床。他们真的是把我当孩子看。不过我们仨有分工，各尽所能吧，郝股长负责炒菜，武书记负责主食，我负责洗碗。——是呢，我在家里的时候，我是做得少，父母不让做。但到固村就不行了，毕竟自己大了嘛，我不会炒菜，和不了面，不会做面条，总可以洗碗吧！人家武书记和郝股长把我当孩子看，可我自己不能真当自己是孩子啊！

虽说我是在县税务局工作，但实际上到固村扶贫是我的第一份工作，跟武书记他们学到很多东西。譬如为人处世啊，处理和老百姓的关系啊，武书记和郝股长他们很有一套，我就不行。还有税务上的那些事，如果没有和他们在一起待这么久，我哪里会知道还有那么多技巧。再有，这几年看着我们固村的变化这么大，心里真的很高兴，虽然不敢说自己从中做了多少事，但起码有一份自己的心血。真的挺高兴的，前几天我去外地参加普查工作，体会就很大，我进农户家人家对我的态度就很自然了，其实我知道，那不是人家的变化，而是我的变化，在固村的这几年，工作生活让我变得和农村、村民们亲近了，也自然了。

在和魏涛聊天的时候，我仿佛能看到他在固村的样子。语气中能感觉出他是个安静、温和的年轻人。他能在固村那种条件下待得住，还安心工作，不知道是因为家庭的教育、自身的修养，还是武同凯和郝亚军两位老同志对他的关照和带动。可能有我先入为主的原因，从一开始就给“90后”一代下了娇弱自私经不起摔打的定义，不过当我回想起固村他们帮扶工作队的住处，三个大男人挤在一孔窑洞里，冬天还好，夏天天热屋里没办法做饭，他们就在窑洞外面用几根木棍支起两块石棉瓦，再用砖头垒个台子，就是厨房了。这样的条件，就是换到我这个有过农村生活经验的人身上，好像也接受不了。可是从与魏涛的聊天里，我听不出他有一点委屈和抱怨。到目前，我也没有听说这个年轻人在市里或县里，得到过什么奖励和荣誉，不过，我相信他自己已经得到了奖励，只不过，那个奖励来自他自己。

选调生刘依尘和曹慧瑜

刘依尘是丰州镇白家窑村新任不久的第一书记。南开大学研究生毕业，学历史的。外表上看有点柔弱，说话时，总带有一种质疑式的坚硬。她在太原长大，尽管父亲的老家在盂县村里，但也仅限于一年一次的过年回去，因此对农村基本没什么概念。但是作为选调生，来基层她是有心理准备的。

“真的来到村里实际感受如何呢？有落差和不适应吗？”我问她。

她说多少还是有一点不适应，譬如蚊虫啊、厕所呀，还有村里的狗，好凶。不过这都过去了。“至于落差嘛，”她调侃着说，“那倒没有，毕竟读这么多年书，我怎么也得明白一个道理，那就是：你到哪儿其实都是一个干活的。省里、县城、乡村，都一样，你不能说你在中央机关，就不能到村里当一名扶贫队员吧！”

多么浅显的道理啊，又是那么深刻。可是我们很多人就是不懂。我坐在依尘对面，中间隔着成堆的脱贫攻坚的台账、手册和笔记，她的开朗性格和学历史的背景，让我们讨论的话题越来越深。我们谈到驻村的苦，她说其实没有那么苦，因为大家都一样。她所说的那个“大家”，既包含所有驻村队员，也包含自己驻村的同学们，她说他们私底下有交流，比起云南、贵州一些偏远的地方，自己的条件还算好的！这种用对比的方法来看待“苦”的做法确实让我耳目一新。当我一再追问她是否真的不感觉苦时，她像突然想起什么似的，说附近郝家塭有个姑娘那才叫苦呢！那个姑娘有身孕了，而她的老公之前一直在吕梁扶贫，今年7月又到运城开始了“墩苗”计划。两个人都在乡下，见个面都难，怎么能不苦。显然在刘依尘眼里日常生活和工作中的苦，已经不再是苦了，她心中的苦变成了缺少相爱之人的关照与相守。

刘依尘是2019年8月到白家窑的。工作时间不长。但她说，自己收获了挺多，她甚至说弥补了自己之前人生中比较薄弱的部分。我听不大懂，她解释说，自己以前写稿子总是喜欢从思想、政治什么的角度入手。但听了村党支部书记给村民讲的课，她就知道不能那样了。老百姓嘛，就是为了生活，一切得从他们的需要出发。在机关写材料时，总是因为文字不接地气挨领导批评，如果现在再让她写就会好多了。接着她提到自己的工作，说尽管自己的原工作单位省委宣传部每年都给村里投入不少资金，但靠自己目前的社会资源还拉不来项目，她所能做的，就是要把相关的政策落实好。

对此，我提出反对意见。因为政策是硬性的，支村“两委”就可以落实，让一个研究生来给村民讲政策，跑腿报销，是浪费。刘依尘就显得有点急，她说：“反正我觉得凡事都需要有人去做，空讲道理的人是简单的，真正做事的人才伟大。我觉得我没有那么大的抱负，没有那么广阔的视角，我只能从一点一滴的小事做起。譬如给村里的一个老奶奶报销回药费，不管钱多钱少我都很开心。”

刘依尘提到的那个姑娘，后来我联系上了。她叫曹慧瑜，北大研究生毕业，也是选调生，正好也是省委宣传部派来的驻村干部，她祖辈上的二爷爷曹国权，就是《右玉和她的县委书记们》里那个种树模范史来保的原型，父亲改革开放时应征入伍，当了十年兵退伍后，回到家乡，目前也在扶贫一线。她到郝家垴三百多个日夜了，这一年多来，她有哪些变化呢?

我对她进行了电话采访。

曹慧瑜说，虽然工作时间不长，但自己已经由一个城里来的“外来户”，变成老乡口中的“亲闺女”了，以前觉得“一切为了人民，一切依靠人民”可能是一句口号，但如今已经完善为一套完整的实践和思想体系了。基层的这段经历，终将会成为自己的一笔情感和精神财富，也会成为自己不断奋斗前进的动力。

那么她刚到基层时是什么样子的呢？毕竟那是一年前的事了。我没能见到曹慧瑜，但从她的一篇演讲稿中，可以得到一些信息。她在里面写道，她受家庭影响是抱着一颗坚定的初心而来的，可是面对自己步行十几里爬坡上岭走访时吃了闭门羹，自己灰头土脸地往回跑，背后还有野狗追，想想自己夜里上厕所跑掉了鞋都不敢回头去捡的害怕，两条曾经被冻得生疼的腿，她是动摇过的，也问过自己毕竟寒窗苦读二十载，最后跑到山沟沟里来，图了啥？可当她平静下来之后，回想起贫困户家里看到的景象心绪就释然了。

我不知道慧瑜看到了什么，但能猜得出那景象一定扎了她的心。这毕竟是武乡，是一片“户户住过八路军，家家出过子弟兵”，为中华民族的独立和解放做出过巨大牺牲和贡献的红色土地，然而新中国成立都71年了，一些村庄还有一些老百姓仍在贫困线上挣扎，相对于那些贫困户的苦，一个年轻人受那点委屈又算得了什么呢？这大概也是她真正坚持和坚定要在扶贫一线的原因吧。

和慧瑜交流，她总是不愿意谈工作中面临的困难，她谈得更多的是自己的收获和心得。她说自己不仅对脱贫攻坚有了新的认识，也有了自己成熟的思考。譬如这段扶贫经历，让她找到了自己身上所承载的精神实质，那些精神由抽象转化为具体，驻村扶贫在她看来不是“出发”而是“回家”，她仿佛又回到了“初心”，回到了“起点”。她把自己定义成一个右玉姑娘，家乡的那些人，祖祖辈辈坚持种树，很多长辈的名字如今都刻在纪念碑上。以前自己对“右玉精神”理解不深刻，来到农村后，看到百姓们的困难和艰苦，心里就急，就疼。自己虽然是个女娃娃，身怀六甲，但干起工作来东奔西跑，活力无限，只要看见乡亲们的笑脸，看见他们满意了，自己就有了获得感。因此，她认为能够在这样的历史节点上参与脱贫攻坚事业，是自己的幸运。

慧瑜给我发过一张相片，她站在八路军太行纪念馆前的广场上，两根扎了花的辫子，一件厚厚的军大衣，手里捧着红红的荣誉证书，我不知道相片是什么时候照的，从相片上看，慧瑜是个清秀白净的姑娘，但通过和她电话聊天，能听得出她那股“功成不必在我”的精神气儿，她这个“小右玉”，已经把自己实实在在化作了右玉精神的一个具体载体，一簇“小火苗”，她燃烧自己，燃烧青春，只想为脱贫攻坚添一把火。

慧瑜说，她不是个例，大多数驻村的年轻人都跟她一样。他们走出校园，又回到山西，心里多少都怀有一些理想和抱负。正好，一段扶贫岁月更进一步淬炼升华了他们的思想和精神，让这股精神力量不再虚浮，而是向下而生，变得更加厚重，更加扎实。等扶贫结束，他们回到各自工作岗位，大家可以拿出刚刚到村里时的照片和离开时做一个对比，大家可能脸更黑了，皮肤更糙了，但泥土味浓了，精神气足了，气质更沉稳了，眼神也更坚定了，这就是“初心”的力量吧。

脱贫攻坚，为的是共同奔向小康，在这条路上，大家齐心协力一个都不落下。作为即将成为社会发展主力的生力军——“90后”，当然不能缺场，更不能怯场。在初看曹慧瑜的演讲稿时，觉得她是一个胆小、爱哭的姑娘，但一番沟通后，才发现其实她有着坚毅的内质。包括刘依尘，她们家庭条件应该都不错，我先入为主地认为她们到农村来工作，会拒绝，会排斥，但通过和她们接触，完全改变了我的看法，她们不仅很快融入了乡村，爱上了乡村，更让平静的乡村重新焕发出蓬勃生机。

在武乡，差不多每个村都能看到像她们这样“90后”娃娃兵的身影。窦雅洁、任杰、付犇犇、魏涛、刘依尘和曹慧瑜的故事兴许不够典型，但至少是他们这个群体中的部分代表。我们说，一代人有一代人的幸，一代人也有一代人的不幸，但是只有经过历练才能成长。当我写下这些文字，再回想他们那一张张生动的面孔时，真的不会再用单纯和幼稚去形容他们了。他们原本就有扎实的书本知识，缺少的只是对基层的认识和实践，下乡驻村，尤其是亲自参与到这场脱贫攻坚战，无论是对本已萧条的乡村，还是“温室大棚”里长大的他们，我认为对双方来说，都会是一种巨大的收获。就像刘依尘，我曾经当面用非常尖锐的口气问她，如何理解这场脱贫攻坚战。她开始说，自己说不好，但她接着又说：“其实，有些事在当时看只不过是一件非常具体的事情，但是把它放到整个历史中就不一样了，它很可能推动了历史的进程，说不定还影响到整个人类的发展。就像我们的义务教育一样，不能说因为有些孩子不愿意学习，就放弃推行。事实上又有多少孩子通过义务教育走出了村庄，走向了更广阔的世界。我们做事情不能总是习惯于从功利的角度去看，不能因为眼前的暂时，而低估它对未来长远的影响。对我们村来说，我觉得，只要让一个老奶奶能有一个很好的晚年，那就可以了。”

在武乡的日子里，我经常走在一条条新修的公路上。那些公路，这头连着山外的大公路，是城镇，是市场，那头连着村庄，是家家户户的街门和果园。一条条公路是村民们出行的方便，是他们的致富之道。那些天连日下雨，让武乡厚实的土地土更红、花更艳、庄稼更绿，就连雉鸡，都可以带着自家宝宝不慌不忙地在公路上漫步了。遇上雨大泥深，村民们会自发来清理，尽管他们已经白发苍苍、皱纹满面，但他们已经不再只是坐在街门口盼望归来的儿孙了，因为这几年，村里来了年轻人，尽管他们不是自己的孩子，但是大老远就可以听到他们叫叔叔、大婶、爷爷、奶奶的声音了！

第九章
当局者清

似乎每一个写作者内心深处都有一种理想：拥有鸟一样高空飞翔的自由，获得一种直面却能俯视大地的角度。在武乡十几天的行走，我脑子里经常想起关于庐山的那首诗。有好多次，站在某个山垴上，我环顾四野，希望借助海拔，来个一览众山小。可惜我能看到的，依然是那些重重叠叠的山和深深浅浅的沟，以及零散于其中的村庄。于是，我发现自己最终还得归于大地，因为想象和虚构的翅膀，无法承载起一具真实而具体的身体。我也只有走进乡村，才能发现满是郁郁葱葱海一样的绿色中，偶尔还存有一些被疏漏的荒凉之地，才能看到那些被淹没在脱贫攻坚大军中默默无闻不愿意讲出自己辛酸的人来。既然无法一览众山小，那就不如置身其中，这样做的结果兴许会有“横看成岭侧成峰，远近高低各不同”的片面性，但它也有着近距离观察、亲身体悟的切肤式的真实。

捎带之举

在武乡，大多数时间是县政府办的秘书武晓林、司机小马师傅和我在一起。我是外来者，多于直观印象和理论上的空想；武晓林，大学毕业、当过村官，除了趴在材料堆里，还要完成县领导安排的许多日常事务，视角与观点多数情况代表官方；而小马师傅，比我小许多，家里两个孩子，妻子没工作，成天拉着县里的领导在外面跑，言语不多，差不多属于民间立场。

从大有乡王家沟采访回来那天下午，天已经不早了，小马师傅还计算着时间不想让我们回县城误了晚餐。为此我们抄小道走了近路，我们从玉米地旁的洼地里出来，刚拐上正式公路没多远，就看到一辆红色大卡车从旁边的岔路拐上来。那辆车又高又长，多半跑长途运输，那种车要是装满货少说也有六七十吨。可能因为背光的原因，视觉上那辆车显得特别庞大，在我印象中，开这种车的司机一般都膀大腰圆，总之是小车遇见都躲着走的那种。那天路上的车不多，我们开得也快，我还想那辆车会稍微停一停，等我们过去了它再继续往前开。我们的车向那辆车快速靠近，坐在副驾驶的晓林突然拍了拍小马的腿，两人嘀咕几句，我以为他们是要抢在大车上路前抢过去，还强调了一句，咱们不急。我们靠近大车，大车司机似乎感觉到什么，踩了刹车，慢慢把车停下来。这时，大车的车身有一半已经上公路了。我们的车从大车前经过，小马师傅不仅没有加油门快速离开，反倒放慢了速度。

看着晓林将车窗摇下，伸手出去，我还以为他遇上了熟人，要和大车司机打招呼，不想晓林却冲大车司机大声喊道："你，你……退回去，赶快退回去！退回去！"

大车司机是个肤色黑红的中年男子，长得虽不膀大腰圆，但我知道这种跑长途的车驾驶室里常常会备一根撬棍，说是防卫，但很多时候也用来发横。原本晓林给我满是书生气的印象，他这么一来，还真让我另眼相看，但同时我又担心出事，不管什么原因，万一打起架来，那就麻烦了，毕竟他是公职人员。大车司机这时把头伸出窗外居高临下地看我们，一直看，目光里根本看不出他是否听到晓林的话，更多的是他在探寻刚才敢用这种口气指摘他的人是什么来头。

这时，晓林不得不第二次对大车司机发话，而且口气更加强硬，他让大车必须退回去。我就不明白了，这几天我们都在这条公路上跑，为什么不让人家上来。小马师傅干脆把车停了下来，那架势，如果大车司机不听话，他们就要亲自下车一样。好在，我看到大车司机，犹豫再三，将探出的头收回去，打开双闪，在公路上掉了头，按原路返回去了。晓林这才似乎平息了内心的怒火，说："这些人，就是这么不自觉，真是气人！"

事后，我问他："这么好的路为什么不让人家走？"

武晓林说："正是因为这么好的路，咱才不让他走呢。李老师，这是我们县的旅游公路，监漳到砖壁的一期完工后，监漳到县城的这段作为二期刚刚修好，修这条路是真不容易啊，所以从一开始县里就规定，不许大车上来，县交警大队和县里的宣传部门不知道做了多少宣传，就刚才，你没注意那个司机的表情吗？他心虚，自己也知道不该上来。这些人，只知道图自己方便，哪里知道县里为了修这条路费了多少劲。”

这我就明白了。

举这个例子，我并不是想表扬武晓林，我只是想说明，只有身在其中，才能体会其中。我们也由此才能为那些大而化之里无法解释的事件，在细微或日常中找到精妙的理由。我们可以赞美一架高精度的无人机拍摄的相片有多清晰，但是无论它有多精密，也无法拍出一片树叶的艰难和一朵花的忧伤。宏观的梳理，往往是条理的可辨的，但是什么原因让一个人产生动因还付诸行动，却是隐秘的微妙的。武晓林的举动只是捎带，只是举手之劳，我们可以把它理解为一个武乡人对家乡的爱，也可以定义成那是武晓林作为一名公职人员的职责所在。但我想说的是，这些小事，要不是我作为旁观者亲眼目睹和亲身经历，一个本来很有意义的故事也就被忽略了。由此可以想象，在武乡的脱贫攻坚中，类似这样的故事得有多少啊！

分秒必争

郑丹是我采访中接触到的第一位武乡官员。见面前，我们有过简短的通话，加微信后我发信息过去，经常是几个小时后，有时第二天才能收到回复。见面后，他给我的第一印象根本不像1977年生的人，头发花白，满身疲惫，与我想象中的威风凛凛的地方官的形象一点儿都不一样。他是武乡县委常委、常务副县长，分管人力资源和社会保障、工业和信息化（国企改革、国资国企管理）、民营经济、能源产业、商贸物流、安全生产、应急管理、行政审批、营商环境、生态环境、扶贫、信访、人民武装、外事、开发区建设等工作，脱贫攻坚战打响后，主要精力就放到脱贫攻坚上了。

第一次接触，他就给我一种马不停蹄、环环相扣、时间总也不够用的感觉，坐下就吃饭，开口就谈事，连个闲聊几句的机会都没有。

我问他，天天如此吗？他说，是啊，没办法，工作任务压在那里，作为常务县长，他又主抓扶贫工作，上面是一批又一批的要求，下面是一堆接一堆的请示，很多时候他还在现场处理问题，书记、县长就已经在那边催汇报了。上面来的文件、政策要尽快安排落实，下面上报的问题得及时协调解决，累是自然的！一天天下来，感觉自己就像只陀螺一样。他说，其实参加这场脱贫攻坚的同志，哪有不累的？省里的，市里的，身边的县委书记、县长、各部门负责人、各乡镇负责人、第一书记、支书、扶贫队员，哪怕扶贫办一个负责数据汇总的办事员，哪个不累？他说县委书记胡坚，2013年刚到武乡时，四十出头，一头乌发，面相年轻，就和个年轻小伙子一样，可是这几年下来，再看看变成什么样子了？还有阎县长……

之前，我做过功课，知道郑丹年纪轻轻，可是身体已经有七项指标亮起了红灯。我见他时是个晚上，就坐在他旁边，看着他高凸的两眼，眼珠上布满血丝，那个时间点，一个正常人不应该有这样的体征啊。我让他推荐采访对象，他第一个提到的就是县扶贫办。他建议我去扶贫办蹲上几天点，啥都不用问，只要看看他们的工作就会有体会。“要说我们扶贫办的同志们……”讲到这里，他突然把话停住，哽咽了起来。初次见面，一个堂堂的副县长却这样，多少让人觉得有点尴尬。不过我知道，他也不想这样，毕竟就算是一名钢铁战士，一位铁面法官，哪一位转身过去没有一颗柔软的心啊。

依然战袍在身的郑丹就在我身边，而我脑子里却是媒体上关于武乡脱贫攻坚的报道，一串串骄人的成绩，一项项创新的成果，收获季怀抱谷穗的农民，喜迁新居后村民的笑容，高空拍摄的美丽乡村、工人们忙碌的扶贫车间，相应的解说词，基本上都是“原来是什么样什么样的贫困村，如今已经变成了……”变成了什么不多说，凡是到过农村的人，只要拿三五年前的记忆和现在做个对比，自然一目了然。我不禁要问，如此美丽的画面，如此耀眼的成绩，是怎么来的？我们的文字却鲜有记录，似乎中央一要求，省委一部署，县里一发动，扶贫干部一行动，一切就搞定了。那么我再问，如果是这样，怎么“脱贫”后面还加了一个“攻坚”呢？

郑丹说：“哪会那么容易，其实每天真的就和打仗一样。”

郑丹的说法，在后来的采访中，从武晓林那里也得到了印证。武晓林说，他到县政府办工作以来，最长的一次假期是六天，还是因为第二个孩子出生。他爱人和不满百天的二儿子在乡下，他带着大儿子在县城租房住，因为工作没时没点，只好把父亲接来帮着照看。他说郑副县长休息得更少，不管怎样他休过一次六天，自己下班回去还有父亲在能吃个现成饭。可是郑丹呢？郑丹是一个人在武乡，也是租房住，只有寒暑假爱人才能带着孩子来陪他。我发现郑丹的微信朋友圈，暂停在2016年11月11日，昵称是“桥”，尽管我没有就此问过他，但可以揣摩“桥”本身所固有的连接、抵达和承载意义，与郑丹对自己的希望有着某种契合吧！晓林说，跟郑（副）县长干确实累，但自己没理由抱怨叫苦，啥将带啥兵，领导身先士卒，你还能怎么样。

武晓林给我举了两个例子。

有一年春节去村里看贫困户，遇到暴雪，车上不去，郑丹就让车停下，自己到后备厢拎出米面就走了。同车的武晓林，自然也会赶紧下车到后备厢拿上东西紧随其后。晓林说，别看自己比郑（副）县长年轻，但爬坡上岭的，还真比不过他。那天郑丹穿着迷彩服，周围白雪茫茫，那个村武晓林之前去过，知道就是爬到坡顶，再到村里还需要一个多小时，况且还是大雪天。可是他知道，年前郑丹一定是要来看看贫困户的，过年了，村里人的内心其实比城里人更复杂，以现在的生活条件，不是没有这袋米这袋面这桶油就过不了年，而是他想让贫困户知道自己再忙也没有忘记他们，过节本该欢天喜地热热闹闹，可是那些贫困户，家里很少有外出打工的，看别人家有儿孙回来，自己家如平时一样冷清，即便就是满桌子酒菜，也变得索然无味了。中国人重情义，一来是初交，二往是相识，三趟下来就会成亲人。如果仅仅是为送那袋米那袋面那桶油，天好了再去，难听一点讲，这几年武乡的电商发展已经很具规模，就是让快递小哥代办一下也不是不行。但是郑丹一定要自己亲自去送，就是秘书武晓林代办也不行。郑丹看重的是和贫困户的那种情。

还有一次是清明。生态环境、安全生产，还有应急管理，都在郑丹的分管范围内。武晓林说，每年一到那个时候郑丹就格外紧张，尽管移风易俗这些年武乡做得不错，大家的森林防火意识提高了，但还是会有个别人上坟烧纸的旧习难改。这些年，尤其是脱贫攻坚战拉开序幕以来，武乡大搞绿化，发展生态，森林覆盖率提高不少。谁都知道搞绿化不容易，前期投入大，费工费力，收益见效却需要时间，武乡人民扛镢头上山，石头缝里挖土，千辛万苦把一棵一棵树苗栽活，培育成树，万一出个事失个火，多心疼啊。从1998年7月郑丹迈出校门第一脚就踏上武乡的土地，转眼在武乡已经22年了，他从乡里干到县里，对武乡已经非常熟悉，人常说：“因为爱，所以付出。”我反倒愿意相信“因为付出，所以爱”。因此，晓林说一到清明前后郑丹就神经紧绷，我是可以理解的。

司机小马师傅也说，那几天郑丹就会换上迷彩服，车里备上望远镜，天天到乡下巡山。晓林讲，那次也是，他们巡了一上午山后，又饥又渴，几个人好不容易在路边找到一家小饭店准备吃口热面。大家刚坐下来，几口水还没到嘴，就有紧急电话来了，说是火警。就在这时，老板娘正把热腾腾的面端上桌来。几个人愣在那里，看郑丹，心想这顿饭是吃不上了，接着有人建议打包吧，到车上边走边吃。郑丹也看大家，他怎么会不知道大家心里怎么想。其实只是一碗热面，可是这时的一碗热面，对于劳累了一个上午又饿又渴的同志们来说，远超过一顿大餐。更重要的是，接下来，一旦上了山，就根本不知道几点了。前方警情不断，容不得拖延。可是已经摆到眼前的热面，同志们却一口还没吃，一边是急，另一边是不忍，他就说："不打包了，咱们就在这里吃，但是大家必须得在一分钟内吃完。"

"一分钟？"

"对，一分钟。"

"一分钟吃完一碗热面？"

"是呢！"说到这里，小马师傅也笑了。晓林说："我们还真是一分钟内都把那碗面吃了，尤其是人家郑（副）县长，真不知道怎么咽下去的。反正那个烫啊，从喉咙一直烧到胃里。"小马师傅说："那几天天冷，暖暖身子正好。"他和晓林说："后来一上山就不觉得热了吧。"他还笑晓林火警解除后，和当地村民挤在石楞下面靠身体取暖的尿样。我感兴趣的是那"一分钟"，事情再急，也不差那一分钟吧！武晓林说："那不一样，我们县里的领导，时间就是按分按秒往出挤的。"

在这点上，小马师傅又替晓林做补充，说他作为司机怎么也不会比领导们忙吧，可是脱贫攻坚这几年，一个礼拜孩子见不到他的面是常有的事。我问他家在哪里。他说，故县，就是县城边边上，踩脚油门就到。那我就奇怪了，就算领导事多他一时走不开，下班后总可以回家吧！小马师傅说，只要不跑外地，他是可以天天回家，只是他一大早就去上班，离家时孩子还没醒，晚上回去已经是大半夜了，孩子早睡了。就说郑县长吧，有好几次吃完晚饭，就叫他拉着去村里，这里看看，那里问问，有时还进门入户，回来自然就更晚了。你要说分分秒秒，可说是吧，领导们走出办公室坐在车里下乡，人家就当是休息了。

"这不是疲劳战术嘛！"

晓林说，那倒不能这么说。脱贫攻坚这几年，不容易，每天就和打仗一样样的。打仗，哪还管那么多。领导们自然也是没办法，任务、责任都压在肩上，事情一件一件，检查督导考核的一批又一批，所有这些都集中到领导们那里，人又没有三头六臂，要想做好工作就只能拉长时间。

看来，我对武乡脱贫攻坚和当年的关家垴之战有得一拼的看法是对的。高地就在前方，敌人就在那里，虽然贫困这个敌人不会拿枪拿炮要你的命，但比现实中的敌人更顽固更难缠。隆隆的战火，分秒的刻度会变长，冲锋的号角中哪容你睡起一觉来再拼。是啊，作为旁观者，我们只看到狼烟滚滚，千军万马浪潮般涌进，却很难注意到浪潮中那一粒粒水滴为发挥自己那一点点作用而做出的牺牲。

那些绕不开的人

要想了解脱贫攻坚，最最绕不开的人应该是扶贫办主任。但在最初的采访中，我却故意绕开了他。当然第一站就去扶贫办是应该的，去收集一些基础资料，譬如“四梁八柱”具体是哪四梁，“八柱”里哪一柱出力最大，然后再到乡下去核实，不过路线得由我定，村庄得随我选，采访的人更要随机抽取，有了这些真实见闻，再回到扶贫办，尤其是扶贫办主任这里来听他的意见，那才科学。

故意绕开扶贫办主任是不想受先入为主的影响。因此，尽管我知道武乡县扶贫办的主任是王爱民，但是第一次去扶贫办时，我并不想见他。我们是一大早去扶贫办的，综合办公室的人都已经开始忙了，王爱民的办公室却门锁紧关。武晓林伸手敲门，我早想好了，如果王爱民出来，我就和他打个招呼，握个手，让他忙自己的工作去，结果却半天敲不开。

晓林说：“看来王主任又是睡晚了。”他掏出手机就要打电话，被我拦住了，反正见一面只是礼数，不见人，我正好可以直接和扶贫办的工作人员拿资料。我们进了综合办公室，见到了董光明股长，他20世纪80年代就开始从事扶贫工作了，中间当过几年兵，回来后依然干扶贫，是老扶贫了。我们简单聊了几句，我问他这次脱贫攻坚与过去有什么不同。他说最大的不同，就是资金上比以前有保障了，以前“漫灌”各干各的，现在“滴灌”资金由县里统一管理和运作。这些，之前我就知道了。我说："我问的不是这些。"他既而就说："这次是真干！"我就笑了，意思是说之前不是真干？他的话当然不是这个意思，他说的"真干"很可能是指一种超出日常工作的干。也就是说，之前的扶贫开发是一项工作，来文件落实，有项目跟进，有困难解决就行了，一切都在常规之中。这次不一样，一把"攻坚"挺在前头，地位和意义就不一样了。在这期间，晓林偷偷到楼道里给王爱民打电话，我听晓林在电话里向王爱民确认真的回不来？电话里传出的声音是"对不起！"晓林从楼道进来，说王主任在政府那边开会，上午是回不来了。

真正见到王爱民主任，是我觉得非见他不可的时候，也就是绕不开的时候。见面时间比约定的晚了近两个小时，他的长相和我预想的差不多（之前查看过他的相片），甚至在初见时，我还暗笑，县领导选这么一个人当扶贫办主任还真是有眼光。他个头不高，前额头发稀疏，满口武乡话，老里老气的，尽管面带倦容，但精力旺盛。之前有人曾经这样描述他。我看到他时，已经有所不同了，还是老里老气，精力旺盛，但倦容没有了，没开口前脸上就有了一种轻松，他不怎么注意形象，衣服领口处扣子松开两颗，还习惯性地把衣领往脖子后面拉。这个动作很符合他的身份，他进得门来，一屁股坐到炕沿上，先向上提提裤筒，将半截儿小腿露出来，一条腿蜷起来往炕上一搁，然后抬起双手将打开的衣领向后拉，一开口，没说先笑，多亲切呀，简直就是本家的侄儿或邻居家的老哥。这样的干部，形象是有点不雅，但到老百姓那里开展工作管用，所以说，县里领导选他当扶贫办主任，从形象上就选对了。

王爱民脸上的轻松，当然是那种攻营拔寨后收起行囊再赴新战场的轻松。毕竟武乡2018年底脱贫摘帽，这两年进入攻固成果阶段，主要任务是保持发展、防止返贫，但从心里上感受，和三年集中攻坚，昏天黑地死拼硬打就不一样了。

王爱民说话，语速很快，我得竖着耳朵集中精力听。他说，扶贫办主任这个岗位重要，重要对应的就是压力。这几年多亏自己身体好，扛下来了，听说有的县扶贫办主任四年换了五任，还有几个扶贫办主任硬是得了抑郁症。省扶贫办的刘志杰主任见他时，就开玩笑地夸他，说在这个时候在扶贫办干的都是硬干部。当然，人家讲的这个"硬"，除了身体硬，还包括政治、作风等。

"看来你身体确实好。"我和他说。

王爱民呵呵笑，说还行！起码熬起夜来，三十来岁的年轻人不如他。其实，我知道他更多的时候是硬撑，一个人一个月精力旺盛能说得过去，一年精力旺盛还能勉强说得过去，在高强度的工作压力下，连续三四年能保持精力旺盛，那就不是光靠身体了。这时，王爱民也说出了“没办法”的话。他说，尤其是刚上任那会儿，三天三夜睡不着觉。他在乡里工作时是分管过扶贫，但那只是一个乡镇，到了扶贫办，面对的就是全县，还遇上一场攻坚战，自己那会儿啊，底虚得要命。想干好，决心干好，是一码事，能不能干好，那是另外一码事。他知道自己那么干瞪着眼睛想没有用，但就是死活睡不着。你想想，武乡是全省脱贫攻坚的主战场，又是老区，这一路走来，上上下下，左左右右，省里、市里、县里，巡查的、督查的、审计的、纪检的、第三方的，不是下命令的，就是来检查的，得个空儿一躺在床上，脑子里总感觉好像有什么事给人家丢了落了。尤其县里的领导，要求严，咋能不急嘛。

“那时你家里的情况呢？”我问他。因为在之前的采访中，我遇到过一位年轻的第一书记，和爱人本是一对相亲相爱的小夫妻，两人商量好彼此支持对方的工作，但因为男方一心扑在工作上，长期驻在村里没节没假的，总算回家一次却连陪孩子出去玩两天的时间都没有，结果离了。我记得当说到这些时，那位第一书记一脸的无奈，他默默地坐在我面前，微低着头，不知该说什么。这样的结果很可能是他没有预料的，但怨气、不解、无法忍受是日积月累的，你在前方不轻松，人家在后边也不轻闲，要说理论上的理解，谁都能说出个一二三来，但具体到一件事心里一道坎，说过不去就是过不去，这里面不是“爱不爱”“理解不理解”那么简单。那位书记的表情是茫然的，兴许最终他也想不清难道就因为没时间陪孩子出去就要离婚吗？可是，你在前方承担的是工作压力，而人家在后方肩负的是生活的压力，你不能说一年能给村里创收几十万是功，而她在家里接送孩子上学，遇上电表坏了炉灶打不着火哭着想让丈夫回来就是矫情。

提到家里，王爱民的心里是亏欠的。人生在世几十年光景，不长也不短，工作上你是领导、专家，有业绩，在家里你是儿子、丈夫和父亲，两者似乎不矛盾，但都能扮演好，实在太难。王爱民说，之前在乡里工作，爱人在武乡县二中当老师，两人把家安在县城，当爱人听说他回县城工作时，还挺高兴，心想一家人总算可以团圆了，结果却是见他的面儿，比他在乡里时还难。他说，他和孩子之间也有一些问题，孩子一直不叫他“爸爸”，就是回到县城，孩子给他打电话，语气还是很生分。令他欣慰的是，孩子的学习成绩一直不错，如果自己没日没夜忙，孩子再把成绩落下了，他会更加自责。毕竟那是孩子啊，在一个家长心里是何等重要，怎么能绕得开呢。他说，你想想，自己工作是忙，可是当工作告一段落，两眼一闭往椅背上一靠，猛地一想，唉，自己的孩子是差等生，甚至是问题学生，自己在良心上哪能过得去嘛！

我和他的关注点不同。我更看重他们父子间的关系。说到这，他又讲了第二个欣慰，说自己的孩子性格内向，原来和他的生分只是表面上的，因为他是孩子心中一位了不起的父亲。当然这个功劳应该记在爱人头上，如果不是爱人正确引导，孩子也不会是这样的结果。他随即跟我说了一篇日记的事。是孩子写他的，题目是《我的父亲》。

2017年9月12日 星期四 阴

有人说“父爱如山”。在很多人心目中，父亲是教你学步的人，父亲是严格要求你的人，父亲是教你道理的人。但在我心中，父亲是永远忙碌的人。

唉，全世界的工作仿佛都是为我爸准备的，每天天不亮就从家走了，而每天总是等到所有人都睡了，他才回到家里。偶尔在晚饭前回家一次，也会趴到电脑上加班。他的电话总是占线，就算没有占线，也一定是在开会，哈着气小声说：“正开会呢，待会儿再说。”

父亲个子不大，本事不小。奶奶家特别穷，不，是穷得叮当响。就是丢一分钱也会心疼好几天，就算少产一两粮食也会痛哭一场。所以，父亲从小就很节俭，能不买的就不买，能不用的就不用，能不吃的就不吃。不过，就算这样，他还是完成了大学本科的学业，考上了公务员。也许，我爸这么忙，就是因为他太有才的缘故吧。

今天，我妈去了太原，我的晚餐没了着落，指望我爸做饭是不可能的。因此，我带足了钱，做好了去外面吃的打算。结果上晚自习的时候，一位老师告诉我：“是王溢韬吗？你妈打电话说你爸在家做饭呢，不用到外面吃了。”什么？我没听错吧？我爸在家做饭，这是真的吗？听到这一消息，我甭提多开心了。巴不得现在就回家。

终于挨到放学，我赶紧跨上车就往家飞奔。在路上，我不停地想象爸爸在家做饭的样子：穿着围裙，守在厨房，盯着锅里咕嘟冒泡的汤……

还不停地想象着各种美味的菜肴……我是越想越开心，越想越激动。

来到楼下，我三步并两步向楼上跑去。开门一看，人呢？爸爸又走了。我闷闷不乐地坐到书桌旁准备写作业。这时，我猛然看到书桌上有一张纸，上面写着："儿子，饭在餐桌上，自己先吃，很抱歉，爸临时又有事，不能和你一起吃饭了，对不起。——爸爸。"看到这张蕴含了浓浓父爱的纸条，我忍不住湿了眼眶。

这就是我的父亲，一位忙碌在扶贫战线的父亲，一位爱我疼我的父亲。

日记的主人叫王溢韬，王爱民的儿子。在谈到这篇日记时，王爱民就将对孩子的爱浓缩在两个细节上：孩子好不容易挨到放学，赶紧跨上车就往家飞奔，他一路想象着父亲在家做饭的样子……他来到楼下，三步并两步向楼上跑去。开门一看，人呢？爸爸又走了。即便是一个外人，在看到这样一篇日记时，心里也是酸的。更何况他还是一位心存愧疚的父亲，王爱民说他的欣慰，是因为从这篇日记的字里行间中看不到孩子的一丝抱怨，孩子甚至在结尾处给了他"爱我疼我"的定义。日记后来刊登在《长治日报》，报社受此启发还开了"扶贫路上的亲情故事"的专栏。

王爱民说，日记被传出去是个意外，2017年后半年，所有脱贫战线上的同志们都忙得不可开交，加班，加班，加班，扶贫办有不少女同志，她们在孩子身上的感情自然比父亲要重许多，每天她们都拖着一身疲惫回到家，出现在孩子面前，言谈举止中难免会流露出负面情绪，孩子们眼里只有父母，哪里会了解父母的工作，如果孩子多提一些要求或发发牢骚，就又会影响父母的情绪。王爱民作为领导必须得想点办法，得给同志们打气、加油，正好有儿子这篇日记，在一次开会时他就拿出来给大家读。目的很简单，就是想告诉同志们，既然大家工作忙陪伴不了孩子，那就调整好心态给孩子做好榜样。

想想也是，在这场脱贫攻坚中，既然大家选择留在工作上，那你就是，乐意的得往上冲，不乐意的也得往上冲，哪有商量的余地。但这不是说，谁的心就是铁打的石头做的。这头是老婆孩子，那头是并肩作战的战友，既然不能两全，就得舍弃一头。再说了，相比于战友，家人要更应该能理解自己才对，自己和家人将来是一辈子的事，还有补偿的机会，可是在战场上，你怎么去解释？大家都集中精力在冲锋，谁有工夫听你解释，你不想想，你只要一个精神不集中，旁边的战友就有可能做出牺牲。

其实，在这场脱贫攻坚战中，哪个人没有面临工作与家庭之间的矛盾呢？郑丹作为副县长，他在开会，妻子的电话却给他打个不停，他懊恼、生气，把声音调到无声，死活不接，最后逼得妻子给秘书武晓林打了电话。他知道，爱人一直打电话一定是有急事。可是他能接起来马上离开吗？家里的事是急事，县里也是急事，他能做的只能是有机会回家了，向妻子道歉。

这样的事情，难道不会发生在其他副县长身上？不会发生在县长、县委书记身上吗？只不过是我们不知道罢了。故城镇的副镇长屈路燕、扶贫专干赵晓慧不也一样嘛，屈路燕和老公大学毕业双双来武乡工作，两人又都在基层工作，孩子只能留在县城由老人照顾，县里人性化考虑，尽可能将她和她老公安排在距离不远的乡镇，夫妻两人却仍旧难得见面；赵晓慧更是，人虽然嫁到了运城，但还留在武乡工作，她把孩子留到县城，自己跑到了乡下，细想想她们吧，哪一个人背后没有一本心酸账。

王爱民儿子王溢韬的日记，素材直接来自父亲，仅仅只是平铺直叙就那样感人。但是还有其他的很多人呢，譬如孩子的母亲，丈夫在脱贫攻坚，她是怎么度过的，还有孩子的爷爷，弥留之际都没能看到一眼儿子。孩子在日记里只是说，自己的母亲去了太原，但事实是他的母亲在陪着姥姥去太原看病，而作为本应该和母亲并肩出阵的父亲王爱民，依然在继续工作。下午五点钟，王爱民得了一个空儿，跑回家给孩子做碗揪片汤，难道不是想给孩子一个惊喜，想让孩子觉得他这个父亲偶尔还是能靠得上的父亲？难道他就没有大脑中产生过孩子背着书包形单影只地坐在地摊上吃饭的画面？王爱民说，在看儿子的日记时“自己流下泪了”。那我问，天下的父亲哪个会不为此落泪呢？

人们常说，“当局者迷，旁观者清。”但是通过武乡采访，我得出的结论是，作为旁观者，你可能能做到客观，但你的眼睛太有限了，无法捕捉到每个个体，你的目光太冷峻了，无法体会当事人的辛酸苦辣。那些报表，全是数字，如果你不在其中，你看到的也永远只是那些数字。

第十章 何处是高处

乡村现实

要不是出了院门往左一拐，看到前面那道很窄的急坡，我还真以为一上午的聊天，我们是坐在村庄的最高处了呢。进院前，我注意到，村庄里很多房屋是低于这个院子的。这个院子是建在武乡东边某个贫困村的山梁上。村里人叫它大队，也就是村民们一切公共事务和官方事务的集中所在地。院子是新建的，一排平房，与村庄里依山而建的窑洞风格不同。而且，大大的遮阳棚几乎遮去大半个院子，用于办公的屋子外墙，满满地挂着十几块各式各样的牌子。一个上午，我和驻村扶贫队员就坐着板凳在院里聊天。

直到现在，我也不知道那个院子，为什么会给我留下最高处的印象。在到那里之前，我去过关家垴，爬上高坡，在最高处的烈士坟墓前，瞻仰那块直插云霄的白色方形纪念碑，但我莫名地觉得它还是没有这个院子高，大概人的感知真的无法用海拔来衡量。

我们四五个人围成一圈，山野之风呼呼刮着。一个中年男人一瘸一拐进来，到村委办公室旁边的房子走了一遭，又很快出来。这时他手里多了两盒药，又一瘸一拐地从我们旁边经过。驻村第一书记和他打招呼，他随即放缓步子，但没有停下，和第一书记简单说了几句便走了，似乎很急。第一书记说，他是名村医，之前当过兵，一条腿没了，裤筒里装着的是一条假腿，他这是来取药给村民送去。我看着他一瘸一拐迎风而去，前面是一片空无一物的蓝色天空，他已经没有一点儿军人的挺拔与英姿了，但当他在院门前，迎光而立的那一瞬，莫名地显得特别高大。

一个村医要给村民去送药。可是他自己还一瘸一拐走路不利索呢。再说，又不是去输液打针，只是为送药，何必亲力而为呢？我正要问旁边的第一书记，但话没出口就突然明白了。从我进村以来，包括回想几日里所有走过的村庄，差不多都是一样，扶贫干部讲村里没有年轻人了，树底下头发已经花白五六十岁的人却自称是村里最年轻的人，在我小时候的记忆里，去村保健站取药本是一个孩子应该干的事，孩子一路小跑来到保健站，站在高高的柜台前，看着医生用药勺将瓶里的药片一勺一勺分到方形草纸上，然后包好，医生一定是会用圆珠笔在纸上标好服用时间和剂量的，那时没有塑料袋，就那么几小包，医生也会抽一根草绳来给你绑上，他一边用牙咬断草绳，一边还会叮嘱你，不要贪玩啊，拿上药直接回家。孩子在乡村里，除了淘气，还是老爷爷老奶奶的腿和拐棍，可是在现在的乡下农村，不要说十五六、十三四，就是五六岁的孩子都很少见了，纵然有那么一半个，也是在哪一位年轻妈妈怀里，因为他还是吃奶的婴儿。既然没有了孩子，就算是这种跑个腿的事，也只能是大人们亲自去解决了。

再说，我来的时候正好不是暑假，又没赶上村里有什么婚丧嫁娶的大事，当然就很难看到孩子了。这也在第一书记那里得到证实，书记讲，前些年偏远闭塞的乡村，基本上还有两个群体，一个是老弱病残的，另一个是留守儿童，这几年基本上只剩下前面的那一个了。病人出不了门，村医当然就得既要上门看病，还要上门送药了。唉，想一想，在昏暗的窑洞里，蓬头垢面的病人呻吟着躺在炕上，他强睁着眼睛，盼着村医来给自己送药。而那个村医怀里抱着两盒药，一瘸一拐，高一脚低一脚紧走在崎岖的乡间小路上……那情景，真的叫人心里难受，这是怎样的岁月，什么样的人生啊，安静甚至已有死寂之气的乡村，到底还有多少留在乡村的人，还在艰难地拼命硬撑？

我们，我重复强调一遍，就是说，聊天中的我们，我来自省城，驻村的扶贫干部来自县里，我们坐在乡村的高处，在聊着院门外这个从世俗意义上讲，除工作之外与我们没有任何瓜葛的村庄。但是，我莫名地觉得，无论是村庄的房屋草舍还是树木牲畜，尤其是村民们，都已经将我们看成了来自高处的人。巧合的是，我们还真坐在了村庄的高处。

后来来了一位老人。他拄着木棍颤颤巍巍蹒跚而来，走路时腰背弯得像秋天地里的谷穗。他坐在我对面的圆形板凳上，两手紧紧抓住怀里那根木棍，似乎只有那样，他才能保持身体的平衡。他是来找第一书记的，我以为是来反映问题，但他却说，是来聊天拉家常的。我没介绍我是谁，老人也根本不在乎我是谁。因为他心里清楚，无论我是谁，我都是临时来村庄的，而他只想和了解他情况或与村庄有关系的人拉家常。之所以说“拉家常”，是因为他要说的那些事，只不过是老话重提。

聊天中我才知道，他已经79岁了，是一位重病患者，甚至说是一个已经可以预期离开这个世界时间的人。他人瘦，皮肤很黑，粗糙，两腮塌陷，一身深蓝色衣裤，光脚穿着鞋。他是为自己“闹心”的新房而来的。因为他的这处新房，国家该补的钱已经补了，自己应交的钱也交了大部分，但是因为种种原因，有的人家已经入住了，可是，包括他在内的几户人家的，到现在屋墙都垒起了，就是屋顶不到位。他形容说“还是一个方格拉拉！”。而我更看重他的健康，拖着一副病怏怏的身体来谈房子，我就觉得这是“要财”还是“要命”的问题。不过，我也知道，在有些人心里，尤其是老一些的农村人心里，人命最贱，你没办法跟他们讲清楚这些，因为在他们眼里，财就是命，命可不一定是财。我一再强调，要他照顾好自己。还问他是谁在照顾他呢？他实在没力气回答我。旁边了解他家情况的第一书记说，是老伴儿和他相依为命，他的儿子去年刚死，儿媳妇带着两个孙子也去了太原。

在老人的言语中，我听到的全是无奈。我就问第一书记，他的儿媳妇带两孙子去太原干吗……上学？还是生活？

其实根本不用第一书记回答。因为在农村人心里，只要离开农村，就是希望的开始。看病、买东西先不说，最为现实的就是孩子的上学问题。成龙成凤，那是高希望，没文化就没前途，这道理谁不懂？可是现实的乡村，莫不说偏远的山庄窝铺，就是靠近公路那些有着二三百户人家的村庄，很多村也没有学校了。在没有了解到实际情况时，我曾经主观地以为是因为学校被撤并了，村里人没得选择，只能往县城挤，前几年乡镇一级是有中学的，不过孩子们需要寄宿，家长们，就是农村人，也知道教育资源对孩子成绩影响有多大，既然这样，只要条件允许（实际上没有条件的，就是借钱、租房，也要创造条件），那还不如一步到位，直接去县城。

就这个问题，我曾经专门咨询过教育部门的朋友。朋友说，事实却恰恰与我理解的相反。国家在义务教育这一块投入很大，要求也非常严，适龄儿童入园、入学率是两个硬指标，上面有检查、督导，再加上现在的大数据，每个孩子一出生上户口就等于进了系统，适龄儿童哪个没上学，或没入园，一目了然。在各个教学点上，国家的投入更大，一个教学点哪怕只有一个学生，那也不能撤，该有的设施、设备一应俱全，该有的经费必须做到保证。

在武乡也是如此。县教育局党组成员王宏伟曾经告诉我，由于现在人口流动非常频繁，给教师和学生管理带来了相当大的困难。但是再难，他们也得克服困难去完成，否则没办法给上级交账，领导那里也没办法交差。他举例子说，为了确保一个身体残疾又无法离开家庭照顾的适龄儿童正常就学，教育局得聘请特殊学校的老师定期送教上门。我在监漳镇姚家庄的教学点也证实了这一点，姚家庄教学点说是一个学校，其实只有三个孩子，一名老师。老师是一位名叫郭彩娥的女代课老师，51岁，在教师的工作岗位上已经坚守三十年了。三个学生，其中两个是姐弟，分了两个年级。老师和孩子还都不是姚家庄本村人，孩子们一个家住姚家庄的大申良沟，两个住马家垴，而代课老师郭彩娥住在另一个自然村蒿庄，每天他们都各走二里多路，按点到姚家庄的教学点上课，中午在那里起灶吃饭。当然是老师做，孩子们吃。据说其中的姐弟俩，奶奶答应给他们送饭的，但常常送到时已经过了饭点，有时候都下午三四点了。我从不同层面了解过郭彩娥的事迹，无论镇里还是县里，都非常感谢她，尤其是那姐弟俩，家里是贫困户，最起码从表面上看家里根本没有条件到县城或镇里租房子让两个孩子上学，我就想，如果没有这位代课老师钉在这个岗位上，那就意味着至少有两个孩子要面临失学。在郭彩娥那里，更是有一种……怎么说呢？我无法用“责任”“情结”或什么“烛光的精神”来形容她，现实情况是，这样的教学点教育部门就是请一位专职老师来也留不下（据说教育部门努力过，但正式编制的老师根本留不住），而她作为一名代课老师，每月拿着1000元的低工资，每天风雨无阻地去姚家庄给三个孩子上课。她以一种矛盾的心理守着三个孩子，因为她自己的孩子都大了不用自己照顾，丈夫在外打工，自己就是随便到哪里找个营生也能挣到这个钱，最起码不用为三个学生的成绩和将来操心，可是当她一次次看着三个孩子背着书包来上学，姐弟俩的奶奶带着饭盒给孩子送来饭时，想起孩子的家长对她一再挽留，甚至是用恳求的口气要她不要离开时，她还能做出什么样的选择呢？一个大雨不断的上午，我去她家见她，她说，自己就这么坚持着吧，别人坚持是等着退休，而她的坚持是在等着下岗。不过在我看来，她口中的“下岗”不是忧伤，而是一种解脱。

这就是许多乡村的现实问题，人们纠结、无力、逃离、心不甘情不愿，但又不得不随从大流。

还是回到老人的故事上来。我无法知道老人在得知儿媳妇要带着孩子去太原时，是怎样的一种心情。他当然知道儿媳妇和两个孙子走后，他和老伴儿的日子会变得如何冷清，可是，他决然不能因此就流露出半点“挽留”的意思来。我在第一书记的微信朋友圈里，看到很多关于村庄的相片，白雾蒙蒙中凌空而绽放的桃花，枝节零乱的枣树丛中展翅腾飞的喜鹊，还有夜色笼罩下悬挂在村庄高空的明月，这些在外人看来是美，是景，但在老人那里早已司空见惯了。他和村庄、村庄里的每棵树、每块地、每个夜晚都不再有距离，他很可能觉得自己就是村庄，尤其是儿子死后，我能相信他无论坐在炕上隔着窗户向外望，还是站在院里的树下透过树叶的罅隙往外看，他看的最多的不会是头顶上那片毫无实物感的天空，他看得最多的地方，就是我正在聊天的这个院子——支村“两委”办公的地方。但他，却不是要支村“两委”把自己的儿媳妇和孙子留下来，因为在他的内心深处，也希望儿媳妇带着两个孙子离开。他希望两个孙子有出息，能像别人家的孩子那样，几年后能传回来在北京、天津上学，或在太原、长治，哪怕是县城上班的消息。

放儿孙们出去，是许多农村老人不得已的真实内心。儿孙们走得越远越好，因为远方代表世界，代表见识，更代表前程。作家梁鸿在答凤凰网记者时说：出梁庄是他们（离开村庄的人）唯一的出路，是他们唯一可以获得一些金钱，获得一些更好的可能的一条路。在当代社会，乡村整个是一种被抛弃的状态，我们的制度抛弃了它，我们的所有资源把它抽空了，人力资源没有了，河流的资源、沙没有了——沙被拿来盖房子，泥也没有了，路也没有了，树也被砍了，整个乡村是一种空虚的状态，或者说是一种废墟的状态。尤其是北方的村庄，它很早就被抽空了。

我面前的这位老人，总结不出这样的话，但不等于他没有如此的感受。面对现实，他也只能选择低头。可是他又是心有不甘的，他相信一种不随时间流逝，也不因岁月而改变的亘古的东西，那是一种祖祖辈辈一脉相传继承下来的东西。那是些什么东西呢？从经济意义讲，可能不值钱，但从精神意义上，又被视作无价之宝，那就是“根”，一个人的来处。中国人不能没有根，老人坚信“根”的想法迟早会在儿孙们的心里生发。因此，他必须得拼尽全力给儿孙们留住一处归处。

农村人总是将自己称为草民。他们中很少有人有勇气一出村就剪断与故乡间血脉相连的那根脐带。多少人出门的目的，是暂时的，只是为了去打拼几个钱，从他们离开的时候就会叮嘱自己背后的家才是躲避风雨的港湾。儿孙是不是这样想我不知道，但我相信老人应该是这么认为的。这样，我们就很容易理解那些新嫁的媳妇，为什么向婆家开口要城里楼房时，还要求在村里必须有一攒院子了。草民胆小，经不起风浪，更让他们无法从容的是，离开土地后的悬置感让他们产生的恐慌。但是在家乡，无论土地有多厚实，无论他们怎样在春节时将“土中生白玉，地里出黄金”的对联，端端正正贴到土地爷的神龛上，他们能把土地深刨五米，也还是刨不出白玉，挖不出黄金来。他们只能选择走，去城市、去工厂、去那些只要付出时间和体力就有金钱的地方。因为你在农村，可以靠一把锄头两只箩筐花十几年在山里掏出两眼窑洞，但你却无法不出钱买到一部手机、一台电视机、一台农用车，更不可能娶到一个女人。这样的事实，老人太知道了。

但是，老人有老人的理想，他不想在自己百年之后，给两个孙子留下的只是一堆毫无牵挂的废墟。至于孙子要不要那是孙子的事，至于孙子将来回不回来那是将来的事。自己能做的就是在有生之年了却这件心事。兴许之前他的想法很小，兴许还有心无力，兴许他也无法理解乡村振兴是一项工程、是一个战略，还是一种以人为本的伟大实践，是国家的乡村振兴，尤其是这几年的脱贫攻坚给了他希望，看着村庄日新月异的变化，他才心动非得给儿孙留一攒院子不行。

可能因为身体的原因，老人显得有气无力。他一直坐在我对面絮絮叨叨那点事。第一书记和扶贫队员耐心听着，因为有一句没一句，我也听不大懂，偶尔插上一嘴，也是让他多保重身体，进而讲老掉牙的“儿孙自有儿孙福”的道理。他几乎不接我的话。第一书记和扶贫队员都说，老人的问题是历史遗留问题，一时解决不了，按着工作程序他们已经向上级做了反映，老人也说有一次在县里住院聊起自己的事，同病房的病友建议他去找相关部门，他拒绝了。他说自己不能绕开村里、隔过乡里，事情最终还得回来靠村委会。

我最终也没大听明白老人要反映的到底是个什么问题。但他言语中对第一书记、对村委会的信任令我一直记忆犹新。这和我之前印象中村民们一谈到自己的事，动不动就到村里或上级那里争吵、打闹的情况截然不同。我当然不信这是因为村民素质提高的原因，也不相信老人没有力气将木棍指向村干部或将木棍掷向村委，但是，村民们的思想确实发生了转变，它让我看到了一种信任，一种对党和政府、对基层组织的信任。

对于生于斯长于斯的村民来说，除了看不到摸不着的神灵与祖先，能够实实在在、真金白银帮他们主持公道，办些实事的，最终还是国家。而落实到某个具体村庄，国家便是那个乡村的村委大院，无论它是建在村庄的开阔地、中心、低洼处，还是真的高处，在村民心中，它确确实实已经变成真正的高处。

灵魂深处

其实在这些年里，乡村不仅是一个矛盾的存在，更是一个复杂的存在。因为缺乏有规划的大力开发，它成了粗犷、旧有、落魄的代名词。当然，也正是因为它逃过了过度的开发，又成了青山绿水、花繁叶茂、泥土香郁，田园风光的象征。乡村对中国人来说，不仅是肉体的栖身之地，还是灵魂的寄托之所。乡村偏陋，但也有高雅，因为乡村有着旺盛和长久的情感；城市繁华，同时也孤独，因为城市里到处是铁条般冰冰冷冷的建筑和秩序。相比于高楼大厦鳞次栉比的城市，草木葱茏、蝉鸣鸟叫、充满天籁之声、满目自然风景的乡村，更加适合安放灵魂。

这不是一个孰高孰低、谁优谁劣的问题。城市快速发展是城市的需要，乡村风貌的保留有乡村的理由。世界从来都是立体的，多面的，不可能只有一副面孔。人的生存方式以及内心需要，也应该是多方位，多角度，多种可能的。

我在武乡采访脱贫攻坚是七月上中旬。那些天，逢夜必雨，一早起来便是满窗的清新与青翠，鸡鸣与狗叫常伴耳边。这当然不是幻觉，因为我天天都在乡下，进贫困的村庄，开农户的家门。一群一群的鸡在你前面走着，混杂其中的白鹅，高举着细长的脖子，身体笨重，即便走到它跟前也不让路。暴雨过后，隐藏在庄稼地里的河谷积满了水，平日里只有在晚上才能听到的青蛙或蟾蜍的咕呱声，大白天的午后也能听到了。

我们说乡村是安静的，那是因为在乡村自然是大部分，是主体，人只是小部分。而在城市里，到处是人，到处是喧嚣与杂味纷陈，那是城市本该有的特征。钱钟书老先生的《围城》是个很好的哲学命题，无论城市还是乡村，我们都有着同样的心理，拼命想进入，又拼命想逃离。其实在我们的灵魂深处，城市与乡村并不对立。城市便捷、高效、光怪陆离，乡村宁静、散漫、自然而然，各有美处，也各有妙处。上文中的那个老人，兴许想不到这些，但他知道，眼下儿媳妇带着孙子去大城市的选择是对的，那里有一个人成长中所需要的更多营养和挫折，几十年后的将来……将来，是个沉重的话题，尤其是最近几年，随着各地城镇化进程加快，留在村里的人真的越来越少了。在我家乡，我记忆中人口有千人之多的村庄，现在人口不过二百，百分之八十的外迁，大部分还是年轻一代，还带走了自己的子女。我们似乎陷入了一种悖论，村里人说，现在村里学上不成，病看不了，连买瓶酱油都没地方买。但是反过来，一个村庄不到十个人，除了70岁的就是80多岁的，孩子没有一个，村里还怎么再有学校、商店、卫生所呢?

在武乡的贫困村，我也发现了类似的现象。农耕文明与工业文明，或者说，传统社会与现代社会最大的区别，看似是因为科技，但背后实则是金钱观的差异。在农村你种一亩地和我种一亩地，一年下来收成差不多，但在城市里因为掌握技术或拥有某种资源所带来的经济收入，就可能天差地别。因此在农村与城市，人们发奋努力的动力与成因其实本质上是不同的。费孝通先生在谈到社会时就讲，社会的本质不是“共同”，而是“一致”。我理解“共同”的基础是“合作”，而“一致”的背后是“竞争”。这样说来，从某种意义上讲，在乡村，“社会”就浅表了一些，而城市里，“社会”就要深刻许多。我们喜欢用“机器”来形容一个有组织的社会，每个组件不停地高速运转，每个轴承、每个齿轮、哪怕罅隙间那层薄薄的润滑油，都有自己的作用和使命。只有大家都拼出自己的本职之力，让这台机器输出最大功率，社会才会快速发展。当然，大家为之拼搏的目的是——向前进，或各自所得的幸福。可是怎么来定义“向前进”与“各自所得的幸福”呢?向前进要好解释一些，但幸福就难了。

我们在城市一提到社会，很容易就可以联想到一台隆隆作响的机器。可是回到乡村，你就很难将社会与一台机器联系在一起。当你回到乡村，或坐或站在屋顶的高处，去瞭望那一层层绿色的梯田，那一条弯弯曲曲的小河，你可以看到成群的蜻蜓在身边飞来飞去，远处和近处山野上的树，也因为不再有人砍伐而茂密了。在那时，你似乎才会真切地体会到，“绿水青山就是金山银山”不仅仅是经济意义上的，它的内涵上还包括了自然与人文。

在写武乡的脱贫攻坚期间，我回了一趟老家。我老家同样是太行山里的一个村庄，说是有着千年的历史，前几年刚被评上中国传统古村落，同样是贫困村，也在脱贫攻坚。正好是农历六月初九，再过四天就是村里一年一度最重要的庙会了。到那天，外面的人能回去的都会尽可能回去，我母亲几乎年年都要回去，尤其是村里唱戏的年份，六月十一二就会举行仪式，到村西北边龙王圣母庙将圣母龙王请回村里，台上唱戏，台下各种买卖生意，四邻五舍的亲朋好友都会来，场景好不热闹。后来，村集体没钱，唱不起戏，就有村干部登门入户找人捐，再后来也有村里到307国道上跑运输的年轻人自发出钱请剧团的。理论上，剧团唱戏是给圣母龙王看的，请求神灵保佑风调雨顺，但看戏的还是本村和上下邻村的百姓，说是庙会，其实就是一次村庄聚积人气沟通有无的机会。

自从有一年建在南边的戏台被暴雨冲垮后，村里就再没唱戏了。六月十三回村的人，也就少了。可我母亲还是坚持回，之前说是为了回去打看打看房子，毕竟六月雨水开始多了，水渠通不通，修修补补的事总是会有，今年她另加一条，说要看村里把厕所修改成什么样子了。

不知道是不是新农村建设的需要，还是脱贫攻坚里的一项具体内容，但说要把厕所改成水冲式的，我还是震惊的。我们村至今没有通自来水，高高低低的窑洞多建在石头山上，地下根本没有管网，之前的厕所都很简陋，院门外垒起一人高的墙，上面用谷草搭个顶，下面挖出一个坑再在上面摆两块石头就是了。差不多家家如此。因此每到一户人家，没进大门前，总会让你先闻到茅坑的臭味。

这次回村，感觉确实大变样。也就两年时间，它的变化已经超出我十七岁离开村庄到现在三十年的总和。那种变化远远不是村容村貌的变化；不是之前我上学时爬山越岭步行七八公里却依然是一条羊肠小道，变成了现在黑油油平坦宽阔的公路，路旁竖起护栏种上柏树的变化；不是村委大院外在广场上，竖起黄底红字内容是社会主义核心价值观巨幅宣传牌的变化；不是村东村西中间那条河上架起了新桥的变化；不是村中的那棵千年古槐、村南一座抗战时期有四五位区领导惨死在那里的古庙旁立起了漂亮的石碑的变化。这种变化，来自我的内心，是一种由绝望或失望，到充满希望的变化。

其实送母亲回老家只是个由头，真实的动因是因为武乡。我对武乡过去的记忆，只是汽车火车快速通过时的一瞬，我不可以以一瞬之印象，来和现在做比较，我对家乡的记忆却是固实牢靠的，这轮脱贫攻坚是全国性的，我当然要回去感受一下，我要看能否在我心里产生和武乡一样的印象。

我们家的厕所确实改了，换成了坐便式，旁边墙角的砖台上摆放着一个白色塑料桶，冲洗时只要用力摁几下桶盖上的液压装置，冲力很足，操作简便。所有的厕所都上了天蓝色的铁皮门。进门用了一次后的母亲非常满意。但她还没来得及看的是村里其他的变化，村里所有的街街巷巷都做了整修，磨坊前原本破破烂烂的猪圈和粪坑，也做了清理，平整的水泥路上垒起高台，台上鹅卵石铺地，中央恢复了一盘石磨，和旁边的古槐、旧院交相呼应，倒成了一景。

于是我想到，前几年网上的一则新闻，说一对年轻的北京夫妇放弃了北京的工作，用积蓄在大理买了一处院子住下来，一边搞民宿，一边过起了自己舒适轻松的生活。还有另外一则说，一对美院毕业的小夫妻到郊区租了一个农家小院做起了陶艺，男的做陶，女的金缮，日子似神仙。类似的新闻其实并不少，生活舒不舒适轻不轻松，只有生活在其中的人知晓，日子似不似神仙，也只有过日子的人明了。可我相信，两对夫妻都选择了自己喜欢的生活。那么这是否就是好的选择呢？我不好下定义，但至少是一种选择。不过最近有媒体报道，河南省新县的西河村，通过发展乡村旅游，让这个原本只剩下39名老人的村庄有200多名村民重新回到了村里，却是人们重新选择生活方式的又一例证。

关于乡村，在武乡的那些日夜里，最是萦绕于心，让我无法忘却的是分水岭乡的泉之头村。那个村，村东有一眼泉井，泉水四季不息、冬温夏凉、清冽可口，村庄周边森林密布，水源丰富，山水配合形似展翅之凤。村庄不仅风光优美，出村不几里就是云竹湖水库景区，更主要是文化积淀深厚。村里的民居，多数坐北朝南，布局为前庭房，后楼院，既有两进院落，又有辕门院的五进楼院。大约始建于明代嘉靖年间的陈氏宅院，土、木、石、砖混合，檐升斗飞，雕梁画栋，是武乡境内不可多见的传统院落。据村党支部书记讲，泉之头村曾经出过不少高官大贾，在晋商辉煌时期，村里的陈家就是其中一支，他们的足迹遍布广东、山西、北京、内蒙古，甚至俄罗斯。走在泉之头的街巷，明清的建筑随处可见。在县里的高度重视和努力下，泉之头也已经被列入第四批中国传统古村落名录，规模化修复和保护指日可待。从县城方向沿公路而来，右手边是泉之头要整村搬迁的新居，雏形已形成，左边是旧村，护坝已经整修，一条小河将其一分为二。我们走进村庄，沿着街巷穿行在院落之间，每到一处，哪怕一个门墩、一堵孤墙、一个门楼、一根立柱，甚至是墙角堆摞的旧瓦，不善言语的村党支部书记，都讲得如数家珍。有几处久不住人的老房子，已经颤颤巍巍了，这让支书很担心，这些老房子虽然看上去风烛残年，但不应该寿终正寝啊，他说，今年雨水大，万一坍塌了，那可就损失大了。我们能听得出，在他的心中，这些旧房子俨然是村庄的宝贝，因为它们不仅承载着村庄的历史，更承载着未来村庄的希望。

这让我突然想起关于我和姥娘的一幕：我离开老家，尤其到太原生活后，就很少回老家了。每次回去，又都以工作忙为借口，送个脚踪打个照面，匆匆离开。实际上不是因为工作，而是我不习惯在老家住了。老家的房子越来越破，窑洞虽说冬暖夏凉，但一身热汗猛一进去很容易着凉感冒，最大的问题是上厕所、洗澡、用水，非常不方便。我姥娘在的村离我们村三里地，也一样。我是她唯一的外甥孙，小时候又在她身边生活多年，看她最亲，每次回乡必去看她。有一次，我离开时，她到村口送我（其实次次如此），那时她已经86岁了，站立对她来说已经不是一件容易事，她坐在路边的石头上，仰着满是白发的头看我，她紧紧地拽住我的手，问我："孩子，你真的看咱这里不亲了？"我木讷地站在她面前，却无法回答。姥娘的"咱这里"所指的范围很大，如果单指是她我会爽快回答，可是她一扩大范围我就不能开口了，我怕一回答会惹她伤心。就在这时，有个中年男人路过，他笑我姥娘的话天真，他说："咱这地方穷山恶水，要啥没啥，有什么好亲的呢，你快让孩儿们走哇，要是再年轻几岁我也走了。"要知道，那个说话的中年人是村干部。后来我上车，加油门，摁喇叭，像往常一样一溜烟快速离开。那种快速是一种决绝，是一种斩断，因为我不想让姥娘在村口望我太久，更不想受这种亲情牵绊。

姥娘下世后，我每次回老家总会想到这一幕，我却没有回味过姥娘之前跟我说的另外一句话，她曾和我说过，"孩儿啊，山不亲水亲，水不亲人亲，人不亲还土亲了呀……"姥娘始终没有说出下半句话。后来我才体会到，姥娘是在提醒我，人不该忘本。可是多年以来我一直没有觉醒，因为从小到大"人往高处走"的想法，牢牢占据了我灵魂中最为中心的位置，在村里，我眼中的高处是乡镇；到乡中学上学，我心里的高处是县城；到了县城，这个高处又变成了太原、上海、北京。那么，如果再到了上海、北京呢？飞机、高铁、四百多米的高楼、一个接一个的会议，我们每天都在为“幸福”这个高处而拼命挣钱，钱是挣到了，可是，我们幸福了吗？

我不知道如何作答。

可能与年龄有关？尤其是在武乡采访的日子里，我突然问自己，难道生活在乡村的人就远离了幸福？乡村振兴，更进一步讲，这场举世瞩目的脱贫攻坚战背后到底意味着什么？

因为要写脱贫攻坚，自然要读一些有关脱贫攻坚的文章。有的文章讲，这是一次大规模的对农村历史欠账的弥补。这样的说法当然能说得过去，长期以来农村、农民为中国社会的发展做出的不计报酬的贡献真是不小，大量人、财、物的优势资源投放到城市，也是不争的事实。可是，我们要明白，城市需要发展，农村也需要发展，只不过两者发展模式不同而已。相对于城市，农村发展要更加尊崇自然、尊重人文，要更加因地制宜，在这个基础上，最起码的教育、医疗、交通、日常的商品供应，还是必需的。在泉之头村我就想，如果这么一个偏僻的山村，无论它有多么好的自然环境，多么好的风水，如果京城的书信送不进来，适龄的孩子没有私塾读，一个卧病在床的老人因为请不来医生只能苦熬等死，纵然那些官宦大贾盖起宏大的院落九丈的高楼，它能存续五十年、一百年、二百年吗？恐怕就连那些年年清明回来祖坟上三叩九拜的孝子们，不等把院落建起来，也就另择它地了吧。

习近平总书记多次讲，“贫困地区发展要靠内生动力，如果凭空救济出一个新村，简单改变村容村貌，内在活力不行，劳动力不能回流，没有经济上的持续来源，这个地方下一步发展还是个问题。”“扶贫既要富口袋，也要富脑袋。要坚持以促进人的全面发展的理念指导扶贫开发，丰富贫困地区文化活动，加强贫困地区社会建设，提升贫困群众教育、文化、健康水平和综合素质，振奋贫困地区和贫困群众精神风貌。”我们有理由相信，乡村有乡村的美，有它独特的魅力。随着脱贫攻坚向纵深推进，以及乡村振兴步伐的加快，乡村一定会在人们的心中重新变得美丽起来。

记得有一次与著名的新散文代表作家张锐锋先生聊起乡村，他说：“乡村的问题不是经济上的贫穷，而是希望问题，人们之对乡村失去了希望才是根本。”我在武乡采访感同身受。因为无论是过去，还是现在，当人们听到上海、北京那样的繁华城市时，眼神里流露出来的那种情不自禁是闪闪发光的，似乎只要置身乡村，就在低处，只要抬脚迈步，就是攀向高处。那么，当他们有朝一日去上海、去北京设身处地打拼，他们坐在几百米高的大厦楼顶，再往哪里张望呢？

要我说，如果人类必须要有一个奋斗的高处的话，那就是“幸福”。可是通往幸福的道路有千万条，城市，或者乡村，不过是其中的两条罢了。我还想说，能够照亮前行之路的光，应该来自希望。那么经过这一场脱贫攻坚后，无论是留在乡村里的人，还是对乡村寄有乡愁的人，会不会重新审视乡村，重新定义幸福呢？

兴许，我对乡村的未来太过乐观，兴许这种乐观充满了浪漫主义和理想主义，但我相信时间会给出答案，因为时间这条大河比大地更低，比大地有着更大的包容，也终将会给我们提供出最有力的实证。这也让我进一步觉得，一直以来我们自以为看清了前路，一直在大地上撒欢、恣意，以幸福的名义狂奔，但是到头来，我们很可能走反了方向。

人往高处走是一种自然现象，也是一种自然规律，甚至可以说是天道。但是，“何处是高处”难道不值得我们去深思吗？

后　记

2020年7月2日至3日，山西省在临汾召开巩固脱贫成果现场推进会。会上，省委书记楼阳生要求，提高站位扛牢攻坚责任，慎终如始抓好工作落实，确保剩余贫困人口全部脱贫，确保脱贫不稳定户和边缘易致贫户“两类户”不返贫致贫，确保各类问题整改到位，坚决不能松劲懈怠，坚决反对弄虚作假，坚决向习近平总书记和党中央兑现“军令状”，向全省人民兑现承诺。同时强调，脱贫摘帽不是终点，而是新生活、新奋斗的起点。

2020年，武乡站在了新生活、新奋斗的起点上。

2020年，武乡人民正在对照任务清单，以踏石留痕的狠劲，滴水石穿的韧劲，咬定目标不放松、不获全胜决不收兵的拼劲，坚决打赢脱贫攻坚收官战决胜战。

习近平总书记指出，“中华民族千百年来存在的绝对贫困问题，将在我们这一代人的手里历史性地得到解决。这是我们人生之大幸。”

我虽然没有参与脱贫攻坚，但作为写作者，通过武乡见证了脱贫攻坚，也是我的人生之大幸。

2020年，我突然出现在武乡的脱贫攻坚战场上，我走近那些因为胜利而满是自豪的将士们，当我向他们问起“隆隆的炮声”“面临敌人的考验你是何感受”“那一次任务把你逼到那里，你哭了，你委屈，你有没有想过索性撂挑子不干”“在这么一场轰轰烈烈火的攻坚战中，自己的付出真有那么重要吗”等问题时，实际上我与他们之间是有隔膜的，我有我先入为主既定的看法，而对方也有他词不达意的表达障碍，我们无法就一个词的真实“内涵”达到一致，毕竟我想象的伤痛，与他身上感受的伤痛相距甚远。

因此，最初给这本书做定位时，我很犯难。我可以用“一叶知秋”来表达自己由小见大的洞见，可我马上就会用“一叶障目”来推翻。我只是一个站在一旁的感知者，甚至只是一名游客，就像我站在关家垴的高处，去瞻仰那座耸立的纪念碑，然后绕着那个不知埋有多少烈士忠骨的坟堆时，我脑海里只有冲杀的场面，却永远也不可能还原当时真实的场景。我知道，我不能用“脱贫攻坚故事”，因为我很可能把最感人的故事遗漏了；用“脱贫攻坚报告”也不行，因为我无法全面掌握准确的数据；我想过用“见思录”，因为我想在书写中谈一些自己的思考，但还是被推翻了，因为我没有这样的资格，更没有这样的学识；剩下的也就只能是“脱贫攻坚见闻”了，我成为一双眼睛和两只耳朵的代步者。这个我能做到，终究我还是做到了，我默默地在武乡行走，感受乡村的变化，体悟扶贫干部的内心，然后把他们记下来。仅此而已。

在此，特别感谢县扶贫办，他们给我提供了大量有价值的资料；感谢县委办的赵海鹏老师，他实际上是一位多年从事新闻写作的文字工作者，据说书香门弟出身，总爱下基层收集素材，更爱思考，与他聊天，我不仅了解到武乡的县情与历史，更有不少思想上的碰撞；感谢县教育局党组成员王宏伟，尽管他言语不多，但他那句“生活是逼出来”的话，给了我很大启发；感谢县委组织部的常小燕女士，为我提供了不少第一书记的先进事迹；感谢武乡县融媒体中心的魏晓军、史悦、王梦然、孙媛、孟桂芬、张春燕等同志，他们对武乡脱贫攻坚的采访和报道文章，给了我很大帮助。最后还要感谢，在武乡期间同车而行的小马师傅、县政府办的武晓林，没有小马师傅的任劳任怨，以及晓林的辛苦联络，我的采访也不会如此顺利！

最后，还得加一句：由于本人第一次接触纪实类文学作品，如此真切近距离地进入现实，既让我感觉自不量力，又叫我诚惶诚恐。慌乱中，错漏、不当之处自是难免，恳请读者和朋友原谅。

2020年9月19日